暢銷言情名家
鏡水
REVERSE
卷一

帝國曆九百七十一年。

政變的貴族們，終於鼓起勇氣命令軍隊進攻。

當夜，歷史悠久的中央皇宮因大火付之一炬，死傷數百人。魔法而起的惡火連燒七天七夜方才停歇。

等到貴族所屬的騎士團能夠衝入皇宮時，僅看到耗盡魔力的皇帝坐在寶座上，宛如在嘲笑他們，那雙紫眸，依然傲慢地瞧不起所有人。

在場的諸位都被震懾住了。因爲皇帝看起來簡直就像還活著一樣。

但是怎麼可能，整座皇宮滿目瘡痍，瀰漫著刺鼻的氣味，已經被燒得一片焦黑，若皇帝是人類，絕無可能待在裡面數日毫髮無傷地生還。

不過，皇帝的確是怪物啊。

大家都不敢輕舉妄動。直到找來四肢嚴重發抖的侍從上前，確認皇帝眞的已經斷氣，貴族們頓時大發雷霆，因爲在最後的最後，他們所有人還是被皇帝給玩弄了。即使將皇帝的頭顱砍下，憤怒地掛在皇宮前洩恨，卻完全沒有贏了的感覺。

皇帝那雙曾經象徵魔力且令人畏懼的紫色眼瞳，就算已失去焦距，仍舊像是在閃爍著詭異不祥的光芒，始終彷彿沒有死去一般。
用那可怕的力量，詛咒著所有人。
「——嚇！不、不見了！」
暗夜，守衛的士兵驚慌失措地叫喊著。
皇城門上，歷經數個日夜都未見腐爛的頭顱，不知怎地消失了。
明明剛才還在那裡的，僅一眨眼時間便無影無蹤。
「一定是皇帝要來報仇了！救、救命啊！」
帝國裡誰都知曉，擁有強大魔力的皇帝，是多麼恐怖的存在。士兵冷汗涔涔，連滾帶爬地奔往貴族所在之處稟報。
同時間，一名身材瘦削的男子身著黑色披風，出現在月光下。
像是憑空冒出一般，他就是腳步不停地穿梭在樹林之間，一下子隱沒，又一下子出現，每次閃現都前進好長一段距離，幽暗的四周渺無人煙，僅有樹葉沙沙的聲響。
終於到達距離皇宮遠處的一處寬闊森林以後，他微喘著放下自己身上的背包。
並且從裡面取出那顆原本掛在皇宮前面的，皇帝的頭顱。
男子直視著那雙已無法對焦的瞳眸，停住了動作。
宛如紫水晶一般。
他曾經這麼想過這雙眼睛。
儘管經歷多日，皮膚五官卻完全沒有潰爛的跡象，唯有耳後一塊被火焰烙下的微小痕跡。
一陣風颳過臉頰，男子吸口氣，屈膝將頭顱放置在地面。

直到此時，他才發現自己的雙手正在顫抖。

「必須……盡快。」

要趁別人發現他正在做的事情之前。

男子直起身體，全副精神凝聚的同時閉上了眼睛，表情無比專注。

與此同時，男子腳下的草地微微地發亮。周圍的空氣晃動著，下一秒，在夜色之中，整座遼闊的森林瞬間綻放出強大的光芒。

就連相隔遙遠的皇宮，都能目睹到這個奇異景象。

金色的光輝將森林圍出一個圓圈，圈內顯現出極其複雜的文字及圖形，男子就佇立在圓心的中間。他極度專心，額間冒出汗意，然後緩慢地平抬起雙手，朝向自己前方的頭顱。

接著，他張開了眼眸。

月光下，那是一雙不可思議的，多彩的瞳仁。男子低聲道：

「以我之名，驅使這個力量，讓我前往我想去的地方。」

語尾落下的那一刻，四周萬丈強光爆發，炸開似的，將陰暗黑夜變成了不可思議的白晝。

氣流，劇烈地震盪，響起轟隆隆的聲響，男子動也不動，僅是平靜地注視著那顆頭顱，和殘酷又美麗的紫色對望，任由強烈的風暴吹亂他的頭髮和披風。

他不知道自己這麼做對不對。

可是，他要這麼做。

在最後的這個時刻，他只是如此想著。

無比巨大的金光將周遭完全籠罩，吞噬般迅速地往外蔓延，如海嘯一波波淹沒。

男子與頭顱，森林和皇宮，以及城鎮，目視所及的，或者不能及的。一切。

——格提亞．烏西爾猛然清醒過來。

他全身大汗，睜圓著眼睛，察覺自己正坐在書桌前，趴伏桌面上。他的心臟劇烈地跳動著，耳朵甚至可以聽到體內一陣陣急促的震盪迴響。

他不禁低喘幾口氣。接著，他很快地直起身體。

放眼望去，收藏豐富的木頭書櫃，四處堆放的圖稿紙張，這個連文具都凌亂擺放的房間，是他不能再更熟悉的地方。

低頭看見自己身上穿著學院的袍子，他先是一怔，旋即立刻站了起來！過大的動作幅度將書桌上雜亂交疊的書本圖紙碰倒落地，那些自己曾經如此珍惜的知識，他視而不見。格提亞頭也不回地離開座位，跑出了所在的辦公室。

在長廊奔走，他四處張望，急切地尋找著什麼。

這所學院裡，誰也沒見過他這樣。或者說，沒什麼人有機會見到他本尊，也由於如此，引來不少側目。

格提亞不在意那些訝異的目光和竊竊私語。

這個時候，「那個人」是在什麼教室，經常在哪裡出沒？格提亞此刻才發現，原來自己什麼都不知道。

終於，在那不遠處，他看見了那總是相當顯眼的黑髮。

帝國裡，無論深淺髮色都相當常見，可是像如此純黑的頭髮非常稀有。

還有那側臉。

即使是不怎麼和學生交流的格提亞，也曾聽學生談論過。彷彿雕像一般，不管在哪裡都引人注目的，無比俊美的輪廓。

他快步地，徑直地，朝那個人所在的地方飛奔過去。

在對方先行察覺而轉過身來之際，格提亞注視著那雙紫眸，伸手緊緊抓住對方的衣領。那壓抑許久的情緒在這一刻全都釋放，他用力道：

「你——」

他想和這個人說什麼？面對眼前這張完美至極的臉，一時間，他恍惚了。因為這輩子，他從未如此激動過。

紫色眼眸的主人，一名黑髮的青少年，僅是握住他緊扯住領子的手腕，然後毫不留情地施勁拉開。

並且與他四目相對。

格提亞沒有移開視線。被箝抓住的手，只是不受控制地顫抖著。

雷蒙格頓帝國。

傳說，在人類出現的最初，大地是連在一起的。

然而傲慢的人類觸怒神明，因此天崩地裂，地面分成數塊。其中，雷蒙格頓帝國就位處物產最爲富饒的區域。

即便在懲罰中仍受到神的偏愛，將最肥沃的土地分給了雷蒙格頓，皇帝與人民懷著感恩的心情，使得國家愈發強盛。數百年來賢明的統治，讓雷蒙格頓成爲現今世上支配國土最廣闊，亦最穩定的政權。

翻開帝國歷史記載的首頁，這是連幼兒也聽過的故事。

實際上，雷蒙格頓之所以如此強大，有一個最主要的原因。

魔法。

雷蒙格頓最初流傳的神話，細節已不可考，所以只有歷史記載了關於魔法的敘述。史書明文寫道，帝國最北方有一個聚落，那裡的人們擁有神奇的力量，能夠輕易地達成人類辦不到的事，他們選擇在帝國生活，開枝散葉誕下後代，擁有他們血統的子子孫孫，皆天生擁有奇妙的能力。

後世逐漸稱呼他們爲魔法師，其天生所具有的能量則爲魔力。

他們從出生就和普通人類不一樣。最明顯能夠分辨的，是眼睛顏色。

雷蒙格頓的開國皇后，即是如此。

至今掛放在中央皇宮內的人物畫像，她那一雙金色的眼眸，絕不是凡人所能擁有的。

也因爲初代皇后的血脈，在其後皇室成員的魔力加持之下，帝國威名遠播，戰績輝煌。

不過或許是由於和普通人通婚的緣故，血緣愈來愈爲淡弱，不知何時起，與生俱有魔力的孩子逐漸減少，能夠施展魔法將其掌握的人亦變得稀缺。

時至今日，雖然雷蒙格頓仍因舊有的威名而富強，可是現在皇族裡唯一擁有魔力的，卻僅有皇太子莫維一人。

「快說！你爲什麼要襲擊皇太子？」

被抓進屋內，面對數名騎士包圍的責問，即使亮晃晃的劍身就在他眼前，格提亞反倒顯得平靜下來，僅問道：

「現在是帝國曆多少年？」

身材偉岸的騎士身上隱隱有些酒氣，混沌的眼裡起了殺意。

「你知不知道我現在就可以砍下你的頭？」

「頭……」格提亞喃唸著這個字，不禁往前走了一步。

「再不停下就別怪我了！」騎士喝道。

「住手。」

不知是這個聲音，抑或者是劍鋒劃過自己頸邊皮膚的疼痛，沉浸在自己思緒中的格提亞回神過來。他往聲源看過去，是學院的老院長。

作爲一所孕育數不清貴族學生的百年傳統學院，院長的地位自然不言而喻，沒有爵位亦不可能成爲院長，所以，騎士出於尊敬停住動作。

但或許是不滿格提亞的態度，騎士仍未完全收刀。

學院規定騎士不可無故在校內造成干擾，這自然是貴族子弟們的部下曾經發生過衝突所制訂下來的規矩，可是此次狀況不同，學院內人士對皇太子進行攻擊非同小可，無法相提並論。

只聽院長道：

「我問過殿下了，這只是一場誤會。」

「什麼？他可是偷襲了殿下！」騎士有點大舌頭地說道。他們獲得多方證言，這個穿著學院教師衣袍的清瘦男性，當時的確做出了襲擊的動作。

所以他們才沒得選擇地放下手中的酒杯，跑來處理這麻煩事。

一直以來，皇太子的護衛這差事，都是相當輕鬆的，幾乎就是白領薪餉的狀態。他們也隨意過活好長一陣子了，所以一旦發生問題，就令人相當不悅。

皇太子本身絕對擁有足夠的抵抗能力，其實根本不需要他們；上頭也從未要求他們特別警惕，倒不如說還有意無意地放任他們偷懶。雖然不明緣由，以他們立場又不是什麼壞事，他們聽從命令就好。

堂堂皇太子，被送來不論多低微的小貴族都能夠申請就學的地方，甚至還延遲歲數入學，任誰看都是有點蹊蹺的。

在這個帝國，皇室，和一般貴族，可不是相等的地位。

依照傳統，皇族直系子女，都是請最有名的私人教師，在皇宮內完成學業。不需在學校跟所有人並排同坐，目的是彰顯那在他人之上最尊貴的身分。

而今，明明是皇室血脈，卻出現在學院，如何不引人猜測。

況且還是皇太子。

一直以來，帝國的皇太子，頂著那個頭銜，卻似乎又不是那樣的待遇。他們這些護衛騎士，比其他旁觀者還多了一些觀察角度。

只是就算如此他們也不能夠完全怠慢皇太子，所以，表面的態度還是得擺出來一下。帶頭騎士用那微醺的腦子思考著，眼前此人雖未持致命武器，可確實是個現行犯罪者，沒當場將他擊斃已是仁慈，至少也該卸掉手足。

若不是皇太子在當時示意阻止。

但是，審問依然是必要的，因此他們才將這名男性架離，以釐清事實。

最重要的是，這傳出去恐引起外界對護衛騎士的質疑，也許還會挖出他們值勤時在酒館蹺班的事實。

「不，殿下說那不是偷襲。你們看錯了。」院長僅是如此說，態度沒有特別偏袒，眞的是單純傳話。他道：「是殿下請我過來的，有什麼問題，你們可以請示殿下。現在，你們必須放了格提亞。」

騎士聞言忽地愣住。

「格……格提亞？」那位「格提亞」嗎？騎士們互看一眼，隨即注視著面前這個，身材瘦弱，面貌平凡，有著微捲淡褐髮及一雙黑眸的年輕男子。

原來這人就是「格提亞」！哪怕他們對護衛工作曾經認眞過一次，也不會現在才認識這張臉孔。

彷彿一下子酒醒了，爲首的騎士馬上不想繼續參與此事攪和，將長劍收入鞘內，沒再拖延道：「既然殿下這麼說，那就沒事了。拜謝院長傳話。」一揮手，幾人轉身迅速地走了。

待騎士們離去後，院長看向格提亞，道：

「格提亞，你……」

格提亞對於面前的狀況始終沒有太多反應。他移動目光直視著院長，這位和他記憶裡完全相同的白髮老人，問道：

「院長，請問現在是什麼時候？帝國曆多少年？」

院長一怔。格提亞雖為學院內的老師，卻不是屬於學院體制，甚至，格提亞的地位算起來比他還高，所以他無法管理格提亞的言行。

儘管格提亞不需要聽從學院，但是以前也未曾有過什麼出格行為。今天這件事，他初聞時當然是相當錯愕，在皇太子讓他過來解釋後，他更訝異了。

依照目擊者所言，騎士們說的才是屬實。可若格提亞真的有意傷害殿下，殿下也不會毫髮無傷，殿下不願追究的原因可以有好幾個，只是絕不可能會是仁慈就是了。

因為，他是那位誰都想避開的皇太子。

院長想問個清楚，以避免接下來可能發生的爭端。不過看格提亞的表情，似乎得先回答剛剛的提問才行。

「現在是帝國曆九百六十一年，你……」為什麼問這個？

格提亞一聽見院長的回答，立刻轉過身奔離。途中，他想起什麼，回頭補充道：

「謝謝。」

院長連「等一下」三個字都來不及說，呆愣看著他遠去的背影。

平常，格提亞非常安靜低調，難見如此匆忙。更正確地說，是從來不曾。

非正統貴族學院出身，亦僅是普通平民背景的格提亞，之所以能夠在五年前以二十一歲的年紀成為學院老師，全都是由於從小就在魔塔長大的緣故。

或許是這個原因，格提亞不大和學生交流，總是獨來獨往的，但絕不惹麻煩，始終安分守己，簡直像不存在於此處那般活著。在學院裡，他是一個從未明顯表達過自己情緒的老師，既然如此，那他爲什麼突然對皇太子動粗？院長縱有再多疑問，無論是格提亞或皇太子，都非他可以質問之人。

格提亞往長廊直奔，可是也不知該去哪裡。

十年前。現在是九百六十一年。

昂首環顧著學院周圍，這裡既熟悉又陌生。雖然他曾在這裡度過好幾個季節，卻有許多未曾認識的地方。

就連學生的一般教室在哪裡，他都不清楚。

這個時候，莫維是在學院的哪裡上課？

他甚至都迷路了。誤入學院建築後方偏僻地區，格提亞意識到自己猶如無頭蒼蠅般的行爲，逐漸放慢腳步，終於停住。

下一秒，忽然有人從身後無聲無息地抓住他的手，同時反折在他後腰，猝不及防將他整個人粗魯壓向旁邊的磚牆。

「呃。」他吃痛地悶哼一聲。

一陣熟悉氣息襲上他的後背，那所散發出來的，獨特的強烈壓迫性，使得他立刻就明白身後的人是誰。

格提亞想跟對方交談，不料對方一手壓住他肩後，一手抓著他腕節扭動，只聽「喀」的一聲。他反折的右臂脫臼了。

「啊！」格提亞睜大眼睛，不禁叫出一聲痛喊，下意識用左手按住右肩。

「咦？」

和格提亞同時發出聲音的，是身後的一聲疑惑。

對方放開他，格提亞遂整個人因疼痛滑蹲在地，一下子渾身大汗。汗珠流淌在眼睫上，他低喘口氣，緩慢地抬起眼睛，看著站在自己面前的青少年。

也就是帝國尊貴的皇太子，莫維．貝利爾．雷蒙格頓。

莫維那雙像是紫水晶的眸子，居高臨下地睇著格提亞，微笑道：

「怎麼回事，原來這麼容易就可以折斷你的手？還是說，你身爲老師，有不和學生動手之類的原則？」他的眼睛裡有著一絲質疑。

格提亞僅是看著他。

他不記得了。在學院的時候，莫維是什麼樣的學生，他一點也沒有印象，因爲他總是不關心這些。

不過，皇宮裡的皇太子莫維，他倒是曉得的。

就是個難以捉摸，陰晴不定，無法知道在想什麼的男人。

莫維先前之所以阻止騎士，絕非出於好意，而是像這樣，想要親自處刑。

所以莫維來找他了，並且折斷他冒犯的那隻手。

「你……你是十九歲？」十年前的話，應該是這個歲數。即使氣氛怪異，格提亞依然問出口。

「什麼？」莫維露出特有的單邊梨渦，臉上是誰見到都會迷惑的漂亮笑容。他甚至笑彎那對精緻的眉目。

格提亞眼也不眨，仔細地，專注地，將他整個人好好地看進自己的雙眸裡。

「原來你小時候是這個樣子的。」對現在的他而言，確實是小了。

這莫名其妙的發言，令得莫維不明顯地皺了下眉。他毫不在意自己暴力弄斷師長的手腕，只是垂著眼眸，輕輕笑著問道：

「什麼小時候？」

格提亞幾乎是出神似的，凝視著那張尚未完全成熟的臉孔。他緩慢地撐著牆站起身來。面對面這般站立，才發現，十九歲的莫維，還沒他記得的那般高壯。

可依舊如此活生生的，就在他的眼前。

格提亞的呼吸漸漸地變快了。

不受控制的。

他沒有意識到，自己朝莫維伸出了原本按住肩膀的左手。

究竟要做什麼，其實他自己也不曉得。

大概，他是想要觸碰這個，在自己眼前仍活著的莫維。

然後證明這並不是夢境。

「你是想要我把你的左手也折斷嗎？」

莫維那清澄嗓音響起的同時，用力握住格提亞的腕節，格提亞反射性地想要將手收回，莫維卻沒有放開。

雖然被制住的手腕發疼，不過和已脫臼的右臂比起來，根本算不了什麼。

只是，對於幾乎從未體驗過身體疼痛的格提亞來說，連著兩次的疊加傷害已完全足以讓他從自己深陷的情緒中回過神來。

「不……」說什麼「也折斷」，那瘋子般的性格原來是現在就有的。
所以明明是笑眼，眸底深處卻一點笑意也沒有。
莫維撤手甩開他，道：
「下次再敢冒犯我，就不是那麼簡單了。」他顯然沒有想要多浪費時間，對他來說這個處刑已經完成了。可惜那樣的小傷，馬上就能被魔法治癒。「明天課堂上見，老師。」他特別加重最後二字，完全不是恭敬的態度，反而相當挑釁。說完，轉身走人。
他不笑的時候，總是令人感到十分冷漠和遙不可及。那是一種特有的，誰都難以接近的氣質，來自身分的尊貴，以及天生的高傲。
他笑的時候，則使人恐懼。
格提亞注視著他離開的背影，一下子感覺疲倦，屈膝蹲回地上。
沒錯，這個時候，他還是莫維的老師。既然是老師，怎麼能夠什麼都不記得也沒有印象？
他有點無可奈何。學院時期，他眞的太不關心學生了。
右肩實在痛得緊，他想要先行治療，否則這實在干擾他的思考。
於是他用左手壓住脫臼處，就像以前那樣如呼吸般自然地習慣使用魔力。然而，毫無反應與改變。
這對他來說，並不是正常的現象。
一般，他只要心裡想著，就能夠驅動力量。不過此時此刻，他卻覺得自己整個身體空蕩蕩的，本來能夠感受到，能掌握的，全都消失不見了。
就彷彿，全部都沒有了。

格提亞愣著注視地面，不管他再怎麼嘗試，也沒發生任何變化。

只有額上的汗水，滴落在他的鞋邊。

不過，理解這個未知的狀況，並未讓他花費太多時間。

他也僅用一個晚上就坦然接受了目前的事實。

翌日，他來到教室。這是他在學院裡，作爲老師，唯一的一門課。

站在講臺上，他面對著寥寥無幾的數名學生。

至於皇太子莫維，就坐在最後一排。他首先注意到的，是格提亞綁在脖子上吊住手臂的三角巾。

這異常的畫面使得莫維瞇起眼睛。

其他幾個學生亦是一臉奇妙。因爲，格提亞受傷，是一件足以令所有人感到不可置信的事情。

無視學生的異樣眼光，格提亞開口道：

「我失去了幾乎全部的魔力。」

他十分平靜，冷靜，就是這麼說了。

即使，別人都這麼稱呼他：

帝國唯一的大魔法師。

消失。

據說，魔法是會烙印在靈魂的一種能力。所以無論是哪個時空，曾經留下的痕跡，都不會

而魔力，意即能夠驅動魔法的特殊能量。

這樣的特質，始終僅出現在傳說中魔法師一族的血脈裡。唯擁有此族血統，才能擁有魔力。

不過，血緣漸淡的話，傳承下來的魔力也將會減弱。

隨著一族的沒落，具備魔力之人徹底消失這個未來，似乎是必然的結果。此時，卻有一人的出現，顛覆了這樣的說法。

那人就是皇太子莫維。在血統漸趨微薄的皇室裡，天生具有強大魔力的莫維是個異類，也許是隔代遺傳，或者是一種突變，總之，莫維就是個不合常理的存在。

在帝國內，魔力能夠與莫維抗衡，甚至比莫維更勝一籌的，便是魔塔出身的格提亞·烏西爾。

身為帝國麾下組織的一員，為作育英才，魔塔讓格提亞來到學院。

而今，那個格提亞，在課堂上宣稱自己失去了魔力。

「唉……」辦公室裡，學院的院長連聲嘆氣。他看著佇立在自己桌前的格提亞，實在不曉

得該說什麼才好。「……你確定嗎？你上課時對學生公開說明你沒有魔力了？」學生來向他通報的時候，他還以爲學生胡言亂語，結果沒一會兒格提亞卻主動來找他了。

「不是。」格提亞整個人站得直挺挺的，院長聽到他否認時還有點慶幸，覺得果然是學生調皮，豈料格提亞接下來卻道：「我說的是，我失去了幾乎全部的魔力。」也就是還剩下非常微不足道的，不是完全沒有。他昨晚實驗確認過了。

院長一愣，又是深深地嘆息。獨立學院體制外且身懷魔力的大魔法師，格提亞的稱號雖然響亮，在授課方面其實沒什麼特別出色的表現，畢竟傳道授業是一項專門學問，不過倒也是中規中矩，該做的事情都會做好。

魔力與魔法，是對普通人來說無法理解的存在，但是和所擔心的不同，格提亞不曾發生過什麼問題。

怎料從昨日開始，就一直出現相當頭疼的意外。

經過短暫的思考過後，院長道：

「這個……我必須請示陛下。至於魔塔那邊……你要聯絡嗎？」

「不用。」格提亞搖搖頭。

「好吧。那你的課程予以暫停，先回去等消息吧。」學院和魔塔是兩方不同個體，互不隸屬，因此儘管格提亞是校內教師，但是格提亞本身和魔塔都不在他的管轄範圍。即便失去魔力僅爲格提亞單方面的一句話語，他亦沒有能力驗證，所以能做的也就唯有這樣而已。

「不用。」格提亞還是搖頭。

「什麼不用？」院長困惑。

格提亞道：

「課程不需要暫停，我希望能夠繼續正常上課。」他就是來跟院長說這件事的。

「欸？」院長不明白。問：「但是你……」

「雖然沒有魔力，我也可以上課。我會證明。」外面響起了鐘聲，格提亞正經地鞠了一個躬，道：「我不打擾院長了。」語畢，他轉身離開。

院長想叫住他，又不曉得還要講什麼。院長雖爲貴族出身，相當難得地沒有一般貴族的傲慢，源自年輕時喜歡鑽研學術，在每天忙著享樂的貴族裡他就是異類，看待事情的視角本就不同，他不懂魔力或魔法，不會明白格提亞在課堂上的教學，另一方面，眞的要說起來，魔塔的地位應該是高於學院的。

格提亞離開院長辦公室，往自己的研究室走去。

他每月是四堂課，也就是一週一堂。其餘的時間，他都在自己專屬的教師辦公室裡。因爲他有很多事情要做。

他的教師研究室位於學院內最偏僻的北區鐘樓。從魔塔來到此地時，他唯一的要求就是給他一個能夠自由使用的獨立空間，無論在哪裡都可以。

一路不停留地穿過長廊直到盡頭，在第二次鐘聲響起時，他也推開教師室的木門。

這一瞬間，他立刻感覺到有別人的存在。

於是他回過頭，只見門後暗處站著皇太子莫維。

他一愣，停住動作。

莫維從陰影中往前走一步，窗外的光線斜照在那相當年輕的俊美臉容上，格提亞看得有些出神了。

對於黏在自己臉部的視線，莫維嗤笑一聲，似乎對此十分習慣。與輕蔑的態度不同，他語氣友善同時用詞粗魯地啓唇道：

「你怎麼回事？」

「……什麼？」格提亞彷彿醒過來般回應道。莫維的態度不大一樣了，雖然他很熟悉這個模式，不過面對這個有點陌生的，不滿二十歲的莫維，仍需要調整適應。

「你的手。」莫維瞇起漂亮的眼眸，道：「是故意不用魔法治癒，擺出受傷的樣子？」

「不是。」格提亞低頭望一眼自己掛著的三角巾。「我沒有故意不治療，我昨晚去找過醫生了。」還是他懂事之後的第一次。

「醫生？」莫維稍微昂起輪廓優美的下頷，目光始終略帶質疑。「你是在開玩笑？」他笑了一下道。

「我不是。」格提亞回答道。

莫維仍然揚著好看的唇線。

「那種傷勢，你不是動個手指就治好了？」更別提，會受傷本身就已經是相當奇怪的事。他對於格提亞裝傻的態度逐漸感到不耐煩，不過沒有表現在臉上，而是非常細微的眼神變化。

格提亞僅是注視著他。莫維的脾氣，他是體會過的。

「現在沒辦法了。」他所認識的莫維，確實經常喜怒無常，甚至，笑得愈開心，就表示愈生氣。「我已經失去了絕大部分的魔力。」格提亞道。

莫維聞言，突然安靜了。

下一刻，他一個箭步上前，抓住格提亞那隻受傷的手，粗暴用力地舉高。

「我討厭開玩笑。」他忽然收起笑容，低沉警告道。

格提亞因他粗魯的行爲吃疼。這眞切的痛感對他而言可以說從未有過。

只是，他眼都不眨地注視著莫維，動也不動了。

眼前的人，氣息，聲音，體溫，都是如此確實地存在著。

還有這痛，提醒著他不是夢境。

「……我現在才覺得這一切都是眞的。」格提亞像是自言自語般地，說著。

他做到了。

做到了。

莫維瞇起眼眸。這個上課時總是不曾抬頭看向學生的魔法學老師，平日低調沉默面無表情，突然間，不論言語和行爲，都變得難以理解和怪異。

「你到底是什麼意思？」他問。

即使額間冒出冷汗，格提亞仍是忍著疼重申道：

「我沒有開玩笑。」

莫維加強手勁，逼近格提亞的臉，明明做出粗暴的行徑，卻又微笑著。

「我從來就沒有聽說過與生俱來的魔力會消失這種事。」

「有的。」格提亞因疼痛而嘴唇泛白，仍舊認眞地道：「雖然眞的非常稀有，可是，確實是有的。在特定的情況下會發生的。」

莫維繼續質問道：

「情況？」

「就是……」格提亞低喘口氣，這才能說下去。「用盡全力將魔力施展在特定的魔法上。」

通常，是禁術。

失去魔力，則視為所支付的代價。

莫維一副他很可笑的樣子，也真的昂首笑了出來。

「哈！你的意思是，你做了那種事？」

格提亞雙目凝視著他，誠實道：

「是。」

莫維又是「呵」的一聲。

「原來你是會如此亂來的人。」

這其實是句諷刺的話，不過，格提亞回答道：

「我是。」儘管，在此之前，他未曾認為自己原來會如此衝動，但是莫維也不瞭解他，一如他不明白莫維的想法。

隨著話尾的落下，莫維忽地感到自己抓著格提亞的那隻手，掌心一陣強烈刺痛。這是由於他生氣了，即使表面上他始終笑著，沒有展現出憤怒的情緒。

但是，內心是不可控制的。眼前格提亞的胡言亂語，使得他的情緒震盪，引發魔力碰撞，讓他體內的能量在一瞬間沸騰起來。

這完全是不自覺的一種反應。無關他想不想這麼做。

每當這種時候，他的身體便會疼痛。情感的起伏愈大，就愈痛。

無所謂，他已經習慣了。所以，當他察覺總是在他身體裡混沌雜亂的力量，忽然像是被導引一般，在身體裡彷彿具有秩序地流動，那些強烈不適的衝撞亦消失得無影無蹤時，他有一瞬間的難以置信。

這種，魔力的破滅隱沒，從未有過的奇異感受，令得他瞪住眼眸。

就在此時，格提亞伸出沒受傷的手，按住他的肩膀，將他往後推開，把兩人隔出距離。

「魔法學第一章，魔法，不可為邪惡所用。首先，你必須要學會控制魔力，先要控制才能正確使用。自身擁有的魔力，在正常狀況下，由你自己來操縱。」格提亞輕輕喘一口氣，儘管滿頭大汗，卻緩慢地，一字一句清楚道：「課本上沒有寫到，唯有一種情況例外。就是當對方非常瞭解你的魔力軌跡的時候，就可以某種程度地進行干涉。」所以，他剛才是將莫維的魔法稍微轉化了。

以前那麼輕易做到的事情，現在變得極為消耗體力。這也是說明，如今的他，大概只能做到這樣了。

莫維瞪視著他，甚至都忘了擺出虛假的笑意。

「你——」他動了下，結果被肩上的那隻手重新壓住。

這種毫無力氣的壓制，隨便甩開就好了。只是，他因一連串從未發生過的異常狀況，思考陷入遲滯，導致行動也不如平常果斷。

他就是想著格提亞的那一句：對方非常瞭解你的魔力軌跡。

格提亞一臉正經地平淡道：

「我不大喜歡別人碰我和靠我太近。你要記著了。」

「殿下，到了。」

侍從恭敬地打開車門，坐在豪華車廂裡的莫維・貝利爾・雷蒙格頓下了馬車。從小生長在皇家，致使他就連尋常簡單的動作都顯得貴氣優雅。

踏上階梯，他跨開長腿進入金碧輝煌的宮殿。

踩著明亮的大理石地板，他每邁出一步，就感覺身體彷彿被繩索勒緊一分。這裡是中央皇宮，在每處華美的雕梁畫柱中，皆刻有巨大的圖騰。

用來束縛魔力的圖騰。

確保任何擁有魔力之人，都無法在此處施展魔法。

「你來了？」

在燈光昏暗的皇帝寢室裡，莫維朝向床上靠坐著的人影行禮。聽見那蒼老的嗓音問候自己，他嘴角一勾。

「是的，父皇。」

這裡是皇宮對魔法的禁錮術最強烈的地方之一，擁有強大魔力的莫維出現在此處，照理來說應該會像被繮繩緊緊綑綁脖子那般非常不適。

並且，魔力愈強，不舒服的程度更爲加劇。

皇帝陛下，他生理上的父親，僅僅付出一枚精子的人類雄性，最喜歡在此召見他。

而他，也總是露出一臉微笑，沒有洩漏絲毫多餘情緒。

就像個人畜無害的乖孩子那般。

「嗯。」床上的白髮老人應了一聲。

按照帝國的禮法，任何人謁見皇帝，女性屈膝低頭，男性單膝跪拜，所有人都應行使此禮，即使是皇帝的兒女也不例外。莫維左膝彎下，極之靠近地面其實卻未真的跪落，就維持著這姿勢。

「不知您今日召見是爲何事？」莫維的語句是恭敬的，相較之下，口氣顯得有點輕浮。彷彿十分習慣這種折磨也不當一回事。

就聽皇帝淡淡地道：

「沒什麼，就是想看看你。畢竟我不召你，你也不會來此見我。」

他未有示意莫維站起的舉動，因此莫維仍是以行禮的姿態回應道：

「兒子近來忙於學業。」他擱在膝上的手始終握著拳，指骨漸漸泛白了。

「是嗎？」皇帝依舊用相當緩慢的語調說道：「學院怎樣？你能適應嗎？」

莫維不帶感情地道：

「一切都好。」

這段對話結束後，有一陣子的安靜。皇帝不接下去說，莫維就不主動發言。

直到皇帝重新開口道：

「你抬起頭來。」

莫維聞言，終於緩慢地昂起臉，對上父親的視線。

皇帝道：

「你跟你生母，長得是愈來愈像了。」

莫維一笑，眼裡卻沒有笑意。

「跟我那些哥哥姊姊們也像嗎？」

眾所皆知，帝國的皇太子是皇帝的長子。不過那是表面上而已，這番話什麼意思，他和父親心知肚明。

皇帝又是沉默，末了，道：

「你下去吧。」

「是。兒子告退。」莫維總算得以起身。

在轉頭離去前，他聽皇帝在後面低沉地說道：

「朕不信你身上的那個不祥力量，朕絕對不會令其發生。」這兩句話不若之前的平靜，說得十分具有重量和深沉。

莫維沒有對此回覆，後退出了寢室。

中央皇宮長長的走廊上，直屬皇帝的皇家騎士團全副武裝，手持長槍直挺地站立著，暗金色的帽簷半掩住他們的雙目，但這不是帝國皇太子經過時，他們沒有任何恭敬反應的理由。

莫維毫不在意，僅邁開步伐，逕直地往前走去。

在就要離宮的最後一處轉角，有衣著華麗的一男一女向他迎面而來。

「哎呀，看看這是誰。」男的先行出聲。他和莫維差不多的年紀，差不多的身高，卻挺著個肚腩，看起來也不是特別肥胖，倒像是沉迷於酒館那些中年大叔般的體型。

即使長相還算不錯，也由於浮腫的身材打了折扣。

「參見皇太子。」女的則停下腳步，兩手拉起裙襬行正式禮。她體姿優雅，從整個儀態可以看出良好教養，低垂的年輕臉龐顯得美麗且冷漠。

這對男女的五官神似，因爲他們是兄妹，又由於細微的不同而導致明顯差異。

莫維本沒有理會這兩人的打算，不過男的擋住他的去路。

「你也來見父皇？這麼難得。」他看莫維想無視他們，所以故意的。

他的名字是科托斯。科托斯．雷蒙格頓，和身旁的妹妹米莉安同爲現任皇后的孩子。

不過他晚出生了幾個月，所以是二皇子，非皇太子。

母后總是因爲此事氣憤不已，至於他，從小到大也認爲這是不公平的。

畢竟，他的母親是現今皇后。

莫維則否，那麼爲什麼皇太子不是他呢？

米莉安靜地在一旁，目睹著自己的兄長像是挑釁般地繼續說道：

「聽說你去學校了？唉，學校長什麼樣子啊？可不可以和我說說？我是眞的很好奇啊！畢竟我們皇子皇女，都是在宮裡請皇室教師學習的，對於那種團體聚集在一起讀書的庸俗地方，我是眞的不熟悉。」

科托斯說的確實是皇室傳統的求學模式，莫維貴爲皇太子，所就學的貴族學院，雖然程度絕對不算差，歷屆教育出很多知名人才，可那又怎麼樣，就算是稀世天才，終歸都是要臣服於皇家。

始終沉默的米莉安，不能認同兄長的態度。

從另外一個方面來看，皇帝的子女因爲身分地位，免於去學院與同儕競爭，歷史上也出現過不少紈褲子弟。不需要怎麼認眞唸書，反正外面也沒人敢與之比較，當然這類型的皇子最後坐不上皇位，他們無知愚昧又懶惰。科托斯正是這派典型的代表。

正是社會風氣逐漸轉變的時代，隨著知識的進步，人民開始對於服從貴族有所懷疑。所以，也有人開始提出，封閉式教育對皇室子女的劣處，懷疑皇室後代的競爭力，這正好給皇帝一個將莫維下放至學院的對外說法，要讓身爲皇太子的莫維示範，皇家後代的實力。

於是，坊間竊竊私語著各種流言。

莫維出現在學院的時間太過於晚了。一般貴族小孩入學，約莫在八歲左右，讀到二十歲畢業；而皇太子莫維，入學時已十三歲，還從最基礎的學業開始，美其名是公平，實際上卻感覺別有目的，這樣一來，無論莫維有何表現，外界都無法公正地評價。

因爲他比同儕都來得年長。不過，莫維出乎意料地拿出優異表現一路跳升到最高年級，可這又引來是否擁有特權的傳聞，由於初讀年紀的偏差，致使怎麼做都有人說話。

由皇太子入學的斐然成績，牽扯出的額外討論，令得同校沾光的貴族們更加吹捧自己就是高貴的，優秀的，不把平民放在眼裡，也因此忽視民眾質疑服從貴族的微小雜音，認爲這種討論根本無稽之談。更有一批人，他們將心思全部聚焦在皇太子是否失寵的假設耳語上。

可是皇室又不曾傳出另立皇太子的風聲。無法看清風向，詭譎的氣氛，已蔓延在貴族之間久久不散。

然而這一切，皇位繼承第二順位的，她的哥哥科托斯，基本毫無想法，每天顧著享受皇子身分帶來的榮華富貴。米莉安面無表情，甚至想將兄長留在此地自己先走了。

「怎麼？你是聾了還是啞了？」對於莫維始終不予以回應的態度，科托斯有點惱怒了。雖然莫維是他同父異母的兄長，但不就年長幾個月而已，一年中大部分時間他們是同樣的歲數，這令他的長幼概念淡薄，加上認爲莫維多半已失去在皇帝心裡的地位，更使得科托斯站在莫維面前完全擺出平起平坐，更甚稍微高的姿態。

是長子又怎樣？成績優秀又怎樣？什麼驚爲天人的容貌，不管有多少浮誇的讚美，皇帝若不喜歡，終究還是會跌落到誰都可以踩踏的地板。

「哥哥。」米莉安總算開口。她比科托斯小上兩歲，言行舉止卻相對沉穩許多。

科托斯已經不高興了，聽聞妹妹的制止，一下子便轉頭問道：

「妳是我這邊還他那邊的？」

米莉安知道在母后的溺愛之下，這個哥哥不大成熟，可是沒想過他竟會如此幼稚。

「別說了，先去見父皇。」米莉安微微皺眉，不想起爭執。

這裡是皇宮，無論是讓誰看見這種不和諧的場景，傳出去或者傳到父皇的耳裡，都是不智的。

「我就偏不要！」科托斯重新將視線對在莫維的臉上。他打小就跟這傢伙不對盤，覺得他們兩人明明處於競爭地位，莫維卻總是不把他放在眼裡。現在就連親妹妹都在洩他的氣，他有點惱羞成怒了。「說話啊你！不要總是無視我！」隨著放大的音量，他上前了一步。

自始至終都沉默的莫維，在科托斯朝自己靠近的那刻，終於緩慢地舉高手臂，然後，狀似隨興地往身旁一揮！

這個向空氣稍微揮臂的動作，發出破空的聲響，一瞬間，他側邊的石壁宛如遭受野獸利爪攻擊一般，壁面整個被撕扯開來，劃下深深的痕跡。

科托斯不禁大吃一驚，飛出的煙塵和碎石還打中他的臉，後面的米莉安也趕緊伸手遮擋。大家都知道莫維擁有魔力，只是，對於幾乎未曾親眼見識過魔法的人們來說，這世上還有如此力量，是件容易忽略的事情。

科托斯也是如此。即使他聽說過，但出生以來不曾見過，在魔法師人數已爲極度稀缺的如今，那就像是書裡的一個過往傳說。

更何況，中央皇宮還設有禁制陣式，魔法不會也不應該能夠出現才對。

莫維抬起眼，俊美的臉上，是平常那種討人厭的笑容。左邊的嘴角甚至還有甜美的梨渦。

「嗯？剛才好像有什麼蟲子在我耳邊吵鬧。」他道。

這麼明顯的嘲諷，科托斯由於錯愕得腦袋一片空白，喪失語言能力無法回嘴。

最後還是米莉安先行反應，忍著情緒，道：

「莫維哥哥，我們得去拜見父皇了，告辭。」她不著痕跡地推著科托斯的背，示意他快點從莫維面前離開。

科托斯被動地往前走，兄妹倆越過了莫維。

片刻，科托斯總算緩過來，半回過身嚷嚷道：

「那傢伙！怎麼回事！這裡他不是不能施展魔法嗎？」

米莉安抿著唇，腳步不停道：

「別這麼大聲了。」在確認莫維沒有跟來，也離開他們視野以後，她才稍微放鬆警惕。

「什麼大聲小聲的？妳爲什麼要幫他說話？」科托斯十分不滿。剛才被嚇到的自己太過窩囊了，因此有點遷怒的意味。

「我什麼時候幫他說話了？」米莉安感到莫名其妙。「你可不要忘記自己身在皇宮。」她再次提醒。此處不是可以放肆的地方，自己的兄長那刺耳音量已經有點太過分了。

科托斯繼續無理取鬧。

「妳這樣就是在幫他說話！」

米莉安無奈地嘆一口氣。

「隨你吧。」她乾脆不理會他，自己向前走了。

「喂、妳，米莉安！」科托斯追上她，心裡還是一陣悶氣難平，於是道：「我大聲點又怎麼了？妳沒看他還破壞了皇宮！我等下一定要告訴父皇，讓他受到懲戒！」

「你在意的是那個？」

聽見米莉安的反問，科托斯看向她，見到米莉安一臉嚴肅，直視著前方。

「不……不然還有什麼？」科托斯不解她爲何這種表情。

米莉安不語。

莫維在他們面前施展的那一招，已足以顯示兩件事。一是他明知破壞皇宮這件事會被上報給父皇，可是他根本不在意。

另外就是，這座滿是禁制魔法陣的皇宮，完全無法阻止魔力強大的莫維。人人都以爲的最安全之處，只要莫維存在，就便是危險的。

米莉安沒有和兄長說明。因爲即使她說了，科托斯也不會懂得隱含在其中的深意。

一陣微風稍微吹亂了她的髮絲，她先是朝陰霾的天空看去，科托斯從身邊忿忿不平走過時，她轉而望向兄長。

重男輕女的母親總是過於寵溺哥哥，日後若是由哥哥繼承責任重大的位置，眞的能夠做好嗎？

她眞心不那麼認爲。

以前年紀小，不怎麼懂得這些。隨著她逐漸長大，學習各種知識，也有了自己的思考，她的想法，總是沒有辦法那麼正面。

米莉安凝睇著兄長氣呼呼的背影，在心裡輕嘆了口氣。

帝國貴族學院。

作爲帝國內首屈一指的階級學校，除首都外，東方及南方兩大公爵領地也設有分部，在民眾眼裡光鮮亮麗，學生皆是來自擁有爵位的家族。即使也有在家裡失寵不受待見的孩子們被丟過來，正是對人生最迷惘的年紀，這所學校儼然成爲庇護所。

一直以來，上流階層的小孩爲世人所羨慕，可是生活在那樣的環境，也會有需要面對的困難，常見的繼承爭奪，甚至家族政治方面的攻防，這些事情可大可小，在學院裡，反而單純多了。

由於是帝國內首屈一指的貴族學院，校內師資更是不會馬虎。

因此，僅在首都獨有的魔法課程，就是由帝國唯一的大魔法師來教學的。

「魔力，是驅動魔法的能力。魔法陣則是一種加成的輔助，小的魔法，只要魔力足夠便能夠使用，大型魔法，則需透過魔法陣展現。圖陣對魔法來說至關重要，不同的魔法會有不一樣的魔法陣，甚至施法者，也能夠創造屬於自己的圖陣。」

格提亞站立在講臺上，一言一語平緩地說道。

即使臺下寥寥無幾的學生，不是在打瞌睡就是呵欠連連。

他的教學，會包含示範。格提亞將一張畫有魔法陣的圖紙放在講桌上，接著又拿出一個小盆栽，置於紙面中央。盆栽內僅有一株剛發芽的綠葉，襯著含羞的花苞。

格提亞認真地注視著那細小的葉片，隨即抬起雙手，停在嫩葉的上方。

他已不需要三角巾托著，不過右手腕仍纏繞著繃帶。擺好姿勢，他深吸一口氣，輕聲道：

「開花。」

只見葉子輕微地動了下，花苞似乎綻開了些，就眞的僅是很微小的變化，甚至讓人以爲是錯覺，旋即就恢復平靜。整個過程不過幾秒鐘而已，格提亞額頭就出了一層汗意。

他用手背擦掉滴落眉尾的汗水，對著臺下學生道：

「雖然不明顯，不過剛才的確驅動了魔法陣，不知道大家有沒有看到？」因爲他現在擁有的魔力太弱了，這已是他所能做到的極限，這也在他的預料之中。「魔法的系統有很多種，幾乎都和自然狀態有關，可以極大程度地利用自然力量；也有在自然系統之外的，譬如與時間有關的魔法。」他說。每一句話都講得相當緩慢，相當清楚。

教室裡依舊一片懶散的氣氛，他彷彿毫無所覺，僅全心專注在自己應該傳達的理論上，接續道：

「應用於生命體的魔法，大多都跟時間有關。使其加快成長或加快毀滅，或將傷口恢復到原始的狀態，都是一種小範圍的時間的前進與倒退。不過，這有一個不能違反的原則，那就是徹底消逝的生命，是無法復活的。」若將生命體的時間看成一條線，魔法可以在此線上來回。當生命終止之時，線也隨即消失。

屆時，就算是再厲害的魔法，也不可能使其扭轉。

只是這些，都僅是已知論點。關於魔法，他們還有許多不夠清楚，需要理解的地方。也許，是由於在久遠的時光裡丟失很多概念，又或者，是和魔法師個人的本質有關。

「老師。」底下有學生舉高了手。

格提亞還想就此重點多加敘述，尤其是關於時間魔法的其它使用，不過學生有問題的話，他當然要解答。

以為學生是對他剛才的教學有什麼疑問，格提亞看過去回應道：

「是。怎麼了？」

那名男學生支著臉，一副睡眼惺忪剛醒過來的樣子，懶洋洋地說：

「下課時間到了。」他舉起最近新買的鑲鑽懷錶。

「啊。」格提亞這才發現自己太過專注，沒有留意到校園裡的鐘聲。「可以下課了。下次課堂見。」他總是準時的。

教室裡的學生聞言，皆伸著懶腰起身離開。

再怎麼優秀的學校，也會有偷懶的學生。格提亞是知道的。這些貴族子弟，來上這門課，就是用來消耗閒暇時間罷了，眞的有興趣的，少之又少。或許也有好奇的心態，可是因爲他們都非具有魔力之人，這堂課不能親自實踐，也會令學生提不起勁，從上課時的態度看得出來。

但是，他依然會認眞地教導關於魔法的知識。

或許會有一個學生願意將這些傳遞下去，那也是好的。

格提亞的一雙黑眸，凝視著坐在最後一排的莫維。對於學校，他的記憶眞的不多，但不知爲何，他卻記得莫維總是坐在最後一排最角落的那個位子。

而且，一堂課都不曾缺過。

那時候他不關心，亦沒有深思過這件事。現在的他，已經知道理由。

莫維正往門口走去，格提亞心裡遲疑了下，在他經過自己面前時喚住了他。

「你等一下。」

莫維像是沒有聽見般，並未停住腳步。

格提亞於是站到他前方，道：

「你受傷了？」他注意到莫維手上的繃帶。

被擋住路的莫維總算將視線對在格提亞臉上。

「受傷的是你吧。」他微微一笑道。是在嘲諷格提亞被他折傷的手還沒能痊癒。

格提亞根本沒有在意他的嘲笑，扯住他的袖子，道：

「你跟我來。」

「什——」莫維對他突如其來的舉動，感到相當不悅。即使僅是短短幾次接觸，不過他立刻瞭解了，這個人，格提亞．烏西爾，是個處處使他煩躁的人。

他本來想馬上用力甩開的，結果聽到格提亞道：

「我會全部都教你的。教你怎麼使用你的魔力。」

這句話，令得莫維停住了動作。他眼神微變，不再拒絕，注視著格提亞的背影，就這樣一路被格提亞帶到辦公室裡。

不是每一位老師都有自己的個室，即使格提亞的課程算得上是全校最冷門，但是他擁有獨立的空間。這一切僅因他是這國家裡，甚至可以說是這世界上，極為稀有的魔法師。

莫維是第二次進入這裡了。他打量著這個凌亂的房間，每一處都堆滿了關於魔法的書籍或畫有圖陣的紙張。

他之前就這麼覺得了。很久沒有見過如此骯髒的地方。

「你比看起來的邋遢啊。」皺著眉頭，他開口批評。

格提亞毫無反應，像沒聽見似地放開了他，然後關上木門，並且轉過頭，一切動作都又慢又緩。他雙目直視莫維道：

「我知道你想學會魔法。」

他的語氣，就好像非常確定一樣。莫維不著痕跡地冷著眼，隨即笑了出來，道：

「我會去上課，只是因為我無聊。」

格提亞聽他這麼說，道：

「不，不是的。我知道不是。」極度討厭被別人猜測與剖析的莫維，不承認是必然的。過去就經常這樣。

說是過去，好像也不大對，因爲那其實是未來。格提亞有點糾結。

他斬釘截鐵的結論令莫維又是怔住。

這個人，說話總是慢慢的，也不帶什麼表情。爲何就是如此令他煩亂。

「你明明就根本不認識我。」他用彷彿控訴的語氣說道。格提亞從走廊那頭朝著他飛奔而來前，他們基本在學院內沒有過交談。

甚至到現在格提亞也不曾解釋過那麼做的理由。

格提亞並未回應他的話，或者說壓根兒就不在意他講什麼。

他輕拉住莫維的手，動作輕慢地解開繃帶，謹慎小心的樣子，像怕弄痛他。

哈！明明說自己討厭被碰。莫維覺得此人簡直莫名其妙，再次想要甩離他，卻又由於他接下來的發言按住不動。

「你又去中央皇宮了？」格提亞這麼說道。

他爲什麼會知道自己的傷是在中央皇宮造成的？莫維警覺，必須藉由格提亞的言行，來搞清楚格提亞到底想做什麼。

格提亞僅是專注地拿開滲血的白色繃帶，一道長度從手腕到肘部，且不規則的傷痕出現在眼前。那傷，表面皮膚割裂，濕漉漉地暴露出淺層的血肉，裂口邊緣帶著褐色痕跡。

就彷彿被什麼炙燒過一般。

以前也有過這樣。

「你明知在皇宮內使用魔力，禁制魔法陣會反彈在你自己身上。」格提亞略微嚴肅地說著，隨即像是要驅動什麼般微抬起了手。

聽見他講的話，莫維有極爲短暫的停滯，在感覺到自己體內似乎有東西擅自流動起來的那一瞬間，他立刻用力地揮臂甩掉了格提亞。

這個劇烈的反抗動作，同時體現在他的魔力上。周圍一聲憑空巨響，牆面震盪，書櫃裡的書本如驟雨般傾洩掉落，桌面上的圖紙亦狂亂地飛舞。

在這沒有開窗的室內，物體不安定地震動著，還有一陣詭異的暴風。

「冷靜下來。不然，你會更痛。」

在吵雜的噪音當中，格提亞輕輕地說了一句。

莫維笑了。

「你以爲我會在乎嗎？」

「我知道你不在乎。」

格提亞話落的同時，他發現格提亞不知何時又拉住了他的手，這次他沒有再甩開，因爲他敏銳地察覺到體內在這種時候總是四處流竄的魔力，逐漸地被導引成同一個方向，並在體內形成循環。

這就是魔力軌跡。莫維能夠感覺到，格提亞的手，微微發熱著。

連呼吸都變得愼重的格提亞，閉著雙眼，睫毛細微地顫抖著，過於專注而微蹙著眉峰。即使他身穿深色長袍，仍然可見胸口處依稀發出微弱的光芒。

但莫維沒有餘裕去注意到。總是亂七八糟的魔力，宛若被溫柔仔細地梳理與安撫，不僅平緩下來，甚至猶如血液般自然流動。就在這一刻，莫維目睹著原本蜿蜒纏繞在自己手臂上的醜陋傷痕，竟就在他一眨眼時痊癒了。

他露出的膀臂，沒有一絲一毫剛才的痕跡存在，皮膚就彷彿從沒有出現過傷口那般，完美無缺。

他瞠住雙目，瞪視著格提亞。

在這之間，四周原本極不安穩的氣氛緩下來了。牆壁與書櫃恢復到靜止的狀態，隨風混亂揚起的紙張，也在風停以後，如雪片一樣，由高處徐慢地飄落。

總是笑得像隻狐狸般的莫維，不再像平常那樣笑了。

「你到底做了什麼?」他用力地抓住了格提亞的衣領，瞪著眼睛質問。

格提亞額間滿是汗水，他低喘一口氣，道：

「我沒做什麼……」

都沒能講完，莫維就立刻道：

「這怎麼可能是失去魔力辦得到的!」

格提亞幾乎要被他提起來了，即使莫維身材還沒成長到他記憶裡那樣高大。

「這不是我的魔力，而是你的。」他有點呼吸困難地說明著。

以莫維現有的力量，將那種小傷恢復根本是輕而易舉的事情，只要把能量聚集在傷處就好。

莫維一愣。

「什麼？」

格提亞累得沒辦法推開他揪著領口的手，僅能微喘道：

「我說過，我非常瞭解你的魔力軌跡。這就是我進行干涉的結果。」用他現在殘存的魔力做這件事情，果然耗費超出想像的大量體力。

這是他能夠預料到的，剛才也算是個測試，他想知道，到這樣的程度，自己的身體會是什麼狀況。

結果顯而易見。

曾經，他是可以那麼輕易地辦到；現在，若不是莫維抓著他，他都要坐倒在地上了。

格提亞的回答對莫維來說，不能算是一個答案。

沒錯，他那麼說過。所以自己從那時就無法理解。莫維冷聲道：

「非常瞭解？怎麼可能。我們之前甚至幾乎沒說過話。」他以爲那只是胡扯罷了，然而已經驗證過兩次的事實，也不容他再否認。

據他所知，要能夠明白他人的魔力軌跡，首先就是要進行長時間的摸索和調和。如果不是帶有明確目的性，或者某種程度的親近關係，更甚至，若是本人不同意，絕無可能。

干涉對方體內的魔力，這種猶如侵門踏戶的行爲，對方一般也會防範，無論如何都不是能輕易辦到之事。

這都是格提亞在課堂上教過的。

現在是要自己推翻曾經教授的魔法理論嗎？

格提亞只是看著他，就像是明白他心裡在想什麼。

「你沒有落下過一堂我的課。」他道。

「什麼?」莫維皺著眉頭。

格提亞凝視著眼前還帶著些少年氣質的漂亮臉孔。他的記憶裡，和學校有關的不多。而這，是他記得最清楚的一件事。

在魔法師凋零的如今，魔法課程在學院裡是個可有可無的存在。所以才會是一週僅有一堂，所以教室裡永遠坐著那些打混的孩子。

然而，唯獨莫維不是那樣。

坐在最後一排的莫維，雖然每堂課都保持沉默，卻從未缺席。更毫無遺漏地聽進了他在課堂上所說的每一個字。這是在他離開學院，進入皇宮成爲皇太子導師後，過了一段時間才知道的。格提亞啓唇，道：

「我會幫你的。」他拿開自己頸間莫維那總算願意稍微放鬆的手，即使雙腿微顫無力，他也直挺地站在莫維面前，告訴自己，一字一句都要說得清楚。「你沒有辦法控制的魔力，我會教你控制；掌握魔力後，你想學的魔法，我一定會教你；你要排除障礙坐上皇位，成爲皇帝，我也能夠成爲你的助力。你想做的一切，我都會幫你達成。所以，你不可以死。」

這段緩慢直敘的言語，語氣平靜，沒有絲毫波瀾。儘管幾乎面無表情，卻又表達出一種相當誠懇的態度。

莫維沒有移開視線。

那一雙美麗又奇異的紫眸，注視著眼前的人。

格提亞和他四目相對，認眞地道：

「我會實現你所有的願望。所以，請你活著。」

從他出生那一刻起，四面八方的傳言就沒有斷過。

其中，神殿預言他將由於太過強大的魔力導致自我毀滅，也因此，他是個不祥的皇子。

魔力失控他就會死。他活不過多少歲。像是這樣的傳聞，總是在他身後流轉著。

人們害怕未知的東西，在魔法師幾乎滅絕的現今，那種普通人身上所沒有的異能，足以凌駕一切的力量，曾經保家衛國開闢疆土的戰力，逐漸變成一種令人感到畏懼的傳說。

魔力是可怕的能力，魔法師是危險的人物。

這也是魔法師故鄉的魔塔愈來愈低調的原因之一。

因爲他們，已經成爲了不應該存在的存在。

格提亞的那句讓他活著，或許只是身爲魔法師的一句同類發言；又或者是由於聽過他身上的傳聞，對他的提醒。不過，那雙眞誠的黑色瞳眸，總有種奇怪的感覺。

那個眼神，那樣的態度，甚至當時那一整段的對話，都相當怪異。

就像是，格提亞非常熟悉他。

也許，這是一種洞悉人心的魔法，那又是何時施展在他身上的？他竟會一無所知。

他對此感到厭惡。對自己暴露在誰的面前，即使只是一小部分。

更何況，格提亞竟能夠對他進行魔力調和。種種啓人疑竇的詭異之處，使得莫維不得不開始注意起格提亞。

無論他本身對格提亞是否感興趣，爲了他自己，他必須得弄清楚格提亞這個人才行。格提亞所表現出的態度，令莫維認爲應該會繼續來接觸他，屆時正好能夠利用機會。

這麼想著，意外的是接下來的日子，格提亞在課堂以外不再主動接近。

儘管在他這個皇太子面前，說出那些大逆不道的話，事後卻彷彿什麼也沒發生一般。

最後，還是莫維自己找上格提亞的教師室。

長廊的盡頭，木門敞開著，直接可以看到坐在裡面的格提亞。他不曉得格提亞的教師室平常是否就對外開放，不過，當格提亞和他四目相對時，格提亞從座位上站了起來。

簡直就像是一直在等他來。

「……請進。」格提亞沒有猶豫地對他說道。

就連開口說的話也像早就準備接待他。莫維睇著格提亞從桌後移動來到門口，彷彿鬆了口氣那般請他進入。

「……你知道我會來？」莫維不動聲色，用慣用的微笑詢問。這種霧裡看花的朦朧感還是頭一次，他要弄清楚，所有的疑問都要得到解答。

「要說知道的話，其實是不知道。只是猜你可能會來。」格提亞這麼說道。

表情誠實，眼神也是。似乎從最一開始，格提亞就是如此態度。

「猜？怎麼猜的？」莫維笑著試探。

「因爲我上次說了那些話，你應該會對我好奇，若是如此，你的作風是一定要弄個明白的，但是如果我立刻靠近你，大概會帶來反效果，我既然已經引起你注意，能做的就是等而已。」格提亞邊慢慢說，邊走回自己座位旁。雖然他僅認識二十歲之後的莫維，不過人的個性是不會有太多改變的，此時處於少年與青年轉換時期的莫維也許會稍微不成熟，可是本性是一樣的。

上次莫維在他面前顯露了一點情緒，接下來肯定就會更加謹慎。二十來歲的莫維，一次也沒有在他面前激動過。

莫維會如此隱藏自己的情感表現，是由於環境，也是因爲不受控的魔力，強烈的心情起伏會導致他魔力變得混亂，這種衝擊則造成身體疼痛，彷彿在提醒他，他的命運被體內的魔力所支配與束縛。莫維一直就是如此成長的。

不過，格提亞還是認爲，最大的原因，是莫維本身的性格。

陰晴不定，難以捉摸，無論如何都會扭曲的那一面。若光是單純地壓抑自己，也並非一定會有這種結果，但是莫維似乎缺少與他人共情的那個部分。

不能這樣，不能那樣，這麼做和那麼做不好，會傷害到他人。像是這些平常人所會顧慮的事情，不存在於莫維的認知裡，他總是憑著心情，總是隨心所欲，這使得他擁有一種純粹的殘忍。

格提亞的腦海裡，浮現的是過去手中染血同時笑著的莫維。

那個，他跟在身邊十年的帝國皇太子。

對於莫維而言，格提亞這短短的幾句話，完全說中他這幾日的心態。

「什麼？」他瞇起優美的紫眸。儘管這已不是格提亞第一次做出瞭解他到某種程度的發言，他卻依舊無法理解。「你爲什麼表現得好像認識我很久一樣？」他依舊笑著問道。這也是他最找不到解釋的地方。

這完全不可能，在此之前，他們幾乎沒有互動過。

或者，更正確地說，是在進入學院以前。

莫維的眼神，比冬日的霜雪還要冰寒。

在前一次的經歷裡，格提亞其實和莫維沒有過幾次眞的足夠深入的交談。身爲帝國的大魔法師，他只要聽從命令就好。

他所瞭解的莫維，是在身邊長時間觀察到的模樣。

如今，他必須改變。倘若一切都和過去的記憶相同，那麼也不可能避開同樣的結局。所以這次，他要和莫維好好交流。

明明已經稱帝，卻又做出那樣的選擇。那個理由，他要知道。

所以他面對莫維時不會再像以前，僅會被動的聽從。儘管前幾日莫維在他說完話以後掉頭就走，他還是認爲那是一次有效的談話。這已足夠。

他確實地踏出第一步。

雖說如此，他在這幾日的等待期間也沒有把握完全肯定自己的設想，他看到的莫維，不過就是他長久旁觀所描繪出來的，莫維的眞心，也許他一無所知，所以最後才會是那種結果。

現在，莫維比他預想的多花了幾天，終於出現在他面前，他總算安心了。

格提亞從書櫃側拿起一柄長劍，同時轉身看著莫維。

「我的確是認識你很久。」

這是什麼意思？莫維雖然維持唇線的弧度，眼裡已經根本毫無笑意了。

「何時開始的？難道，你在學院之前見過我？」他盯著格提亞。那雙奇特的紫眸，忽然間就透露一種隱密的詭譎氣息，像是在試探。

然而格提亞毫無所覺，專心地想著莫維肯定非常不喜歡這種只有對方掌握他的感受。

「……你不會記得的。」因爲這是僅存在自己回憶裡的。

「我不記得？」莫維彷彿感覺非常荒謬，眞的，笑了出來。

格提亞不再繼續這個話題，朝他遞出手裡的劍，只道：

「這個給你。」

對話明明尚未結束，格提亞卻擅自停止就他的問題回應。莫維注視著格提亞，還不能夠確定他是不是故意。

「……給我這個做什麼？」既然格提亞轉移主題，可別讓他感到無趣。否則，他有千百種折磨的手段。

「這是劍。」格提亞說道。

任誰都看得出來。莫維垂眸端詳，就是把隨處可見，平凡無奇的長劍，連大師刻名都沒有的。

「所以給我劍做什麼？」難不成這上面有什麼魔力？

「沒有，這只是一把普通的劍而已，也沒刻有匠人隱藏的署名。」格提亞大概曉得他正在想什麼。

總是反覆地意識到，他曾經以爲自己是瞭解莫維的，就像現在這樣。最後，原來他什麼都不知道。

至於莫維，心情差勁極了。對於格提亞多少猜到他的心態，感到匪夷所思，這個狀況是他所不能接受的。

「你果然用了讀心術之類的魔法？」他揚起嘴角，眼底卻十分陰沉。但是，格提亞曾在課堂上說過，那不是好使用的魔法，通常施術對象的心理防備薄弱才能成功。

莫維從不認為自己是個軟弱的人。又除非，格提亞至今的教學全是謊言。

「不是的。」格提亞回答。心防強如鋼鐵的莫維，就算他擁有原本的魔力，也不一定能夠順利入侵，如果他可以，在上一次就不會是那樣的結局。他凝視著莫維，道：「我已經說過了，我失去了大部分的力量，現在的我，絕不可能辦得到。」

「嗯……我怎麼能相信你說的？」莫維沉吟了會兒，冷笑著反問。所有關於魔法的知識，他都是從格提亞那裡學來的，若是格提亞想要欺騙，那又怎麼能察覺？

多疑，無法信任他人。格提亞知曉的莫維，就是這樣。

「你相信也好，不相信也可以，總之，最後我都會讓你明白的。」格提亞緩慢清楚地說道。不論自己講什麼，大概都會更加深莫維對他的質疑，既然如此，他更要說自己想說的。

以前沒做到的，現在他都要試著做到。

然而，面對眼前這個似乎掌握著他什麼的格提亞，莫維產生了殺意。能夠預料到他的思路，甚至干涉他體內的魔力，這個人，是個危險的東西，是會威脅到自己的存在。

那麼，就得要除掉。

可是不行。他必須釐清格提亞身上的疑問，在一切都弄清楚以前，還得讓格提亞活著，但也不能一直處於被牽著走的位置。

「我在這裡，是想知道一些事情，不是在對你做出什麼回應。」莫維道。在彼此之間，劃出了一條界線。

「我理解。」格提亞不在意，莫維會有此反應他也不意外，所以他只是平靜地回應。「你已經十九歲了，早就是可以佩劍的年紀，所以，拿著這個。」他將長劍橫著給至莫維面前。

身為帝國皇太子，學習劍術是必要的，只是帝國法律有所規定，未滿十五歲，任何人都不能隨身攜帶刀劍等武器。

即便是騎士世家，也是在十五歲時才舉辦遞劍儀式。

莫維之所以不曾將這個武器掛在腰間，僅是由於想讓自己看起來不要更具有殺傷力。畢竟，他可是魔力強大到足以令父親處處防範的兒子。

「我自己有劍。」就是十五歲生日時取得的，是皇帝依照傳統賜給他的。那老傢伙心裡有多不甘願，想想都會笑。

「但是，那把劍，刻著魔法陣。」在劍柄裡面，一個看不見的地方。格提亞道。

莫維聞言一怔。

他怎麼會知道？莫維其實不很確定，只是隱約有那種感覺。

「那劍是魔塔製造的？」除此之外，還有什麼可能？

「我認為不是。」格提亞說。那把皇帝御賜給皇太子的劍，是一把新劍，劍身所攜帶的魔法陣作用，是抑制魔力。

就和中央皇宮的類似。

抑制所有面對那劍的人。也就是無論是劍的主人，或者被劍尖所指向的敵人，只要是擁有魔力的，所有的人。

不過，中央皇宮的魔法陣擁有久遠的歷史，是在數百年情勢更迭的過程裡，皇室和魔塔間的關係變化造成的產物。儘管結論是相同的。

它可以某種程度地降低魔力，但是那不包含破格的力量，例如莫維。

「……哈。」莫維笑了一聲。學校不允許學生攜劍，所以格提亞毫無機會見過那把劍。若如他所言不是魔塔製造的，那他又怎麼可能得知？

好久沒有這種荒唐的感受了。上一次產生同等程度的心情，大概還是他四歲的時候。莫維已經厭倦自己只能處於發出疑問的立場。

格提亞說話始終輕慢，道：

「我還知道你明明發現了，仍故意使用那把劍。雖然那不足以影響你，不過我仍是希望你不要那麼倔強，因爲你首要學習的應是穩定自身魔力，因此所有會形成干擾的可能，最好都要排除。」那柄劍，就算莫維無所謂，卻會對如今力量不夠的他造成擾亂。

劍針對的是具有魔力的人，他現在僅殘留微小魔力，倘若莫維使用不當，他便不足以應付那把劍，保護莫維周全。

「我並未答應要跟你學習。」他前面已經說了不是在做出回應。莫維的聲音冷冰冰的，和那對笑眼以及單邊梨渦形成強烈對比，微微昂起的下巴也表現出身分階級的傲慢。

格提亞注視著他。

「那麼，你要跟誰學？」格提亞相當平鋪直敘地說出一個事實。「你不是每一節課都來了？

你想更瞭解魔法，控制自己的力量。」他說。

他究竟知道多少？莫維不想在這個人面前暴露更多自己。

「你是要我跟你學劍？」他避開正面答覆，反過來掏挖格提亞，道：「我沒聽說你會用劍。」

「不，我不會用劍，但是你會。」而且在二十來歲出頭，還由於劍術高超，用著御賜的那把劍成爲帝國第一劍士，彷彿在嘲諷將劍賜給他的皇帝那般。格提亞道：「你要經常握著劍，尤其在你感覺體內那巨大的魔力沸騰的時候。」

聽到這番話，莫維質疑其中破綻，道：

「我沒聽說過可用劍控制魔法。」

「不是用劍控制魔法，是控制你自己。」人緊張或情緒激動的時候總會握緊拳頭，和那種道理相似，在魔力激烈起伏的當下，握著什麼能夠起到警示自己的作用。對於未來將會成爲第一劍士的莫維而言，劍當然是最好的選擇。

雖然這次提早了幾年。畢竟之前莫維是先成爲劍士，自己才想到這個方法告訴他。那時的主要目的也不是操控魔力，單純是爲了使莫維能夠更加順利地使用魔法。

莫維體內如此混亂，是沒有辦法讓魔法運作的，將魔力更細緻掌握是持劍後的副成果。如今已非那一邊摸索一邊嘗試的過往，不再需要那些過程，因爲自己都經歷過了。

莫維眞的收起了笑容。又一次的，這個人似乎相當明白他的狀況。

他注視著格提亞，冷冷地啓唇問道：

「你爲什麼會說我想排除障礙，成爲皇帝？」身爲皇太子，隨著時間的推移，帝位遲早會是他的。格提亞的發言，則不像是那個意思。
「所以，你不想成爲皇帝?」以前，格提亞從來沒有問過莫維這件事。
他只是伴隨在莫維的身側，目睹著莫維的種種作爲，覺得應該是這個樣子。可是，如果成爲皇帝是莫維的願望，又爲什麼在坐上帝位沒有多久以後，做出那麼極端的選擇。
到頭來，他對莫維的瞭解，都只是自以爲而已。
聽到他的回應，莫維揚起嘴角，沉在眼底的情緒卻異常冰冷。
「不，那太過簡單了。」他終於接下格提亞的劍，紫色的瞳眸與格提亞四目相對，不帶感情地道：「原來你並不是什麼都知道。」
這讓他終於稍微愉快了一些。不然，總有種完全暴露在人前的惱怒感。
自己就是不知道，才會直到如今以這樣的形式重新站在莫維的面前。這個認知已不能再更深刻了，格提亞不禁上前一步，認眞道：
「那麼，請你告訴我。」
這突如其來的舉動，教莫維著實一怔。格提亞的言語和行爲，對他而言都太過直接和粗糙了。像是沒有防備，或者不會社交一樣。簡直就是無知。
縱然格提亞不是貴族出身，一般人也不會這麼對皇太子說話。
不用敬稱，也沒有行禮，光是對皇族不敬，就足以拖下去重懲，但是他不會用那種方式折磨一個人，因爲太無聊了。莫維本來是想來刺探格提亞，結果沒有得到解答，又出現多餘的懷疑。
莫維難以解讀格提亞的言行，可是，他不得不利用這個人。
在能徹底控制自己的魔力前。

格提亞不只是世上尚存的魔法師之一，對於魔法的研究與瞭解也無人能出其右，眼下除了從格提亞這裡學習外，他再無任何方法辦到。

「……我只需要你教我，如何才能不失控。」他確實要活下去，至少目前是這樣。「僅此而已。」莫維道。

他沒有想要告訴自己的意思。格提亞不氣餒，甚至承諾道：

「我會幫你的。」現在，有莫維的這個決定，就夠了。即使莫維自己不要求，他也會想辦法主動進行。若是莫維不願意，要說服莫維是不容易跨越的困難，所以他已經達成階段性的目的。

莫維是他於此存在的意義。

就在片刻之前，莫維是要拒絕的，但他在一來一往的對話中做出了全面的權衡。他並不信任格提亞，只是，對他而言，就算不信任，也必須得這麼做。

憑著心情做事會令人愉悅，那不包括無腦地隨心所欲。

「那麼，首先我該如何？」他請教著「老師」。莫維重新讓自己的嘴角畫出一抹弧線，單邊的梨渦讓他看起來更爲友善，儘管這笑意沒達眼底。

擁有魔力的人，魔力會在體內流淌形成固定的軌跡，一般來說，控制魔力是天生的，就如同呼吸爬行走路那樣，自然而然就會了。眞的要解釋怎麼控制，格提亞其實無法仔細說明，這是他不曾有過的體驗，他甚至懂事前就具備穩定操控的能力，所以不會曉得失控是怎樣的感覺。

不過，他倒是明白莫維爲什麼會出現這種情況。

格提亞道：

「你的魔力，不完全是自然天生的。」這是極少數人才知道的祕密。嚴格說起來，莫維出生時僅是一個巨量魔力的容器而已。

那些能量，不是全部都爲自然產生的，所以體內總是會感到魔力造成的各種衝擊，這是一種不相容，是由於人爲造成的不平衡，所以才會更加扭曲。

除此之外，莫維曾在幼時被封印過，使得整個情況雪上加霜。原本就已經是傾斜狀態了，身體的成長和魔力又因爲封印形成更大的落差，莫維的生長期會比同齡人稍微晚，就是因爲這個理由。

一般魔法師魔力和軀體不需要成正比，所以也經常有人訝異大魔法師如此瘦弱，不過莫維是個例外，再一段時間，耐心等待體格更爲成熟，達到能夠負擔的程度，就會飛快地成長了。格提亞回想著，二十歲後半的莫維，當時已經高他一個頭了，以後甚至還會更高。

出身於魔塔的大魔法師，若是知道這個祕密，還不算太過奇怪。只是，雖然魔塔的存在能解釋這點，卻不能解答其它的問題。

莫維眼眸如狐狸般笑彎，很友善似的。

「那麼，你也知道是誰對我做了什麼?」他再度試探。

「我知道。你被封印了，在你四歲的時候。」格提亞沒有打算隱瞞。因爲他下定決心，這一次，他會好好地和莫維交流。「是魔塔的任務。」他道。

聽見他這麼回答，莫維眞的是沒有想到。

小的時候，他是一個怪物，被用各種手段，各種方式，讓他變得聽話。這絕不是什麼開心珍貴的回憶，然而格提亞，竟敢就在他面前承認。

「所以是誰？」莫維隱隱地咬牙，視線不曾移開格提亞的臉孔，像是要把他看穿。

格提亞從來不曾想過這個問題，以前僅單純地認爲應該是當時的大魔法師，也就是他的師傅。

「你不記得？」格提亞覺得，莫維是當時年紀太小，所以沒有印象。

莫維眼睛一下子變冷了。他沉默，直至空氣凝滯，然後扯開話題。

「……你講這些，就不怕我？」他陰鷙地笑問。

「我說的，是你也知道的事實。」沒有什麼好害怕的。格提亞道。

莫維從未碰過如此直言不諱的存在，在他面前，更多的人連臉都不敢抬起。果然，格提亞令他十分地不舒服。

「……你到底是什麼時候摸透我的魔力軌跡的？」莫維不喜歡自己一直處於疑問狀態，加上格提亞讓他暴躁，所以開始感到不耐煩了。

他慣於站在主導的位置，討厭被別人掌握。

莫維的魔力軌跡，是不自然的，當初在調和的時候，自己花了一段很長卻又比想像中短的時間。那個時候，格提亞以爲永遠不會成功的，畢竟根本沒人這麼做過，他是結合自己所知的魔法理論，對莫維進行實驗。

「你要做的，就是去習慣你的魔力，然後接受它。」格提亞道。目前尚未實踐，他無法給莫維更具體的答案，僅能這麼說。

莫維覺得他在避重就輕。

基於現況必須利用格提亞，他還不會對格提亞做什麼。但是，等到格提亞毫無價值時，他最先要處理的，就是這個人。

思及此，莫維緩和下來。

「總之，就是讓我隨時帶著這柄劍？」

格提亞點頭，道：

「在你感到魔力在體內激盪的時候，你要握著劍。這會爲你帶來某種幫助。」

「例如什麼？」莫維拿住劍鞘。

格提亞難以形容。他沒辦法描述那種不曾發生在自己身上的感受。

「你會知道的。」他只好這麼道。

聽起來實在毫無說服力，不過莫維沒有其它選擇，僅能依他所言嘗試。

反正，若是結果不怎麼樣，他也不會有所損失。而欺騙他的格提亞，也會從他這裡得到應有的懲罰。

莫維的眼神不能再更冷漠。

「我明白了。」

格提亞心平氣和地道：

「好。」以前，他總是服從命令，所以是莫維自己發現這件事的，因爲平日經常練劍的緣故。他當時只單純答覆莫維的問題，以自己的知識作爲基礎給予建議，莫維則抱持著反正隨時能夠清理掉他的想法，暫且接受他的意見。

因爲他是莫維身邊唯一能夠傳授魔法知識的人。

他從一開始就知道，莫維並不是相信他，而是只能先這樣做。

一旦失敗到某個程度，等著他的就是性命危險。

現在，也依然是如此。格提亞從莫維的眼睛裡，看出了曾經相同的想法，甚至更強烈了，原因是他已透露太多莫維不為人知的祕密。

但是他沒有打算退縮。這一次，他會在莫維身邊，直到最後。

莫維睇視著格提亞，不懂有什麼好的？

可那也不重要。

莫維帶著劍，離開了格提亞的教師室。

從這天開始，除了在不能攜帶武器的學院，無論到哪裡，甚至吃飯就寢，他的腰部都掛著那柄長劍。

然而，他什麼都不曾感受到。

他絕不是一個有耐心的人，就在他覺得這毫無效用的時候，在劍術課上，發生了那件足以稱作轉折的事情。

「今天輪到對練了。」傳授劍術的專門老師這麼對他說道。

此劍術課並非學院裡的正規授課，而是屬於皇室的傳統必修訓練。從古至今，帝國皇子皆須進行持劍鍛鍊，無一例外，這是莫維的單獨課程，所以地點也是在莫維的皇太子宮。

他的劍術老師里克雖出自名門，卻不是一個眞正具備戰績的戰士。簡單來說，就是沒有實戰經驗。

再有名的家族，也總是會有落在隊伍後的人。莫維被安排到這位老師，究竟是一種諷刺，抑或只是純粹防止他變得更具威脅？也許兩者都有。

「是嗎？」莫維緩慢地抬起眼眸看著他。

「嗯，殿下和我練過好幾次了是吧。」年近四十的里克．威爾森，和家族裡那些驍勇善戰的兄弟不同，至今僅有紙上談兵的劍技。他很慶幸自己不曾眞的駐守前線或上過戰場，不過被派來指導皇太子卻不是他所想要繼續保持的安穩生活。

關於皇太子的傳聞，不管是誰都多少聽說過。

只是，皇室指定，他無法拒絕。

實際上，他給皇太子的鍛鍊課程，也是由皇室安排的。習劍是皇室傳統，從開國以來一直沿襲至今，在此之前，皇太子似乎有過其他劍術老師，最後都是因爲不明理由卸下職務，里克並沒有特別去瞭解緣由，僅覺得可能那些眞正有用的戰力必須用在對的地方。

「我用我自己的劍。」莫維露出笑容，將手擺放在腰間的劍柄說道。

不知道爲什麼，皇太子那雙彎彎的笑眼，甜美的單邊梨渦，每次都使他感覺背脊發涼。里克抖擻了下，振作精神，拿起訓練用的木劍。

「嗯，殿下不要拔出來就可以。畢竟我們是在練習。」佇立在場中央，他還特地晃了晃手裡的木劍提醒。

就算是花拳繡腿，里克至少還懂得如何對練，不過他還眞是不喜歡。不喜歡像這樣，拿著武器和誰對峙這種場面。

他可是貴族啊，忙著享受都來不及了。

誰教這是皇室命令。劍術課一個月，第一天就開始與皇太子對練，然後是低強度的體能活動，再繼續對練，如此反覆。儘管皇太子體能鍛鍊時他可以坐在旁邊，到對練就一定得跟著流汗了，這個課程內容本身不是他制訂的，他只能遵從。

但是，若事情做得好，那表示跟皇室的關係更進一步了，也不算挺壞的。

更何況，這些日子，他感覺皇太子好像也沒有傳說中那麼難伺候。

雖然不怎麼對話，有時候會擺出一副極其無聊的樣子，不過基礎的訓練都會做完。

最多就是不大會理人，沒禮貌了點。

根本一點都不恐怖。

里克擺好架式，示意莫維可以先攻。

畢竟自己是老師嘛。就算不曾實戰過，他學劍的時間還是比皇太子長的，當然要讓上一點。

這麼想著的瞬間，他感覺眼前一閃，原本還在幾步距離之外的莫維，竟忽然逼近到面前！

他根本來不及，長劍的劍鞘就正中他腹側。

「唉喲！」劇烈的疼痛逼得里克彎腰單膝跪地。耳邊又是一道破空聲襲來，他下意識用木劍去擋。

結果，木劍應聲而斷，斷劍甚至彈擊在他腿上，又讓他悶哼一聲。

「站起來。」還沒完全成熟低沉，略帶沙啞的嗓音輕描淡寫地說著。

里克驚訝地抬起頭，看見皇太子莫維面無表情，微歪脖子居高臨下地睇著他。

那眼神，輕蔑的樣子，絲毫不把他這個成人放在眼裡。

那雙普通人不會有的紫色瞳眸，此時竟如此冰冷。

笑著的時候令人背脊發涼；不笑的時候，卻教人毛骨悚然。

這是怎麼回事？他所知道的，是皇太子僅會基本劍術，他的任務也只要傳授基礎就好，可是剛剛那個攻擊，根本就不是初學者的程度啊！

就算他不曾實戰過，也足以從本能知道。

「等、等等——」眼見莫維提起長劍，里克簡直要驚慌失措了。

他狼狽地往旁一滾，卻又立刻感到一陣寒氣，眼角餘光瞄到揮來的劍鞘，他再一次用斷劍格擋，結果被擊中手腕，木劍險些掉地。在強烈的求生欲望之下，生存意識驅使他在腦海裡翻騰著畢生所學過的劍術。

他舉高手臂，揮出斷掉的木劍，然而莫維根本不站在那裡。

「你在看哪裡？」

莫維冷聲響起的同時，里克背部又是吃了一記重擊，疼得他眼淚都飆了出來。他轉過身，迎面襲來的，是一連串沒有停歇的攻勢。

「你……」里克話都說不完整，憑藉著久遠以前學習的肌肉記憶慌忙阻擋，可是完全沒有用。劍鞘如棍棒般，一擊一擊打在他的身上。

莫維因此露出笑容。笑得既漂亮，又冷酷。

指導者根本不曾打算認真教他，都只是在浪費時間，還不如他自學。莫維就是用這種方式，趕走每一個不合他意的老師。

當然，他會給對方展現實力的機會。這些日子的對練，他已經足夠確認，這就是個廢物。

若連他都打不過的話，那又怎麼有臉站在他面前教他。

他不能被這些垃圾拖住，必須要變得更強才行。

比誰都強。

里克慌忙中揮出一劍，毫無目標的反擊更顯得劍術老師這個身分的荒謬，同時也讓他顏面盡失。他可是個成年人，再怎麼樣，也不會輸給一個小毛頭！

「呀——」氣急之下，里克大動作地揮舞雙手。

莫維因此後退一步。

里克趁隙連滾帶爬地來到擺放武器的木架旁，拿起了自己的佩劍。

這是允許持劍的十五歲生日時，父親給他的，是名家的劍。他會掛在腰間，炫耀此劍的名貴；接下劍術老師的職務，他也帶著，彰顯皇室給予他的任務。

雖然他其實沒怎麼使用過。可是現在，他要教訓眼前這個臭小子！

氣急敗壞的。遭到莫大羞辱而失去理智的里克．威爾森將亮晃晃的劍身抽出劍鞘，隨即咬牙朝著莫維直刺過去。

他不是想讓莫維受傷，畢竟莫維是皇太子，但他怎麼也嚥不下這口氣，所以，他就是打算嚇唬一下。

莫維用長劍擋開他毫無章法的突刺，儘管表面看來平靜，內心的情緒卻一下子沸騰了。

這是什麼樣的蠢蛋，居然膽敢拿著真劍朝他衝過來。

還是用那種毫無武術概念的醜陋姿勢。

隱約的怒火，忽然間像是點燃了體內的魔力。就在他的身體裡，彷彿熔岩般湧出，灼痛他全身，他能夠異常清楚地感受到那爆發的混亂。

這並非他第一次如此。

兒時，他不懂得這是什麼感覺，因為太疼任其爆發出來，結果就是他差點死了。懂事以後，他明白了這是他不能控制魔力的現象，就學著壓抑。將那毫無道理擴散全身的混沌魔力，全都壓制下去。

莫維低喘著，一瞬間滿頭大汗。

他強行抑制，里克則不停地朝他攻擊。莫維一邊阻擋，一邊倒退，里克見到他莫名轉弱，反而變得興奮起來，突地又是一招刺向他。

這一劍，眞的差點就劃破莫維的肩膀。

在那之前，莫維勉強躲開了，卻偏失自己遏抑魔力的力道。身體裡，有什麼龐大的能量在奔騰，幾乎要撕裂他。他粗喘著氣，腦殼嗡嗡作響。

然而，他忽然笑了出來。這種命在旦夕的感受，他再熟悉不過，這只是無數次中的一次罷了。

下意識的，他握緊了手裡的劍。

於是，那道能量，開始往他持劍的掌心流去。

他的整條手臂承受衝擊，變得無比腫脹難受，彷彿要爆裂一般，這突如其來的變化，使得莫維倏地單膝跪地，若不是用劍尖抵著地面，他甚至維持不了上半身的立姿。瞠大雙目，他瞪視著腳下的黃土沙地，更牢抓住劍柄，這不是經過思考的動作，只是本能。

就像是格提亞和他說過的那樣。

「——呃！」洶湧的魔力即將就要衝破出來，莫維一聲悶哼，隨即感到那股巨大的能量穿透他的手心，附著在長劍上，再透過長劍，直竄進地裡。

砰的一大聲！彷彿天崩地裂，以莫維爲中心，訓練場的土地強烈地震動了一下，整塊地表向下凹陷近一呎，同時揚起漫天的沙塵。

莫維瞪視著地面，額間的汗水滴落在他的鞋子旁邊，形成一個又一個的深色圓形痕跡。

「怎、怎麼回事？」原本還打算上前揮劍的里克，同時被震倒跌地，一臉驚慌失措且狼狽，不曉得現在是什麼狀況。

外邊靜悄悄的一片，什麼事也沒有，好像這一切只發生在訓練場上。

直至此時此刻，里克才忽然感到皇太子身上的那些傳聞令人膽寒，以及在他之前幾個劍術老師的離去，可能眞的是很嚇人的原因。

莫維維持著同樣的姿勢，安靜好一陣子。

「……今天到此爲止，我要走了。」用劍尖拄地，他撐起身體，面露微笑說完這句不帶情緒的話以後，逕自離開了。

被留下的里克．威爾森，僅是呆若木雞地看著他的背影。

同一時間。學院辦公室內，格提亞因胸前閃著奇異的光芒而停下動作。他垂首望著自己胸口，那光持續了幾秒鐘，隨即熄滅了。

「格提亞老師？」

聽見身後學院院長的呼喚，格提亞回過神來應道：

「是。」他按住自己胸前的位置。

原本兩人談話到一半，格提亞忽然背對著他變得好安靜，院長見他重新轉頭面向自己，接下去道：

「所以，剛剛講的，你是打算下學期就離開了是嗎？」

「是，眞的十分抱歉。」格提亞將剛才從書桌抽屜裡拿出來的三本書籍，遞給校長。「這是我這些年來整理的，魔法的相關知識，如果後面有人願意接替我的位置的話，請幫我交給對方。」他道。

院長看著那三本厚如字典的手寫筆記。格提亞自在學校任職以來，儘管教學方式不特別出彩，至少態度相當認眞，由於不擅長跟學生交流，加上那些學生其實不是對魔法有興趣而聽課，導致格提亞的課程評鑑總是差強人意。

就算這樣，格提亞謹守本分又準時，也不曾在課堂裡，像是某些有著成就的學者，擺出高高在上的姿態，縱使教室沒有人眞心在聽講，也是竭盡所能地傾囊相授。

他不瞭解魔法，但他知道格提亞不是壞老師。

「可以告訴我理由嗎？」也因此，他不理解格提亞爲什麼要走。

本來他一直以爲，格提亞會在學院裡長長久久，將關於魔法的一切永遠傳承下去。

格提亞想了一下該怎麼說，道：

「因爲有人更需要我。」來到這所學院，其實不是出自他本人的意願，即使如此，他也曾經在此找尋意義，希望能將自己學得的魔法知識傳播出去，別就這樣斷絕。

而如今，他課堂中唯一眞正在學習的學生，此時不能沒有他。

那麼，他就得做出取捨。

他付出自己所能付出的所有代價，換取重來的機會。

這次，絕對不會重蹈覆轍。

在院長離開後，格提亞整理教師室的一切，他以爲自己會待在這裡很久，不過以前沒有做到，現在也是。

可能，他還有回來的機會，那也要等他做好該做的事情。等全部結束以後，他也許會想起此時的心情。

黃昏的餘暉穿過窗戶，斜照進室內，將四周染上一片溫暖的橘黃色。

直到天眞的暗了，月亮高高掛起，格提亞也走出校園。

他沒有回到自己在村鎮與森林交界的住處，而是穿著披風，一路往皇太子宮前進。

當莫維聽到細微聲響張開眼睛，並且看見自己的床邊站著一個人時，任憑他性格再乖戾扭曲，再慣於隱藏情緒，也很難不表現出驚訝的樣子。

眞的只是一瞬間，他立刻起身抽出床頭的長劍，同時將利刃抵在對方脖子上。

昏暗的臥房內，烏雲掩蔽月光，所以他在劍身接近對方到一個很近的距離，才藉由外面微弱光源照在劍刃的反射，看清了來人的臉孔。

「──你是怎麼進來的？」莫維一雙紫眸瞠著，簡直難以相信這個離奇的現實。

被劍抵著脖子的那人，也就是格提亞，道：

「我知道這裡有祕密的出入口。」不會驚動任何人的那種。

畢竟，他以前住在這裡好幾年了。

「什麼？」莫維完全無法理解，儘管他這個皇太子不受皇帝待見，可無論怎麼說，宮殿的戒備也不會馬虎。「那是什麼出入口，在哪裡？」他皺眉質問。居然連他自己都不曉得。

「是祕密。」格提亞只是這樣道。

「你……」莫維還想說些什麼，卻突地不自然止住。

格提亞無視他的劍，上前道：

「快躺下。」

擅闖皇太子宮，甚至是寢室，莫維是有充分理由可以當場問罪的，但是格提亞對他來說還有用處，若當場殺了格提亞，麻煩的會是自己，不能這麼做。

眞煩。莫維還是維持著戒備的姿勢，不打算鬆懈。

格提亞道：

「你果然發燒了。」

這話說的像是早就預料他會如此。莫維忍不住皺眉。

「你怎麼知道？」這麼昏暗的室內，他是如何看出來的。莫維會較平常不警覺的原因，就是由於身體不舒服，否則他絕不可能在格提亞接近到床邊才醒來。

格提亞講話總慢慢的，道：

「以前，你習慣抑制自己的魔力，那樣只會累積更多的壓力，現在你應該明白適當發洩才是正確的方法。不過，因爲你的身體還跟不上，以後你每一次這麼做，就會像是生病一樣。」但是，過一段時間就可以適應了。

以莫維的理解力，以及學習力，他很快就能掌握了。

他問的不是這個問題。那個出入口，還有他正在發燒，每一件事格提亞都沒有給他合理的解釋。

至少他目前可以確定，格提亞並非想要謀害他。因爲這人半夜闖進來，身上毫無殺氣，倒不如說是眞的有點擔心的樣子。

莫維從未感覺如此荒謬，他垂首笑了出來。帶著怒意的。

出生至今，他有幾回都因爲控制不了魔力差點喪命，不過這一次，卻跟那不大一樣。之前更像是受到重傷，而現在，眞的就是一種生病的感覺。

他的記憶裡，只有差點死掉的經歷，沒有什麼患病的過往。

「所以，你來做什麼的？」莫維咬著牙問。

格提亞佇立在床沿，沒有再更靠近，卻也不退開。

「我來向你說明你目前的情況。」他覺得莫維應該會對現況感到陌生與不解，因爲以前，他從來沒見莫維生病過。二十歲之後的莫維也是從這種方法開始學習控制，當時自己對此還沒有經驗，莫維便將身體上的突發狀況，責任全部歸咎於他。

所以他才想起來，要先講清楚才行。

格提亞輕輕伸出手，手指搭在床沿邊緣的一小角。

這是在做什麼？剛如此想著的一瞬間，莫維感覺到白天經過發作變得亂糟糟的魔力，在體內開始順著同一個方向，有秩序地流動著。

宛如走上軌道一般。

「你是……」一下子，莫維感覺舒坦了許多。

格提亞看著他，道：

「我說過，我很清楚你的魔力軌跡。」所以，他能藉由接觸，讓這股龐大的魔力乖乖回到原本的位置。幸好，僅需要微小的力量就能做到引導，而且不用和本人有實質上的碰觸也可以辦到，只要距離夠近，和間接的媒介。

現在，就是這張床。

莫維的身體和精神在維持極度緊繃這麼長一段時間，忽然間整個人放鬆下來，還有身體內部那股正在循環的暖流，令他彷彿被催眠一樣，眼皮變得沉重。

不能就這樣躺下。可是體力已經到達極限，抵抗是無效的。

莫維心裡清楚，只能狠瞪著格提亞。

「你……到底是……」他的魔力軌跡，證實格提亞曾經和他有過他所不知道的接觸。

可是這根本不能解釋。

格提亞溫慢地道：

「我是來幫助你的。」現在，他能說的也僅有這個。

出生至今十九年，莫維很確定自己的記憶是完整的，他絕對沒有持續或者長時間和格提亞進行過關於魔力調整的摸索。

這絕不可能。

就像是看出莫維心裡所想的，格提亞道：

「我不會對你說謊。」

儘管他給出承諾，莫維也仍然會一直懷疑他。或者，想要殺了他。

就像以前一樣。

因為他，是皇帝指派到皇太子身邊的人。

即使他們不再交談，莫維仍能清楚地從那張表情淡薄的面容，看出格提亞已經察覺到自己有朝一日會對他動手。

皇太子莫維，計畫著在利用完之後就除掉他，這個人，十分清楚己身所處的立場。

格提亞知道他太多，而他知道格提亞太少。

不管什麼原因，居然瞭解到這種程度，這位帝國的大魔法師對自己非常危險。莫維更加堅定了。

絕不能讓他活著。

窗外，烏雲逐漸地散開了。

月色緩緩灑落進來，背對著窗的格提亞，在銀色光芒籠罩裡，宛如會發亮一般。

莫維只是想起，關於擁有魔力的人，在皇室成員才能閱讀的古老藏書中有一段記載。

他們曾一度被譽爲上帝的使者，彷彿和人類是不同的種族，在久遠的年代普遍稱爲艾爾弗一族。

那是以初代魔法師的名字命名的。艾爾弗一族出生即擁有魔力，不平凡的眸色是他們獨有的特徵。其血統愈純，特徵愈明顯，魔力也愈強大。

之中，有所謂最純血的存在。他們是所謂的直系，且從未和外族通婚過，一直都是和相同具有魔力的人誕下後代。

這樣的艾爾弗，天生個性淡薄，平常他們的瞳眸會是黑色的。也就是所有色彩混在一起的最終顏色。

唯有在月光下，他們使用魔法的時候，才能看見他們的與眾不同。

那難以描述美麗的，彩虹般的眼睛。

莫維在失去意識之前，見到的，就是背對著銀月的格提亞，那一雙在夜色中，輝映的七彩瞳眸。

身爲皇太子的莫維．貝利爾．雷蒙格頓，自入學後，便一直都是學院裡最優秀的存在。

可是這樣的榮耀，因爲莫維入學的年紀，被打了折扣。一般人只會單純地認爲，他年齡稍長，表現好也是應該的；當莫維以短短六年的時間，修完十二年的學業，那些人又說，作爲下一任皇帝，入學前應該早就受過皇家教育，如此上進優異是理所當然的事情。

但是格提亞十分清楚，絕不僅僅是如此而已。

莫維對於讓自己變強，有著一種近乎走火入魔的執著。

而「學習」本身就是一種能夠變強的方式，所以莫維在這方面就會做到完美無缺，於是展現出來的結果，即是他用一半時間就提早修業完畢。

莫維要從學院裡畢業了。

外界推測他接下來會開始全神專注在繼承帝位的訓練上，畢竟皇帝已臥病在床許久，不過格提亞知道不是的。

莫維從學院結束所有課程之後的幾個月，即會帶領一支隊伍，前往西邊峽谷進行皇帝首次指派給他的任務。

其結局是除莫維一人外全軍覆沒。

地板的強烈震動拉回格提亞的思緒，回聲有點刺痛聽覺，他在確認身上的深色長袍足夠遮掩胸口的微光以後，才緩慢地抬起眼。

在他面前，隨著聲響落下的沙塵，逐漸地散開了。

只見莫維持劍佇立在中央，低頭深深喘息著。

雖然看起來消耗掉不少體力，但是不過才練習幾次而已，莫維已經不再會發燒了，也能夠在激烈釋放魔力後保持站姿。

格提亞知曉，無論做什麼，莫維的天分都是驚人的。

「今天就到這裡。」

格提亞說。

莫維昂起臉，朝天花板長舒口氣。頰邊同時流下一道汗，沿著他面部的輪廓滑落。

那夜，一如靜悄悄地出現，格提亞無聲無息地從他房間消失了。即便他僅是很短暫地閉上眼睛，卻依舊沒能攔住格提亞質問清楚。於是隔天，他在皇太子宮召見格提亞，準備下令責罰，格提亞卻在練武場等他。

「你每天都要練習，練到熟悉爲止。」格提亞正經八百地這麼說。

端著一張老師的嘴臉。他簡直氣笑了。可是突然，他倒是很想看看，練成以後，是不是眞的會如同格提亞所說的那樣。

從那天開始，訓練的場所改爲皇太子宮的地下石室。

之所以選擇此處，最重要的理由就是他不希望自己在練習控制魔力這件事情外洩。

先前那叫什麼的廢物練劍那次，太過招搖了。

皇太子宮雖然也位在首都，卻離中央皇宮有一段不算短的距離，說是獨立出去的宮殿也不爲過。而且，是僅有皇太子一人遠離中心，這也是貴族間流傳皇太子不受皇帝待見的立論之一。

不過對莫維來說，這是太好了。

此座皇太子宮原本是皇帝婚前送給前皇后的宮殿，也因前皇后在此處的遭遇，這座宮殿有各種奇特之處，例如這間地下室。這看起來應是避難用的石室不僅極其堅固，就連聲音也完全無法傳遞出去，而且十分寬闊，在整個石室邊緣還保留與地面通風的細長窗口。

這是不得已的。在這樣的空間學習操縱不受控的魔法，有坍塌的危險。

「你說你失去魔力，卻不怎麼害怕待在這裡。」莫維不相信，甚至覺得，就算這裡整個垮掉了，格提亞也可以輕鬆解決。

所以他看起來才如此平靜。

「這裡確實不是練習的最佳場地。」格提亞明白他的意思，也有看見莫維領著他踏進石室時，一副愉悅的表情。「不過，若是不小心，我們就會被埋在亂石底下，我認爲這樣的壓力，可以很好地幫助你細緻調整力道。」他道。

如果不好好控制，那就會死亡。像這樣的狀況，帶給莫維的早已不是恐懼，而是一種興奮感。

從小，他就多次徘徊在生死邊緣，早就習以爲常。

他當然不會輕易死去，可是也不認爲死有何可懼。不過他以爲，這樣的瘋子，只會有他一個。沒有從格提亞那裡得到預期的反應，也無法確認格提亞魔力的有無，莫維陰狠地揚起了嘴角。

如果這個人失去那總是淡薄的表情，一定會非常有趣。

現在還不到時候。

莫維提起另外一件事，道：

「你以後進來不要再走那個狗洞，我已經封起來了。」那個「祕密」的出入口，可是讓他找了幾天。

格提亞一頓。

「你封的是哪個？」他問。

莫維聽到他這麼說，眼角一抽。

「還有第二個？」不對，總共幾個？他的皇太子宮，談不上戒備森嚴就算了，居然有這麼多漏洞？

「我是認爲，我最好不要從大門進來。」格提亞看著他。

莫維一直都不想要關於他身上魔力的狀況洩漏。以前是，現在也是。

確實沒錯，若每日從大門進出，久了會引起注意。對於他的謹慎，莫維僅是冷笑了一下。

「所以，你的第二個入口，也是祕密嗎？」當然他的笑絕不是表達高興。

格提亞以前就這麼覺得了。莫維這是皮笑肉不笑，讓人感到畏懼。不過，對別人也許有效，不包含對此熟悉的他。

「有一天你會知道的。」格提亞是眞的會告訴他，在應該的時機。「如果你滿意我教給你的控制方法，我想向你要求一件事情。」他道。

練習結束的現在，應該是要離開的時候，他卻不像平常那般開口告退。

因爲，他今天想要試一下。

莫維漂亮的眉峰出現微微皺褶。最近，他在格提亞面前，愈來愈懶得隱藏情緒了，他不但享受不了害怕看他的眼神，還會得到一種格提亞式的毫無反應。

格提亞一直都不像其他人那樣，在他面前有所忌諱。甚至才幫忙沒多久，就膽敢開口向他討東西了。

不過，這是個刺探的好機會，或許可以藉此知道這位大魔法師的一部分意圖。莫維注視著格提亞，啓唇道：

「只要我能力所及。」他給出的範圍非常籠統，可大可小，為了要瞭解格提亞的貪婪是何程度。

雖然語氣含笑，可是卻不懷好意。格提亞非常熟悉莫維這種語言上的盤算，就像蜘蛛網一般，是個難以察覺的陷阱。

看著莫維，格提亞道：

「我想暫時住在皇太子宮。」不管莫維此時怎麼想他的，他認為自己應該可以提出這件事了。

格提亞從小待在魔塔，從未踏足外地，直到二十一歲時才去到貴族學院，五年之中都不曾跟學生做過私下交流，雖為帝國的大魔法師，可他是平民出身，不像貴族得參加各種宴會，僅有必要的時候才會出現在眾人面前。換句話說，他的社交環境幾乎等於沒有。

所以他無法瞭解，自己此時此刻有多麼突兀。

其實打從一開始他就計畫著要住進這裡了，因為他必須待在莫維的身邊。只是第一次過來就提出的話大概有點沒禮貌，那麼多過來幾次先鋪墊好會比較恰當一點。

他就是單純地這般想著。

莫維眼角抽動著。

「……你說什麼？」如果沒有聽錯的話，難道是這個人腦子有問題？

格提亞一如往常地平淡，道：

「我每天都要往返，所以住在這裡的話比較方便。」這是他思考好幾天的最合適理由，也的確是實話。

莫維仔細地注視著他，想從他微小的表情或動作看出端倪。

「你的要求越線了。」

「這是你能力所及的。」格提亞感覺他好像要拒絕了，只能用剛才他說的話提醒他。

莫維聞言，感到有趣地笑了。

「就算我反悔，你又能怎樣？」他的語氣冷漠且不留情。

「那你……就是說謊了。」格提亞也明白，莫維不是會在乎這些事情的人。以前，他一直相信莫維所說的話，即使事後發現被騙。

因為除此之外，他不曉得自己還能怎麼做。

「難道你就沒說過謊？」莫維嘲諷地反問。

聽到他這麼說，格提亞道：

「我之前講了，不會對你說謊。」

那雙眼睛，始終直視著他，沒有半分閃躲。

這令莫維莫名地感覺煩躁。

「……住進我的宮殿裡，就得受我管轄了。」他用威脅的口吻，提醒格提亞聰明一些。

豈料，格提亞點了下頭，答應道：

「我知道了。」這是當然。

莫維正在思索。分析這件事的利弊。

最後，他道：

「隨便你。」他不是擔心格提亞會造成危害，他從不恐懼那些。只是，他討厭有外來的東西進入自己的領域，如果是他能夠操控的存在則又另當別論。

眼下情況，控制魔法的學習確實需要格提亞。那麼，乾脆就把格提亞放在看得到的地方，這樣他可以就近監視這個人。

正準備轉身上樓了，卻又聽背後的格提亞道：

「那麼，我要三樓左邊數來的第二個房間。」

這個發言，使得莫維停住動作。

不但膽大妄爲要求入住，甚至還明確指定住房的位置。

是眞的沒有腦子嗎？

「……哈！」他昂首笑出聲音，笑得彎起雙眼，露出單邊的梨渦。

三樓左邊數來的第二間房是空的。不過，這間房的隔壁，也就是相同樓層左邊走廊盡頭的臥房，是他皇太子莫維的寢室。

這個指定絕對是帶有目的性的，就是想要他旁邊的房間。但是，到底爲什麼？這個叫格提亞的人，連皇太子宮內部也知道得如此清楚。

這似乎不奇怪。畢竟，都能夠在誰都沒察覺的情況下自由出入此處了。

「難道不可以？」格提亞想要得到一個確定的回答。

在莫維看來，簡直就是挑釁。他歇了笑，回首望向他，一臉的愉悅。

「如你所願。」他一定會搞清楚，這個人究竟想要從他這裡獲取什麼。

格提亞得到允許，那總是淡漠的面孔，難得地出現一絲沒有過的放鬆表情。

「那我先回去整理行李了，很快回來。」這麼說著，他從莫維面前離開。

這麼困難的目標，居然順利達成了。

格提亞一刻也不想拖延，因爲他怕莫維反悔。其實眞的沒想過莫維會全都答應，他只是覺得到這個程度與階段該試著問一下，所以得到這樣的結果他有點訝異，畢竟現在的情況跟以前被皇帝派來莫維身邊完全不同，那時候的莫維擺明是爲了監視他，所以把他放在那個房間的。現在多半也是。還以爲得再過好幾個季節，也就是莫維和上一次相同的年紀才能搬進來。

變動了，不一樣了。

可是爲什麼？他總是有一種不協調的感覺。

儘管他的內心宛如被濃霧籠罩著，但他不再細想了。

出宮後，他先是到村子裡他自己的住屋。

這是一間位處於村鎮與森林交界處的簡單小房子，完全地平凡無奇。格提亞打開門，撲面而來的灰塵讓他瞇住眼咳嗽了幾下。

平常其實他都窩在學院，也經常睡在教師室，這裡很少回來。

但不管怎樣還是得要有個住處，所以才有這間屋子的。使用的頻率是眞的不怎麼高，不過他就算睡在學院，也會回來洗漱換衣，所以他的生活物品都是在此處。

找了一塊方布，他將衣物和零碎的必需品打包。

他平常幾乎都把時間花在編寫魔法書籍上，日子過得十分簡單，很容易便收拾好了。在整理東西時，他忽然想起原本他會有一個盆栽的。

那盆栽是他以前在上魔法課時，爲給學生做示範，利用魔力所培養的一株特殊植物。他養著那個盆栽，想在學期末上課時給學生演練魔法造成的影響。

只是，因爲他失去了大部分的魔力，所以沒辦法做到這件事了，當然也無法在最後一堂課演示。

而且，他也會提早離開學院。

比起上一次。

這瞬間，格提亞終於明白那種不協調的感覺是什麼。

他施展禁術，回到這個時間點。所以，他的行動正在改變著曾經發生過的歷史。

即使，他就是爲此而站在這裡的。

他想要修正結果，可以有兩個方式。一個就是全部都照著過去重複，他只在最後的時機介入。那樣一來，受到影響的部分會是最少。然而，假使所有的一切都照舊，就算他在關鍵時刻干涉，眞的能夠成功達成目的？

走在原本就在走的同一條路上，能走到不同的地方？

另外一種方法，就是他在更早的時間干預。

就像是現在這樣。毫無疑問的，他已經做出了選擇。

格提亞抬起雙眸，眼神清澈。將行李打包起來，背在身上，離開房子時，他望著前方。

就算他不曉得自己究竟是對還錯，無論如何，他已經不能回頭了。

他穿著長袍的身影，隱沒在無月的黑夜中。

這個晚上，特別地寂靜。

皇太子宮的莫維，正從長廊盡頭緩步走來。

壁上的燈火，將他的影子拉得好長。

管家剛回報他，眞的沒有發現「第二個狗洞」。先前找到的那個，在花園角落，非常不起眼的地方，僅是一個由於周遭植物掩護，所遮蔽的相當狹窄的小缺口。

就是造景多出的一小塊空間而已。只要翻過皇太子宮的圍牆，就可以從那裡潛進。

前提是，要先翻過牆。

與其說這是找到的狗洞，更像是找到一個勉強符合要求之處。

格提亞出現在他寢室的那晚後，他就已命人翻遍整個皇太子宮。再來一次大概也找不出另外的，所以那第二個祕密出入口，最可能的，就是他宮裡侍從不得踏足的地方。

雖然他並未特別在皇太子宮裡打造隱密空間，不過總是有幾個他不喜歡讓別人進入的區域，就算是要打掃，也得在他有其限制的許可之下，而且絕對不准動他的物品。譬如他的書房。

或者，他的寢室。

三樓的長廊就要走到盡頭，莫維卻聽見自己寢房隔壁，也就是左邊數過來的第二個房間裡，有動靜。

於是他立刻伸手打開房門。

結果見到一個中等身高的清瘦人影，正站在房間的裡面。

今晚沒有月色。房門口壁上的油燈，那一盞紅橘色的火焰，因爲窗戶拂進來的微風搖盪著。

入侵者！莫維以最快速度箭步上前，抓住對方的領子，同時將人摔在窗戶旁邊的地板上，在箝制住來者的同時，他唰地一聲抽出了腰間長劍。

整個動作一氣呵成，僅就在眨眼之間。

直到劍尖抵在對方脖子上的那一刻，莫維終於藉由走廊透進來的光源，看清楚自己身下的人是誰。

他完全停住了動作。

「你的行動和判斷好快。」自己根本來不及做出反應。格提亞被壓在地面，睜著一雙眼睛說道。雖然他曉得莫維劍術高超，不過那是以後的事情了，這個年紀的莫維對他而言是陌生的，讓他有點莫名的意外。

莫維狠瞪著他。

「……你是眞的想死嗎？」

究竟是第幾次了。這麼不舒服的感覺。

他一定，要知道這個人到底是怎麼進來的。

「我想活著。」格提亞誠實地說，明白自己是被當成闖入者了。

儘管理解緣由，他還是由於不習慣遭受這樣的壓制，細微地扭動著。這看起來就像在反抗一樣。

莫維表面上平靜，內心卻是一把怒火。他很少會像這樣，一再地被惹怒，更多情況他是笑著的，格提亞的行爲，總是使他產生不悅的感受。

這般離譜的闖入，立刻砍了這人也都是正當的，但他不僅沒對不合道理的行爲道歉，現在還膽敢掙扎抵抗！難道是爲了那個可笑的討厭被別人碰的原因？莫維單手箝制格提亞細瘦的雙腕，更緊更用力了。

「你爲什麼會在這裡？」他沒有收起長劍，也繼續壓迫著格提亞，以俯視的姿勢質問，完全不準備退開。

「三樓，左邊數過來的第二個房間。」格提亞只能被迫仰躺在地上，以這個角度和莫維對話。「我們說好的，所以我就來了。」他道。

莫維有種想要把他捏死的衝動。

「你不用先問過我再進來？」他瞇起眼問。

「我問過了。下午的時候。」格提亞是真的認爲那樣就足夠了。「我也講了回去收拾東西，會再過來。」他道。

明明是在談論同樣的事情，意思又好像不同。莫維覺得自己在跟一個毫無常識的人對話，他本來就不是一個願意耐心溝通的性格，不想再扯下去了。

「我也說了，我是房子的主人，既然你進來了，那就要聽我的話。」他最後警告格提亞。

聞言，格提亞就是點了下頭而已。

「我知道。」現在是在重複說過的事情？所以他也像之前那樣回答。

皮膚開始起了疙瘩。這種彆扭的姿勢導致。

想趕快脫離如此狀態。以前，由於他是大魔法師，更因爲他魔力強大，所以沒什麼人能近他的身，長久下來，養成了不讓人碰觸的習性。

無法掙脫的感受也很不好，他沒有這樣被抓箝著手腕過。

……不，還是有過的。

那個時候，他離開皇宮前的最後一晚。已經是皇帝的莫維抓住了他。

曾經的一幕忽地浮上心頭，格提亞因此整個人停住，有些發怔了。

怎麼回事？突然如此乖順了。莫維有一種非常想要折磨他的心情，要用什麼方法？什麼時候？

畢竟唯有吃過苦頭，才會長記性。

他直起背，從格提亞身上移開，在窗邊站直了。

「明天開始，我會有很多問題要你解釋。」他終於收起長劍。

莫維的聲音裡聽不出情緒。

只是格提亞知道，那雙紫眸，彷彿盯著獵物般在注視自己。

那種，帶著審視，懷疑，以及不是善意的眼神。就算很想跟他說，不用這麼防備，他一定還是會懷疑自己對他的用意。

「好。」格提亞沒有迴避他的視線，僅是坐起身回應道。

莫維垂眸睇著他片刻，隨即朝門口走去，離開了房間。

格提亞看著他的背影消失在門口，聽見他進入隔壁的寢室，關上房門。

「——呼。」

然後，格提亞起身至床沿，躺倒在這熟悉又陌生的柔軟床鋪上，望著黑漆漆的床頂，吁出一口長氣。

翌日。

一大早，他知道莫維會在這個時間練習劍術，暫時應該不會找他，所以就先離開皇太子宮。他就要結束學院的課程，放在教師室裡的東西還沒全部收拾好。

晨練過後，莫維會在固定的時間用早餐。

當他在餐桌上不見格提亞時，不怎麼在意。身爲主人，他本來就未邀請格提亞同桌共餐，只是交代府邸裡的侍從，最近會多一名暫住的客人，若對方有什麼需要就直接處理，不需要再來過問。僅限生活方面的。

這是莫維爲了自己不要被格提亞的雜事煩擾。不過，當他在午餐也沒看到格提亞時，還是詢問了管家。

理由是這座宮殿裡的所有事情，他都必須掌握在手裡。

「殿下說的那位格提亞大人嗎？很抱歉，從昨夜您交代過後，到現在我都沒見著他人。」管家沙克斯一頭白髮，年紀相當大，一言一行卻依然儀態優美。

他從莫維入主皇太子宮就陪伴在身旁，總是將整個皇太子宮打理得相當完美。

不過可能他老了，最近居然沒發現花園有個狗洞。

莫維聞言，微抬起下頷，沉默了。

不知道在想些什麼。儘管沙克斯待在莫維身邊許久，生活起居的喜好都不能再更熟悉，偶爾仍是沒有信心絕對能夠猜中主人心思。

「需要我去找找格提亞大人嗎？」管家問道。因爲殿下的命令是被動給予生活方面的協助即可，不必過於照顧對方。

「……不用。」莫維用餐巾擦了下嘴唇，推開椅子站起身。

午餐過後，是他要在書房學習的時間。

他已經確定要從學院結業了，但是學校學的那些根本不夠，他還需要更多，更巨量，且更深層的知識。

不這麼做，以後他就不能夠與他的敵人抗衡。

尚未入學的兒時，正確地說是十歲那年，他剛從房間裡被「放出來」，很多事情需要調整，否則不能見人，直到那時，他才算得上眞正地開始接觸書本。一名私人老師就曾盛讚他天資聰穎，理解力高，領悟力好，是具備優秀特質的領導者後代。

給他的評語是，倘若他具有目標，一定能夠達成。

那名老師，在當時馬上被皇宮解聘了。

在進入學院以前，有一半的學識，他都是憑靠自己習得，否則他根本字都無法認識幾個。

從現在起到午後四點，他不會走出書房一步。

天氣正好，精緻的寬廣花園鳥語花香，皇太子宮卻是一片寂靜，所有人都會小心不要製造太大的聲響。

時間滴答滴答地過去了，傍晚前，莫維闔上書，結束今日的「學習」。接下來，就只剩魔法的練習了。

他每天都會在一定的時間，做一定要做的事情，分秒不會耽誤。

離開書房，他在更衣間換上管家替他準備好的，練劍時的輕便服裝，著裝完畢以後將長劍重新掛上腰部。

整天都沒見人影的格提亞，也許可能會就這樣不出現了，畢竟他們其實根本沒特別做什麼約定。

只是，自格提亞那七彩的眼眸，在月光下如此不眞實的夜晚以後，格提亞似乎總是在他需要的時候，出現在他的面前。

莫維邁開步伐，走過建築，穿過走廊，筆直地前進。

經過一段往下的長長階梯，開闊的圓形空間逐漸在眼前展現，石頭地面，有些斑駁的木製武器放置架，雖然是在地下，設置卻和一般練武場相同。自從他交代要使用這個地方，管家一如以往地即刻處理好了。

那個人，格提亞．烏西爾，就佇立在中央。

並且正以雙手放置身前交疊的等待姿態看著他。

這一刻，莫維終於確信。

他這位老師，在某種程度上，可以說是對他瞭若指掌。

那雙眸子，在火光下，只是一種純淨的黑，也是看不到深處的黑。

此時他忽然懂了，爲什麼他在面對格提亞時，總是會有一種不好的情緒。那是因爲，格提亞太過清楚他，他卻對格提亞一無所知。

而這，讓他十分地不愉快。

「原來你已經來了。」

莫維露出單邊的梨渦說道。

果然，總有一天，他必須徹底除掉這個人。

「你好，廚師先生。」

格提亞敲敲廚房敞開的門板，問候裡面掌勺的大漢。

「小子，我老早就給你準備好了！」廚師湯姆身材強壯，講話的聲音也渾厚宏亮，據說他認爲做飯就是需要力氣，所以才把自己練成這副樣子。

在這個皇太子宮，麵粉袋他扛，麵包他揉，連用來烤麵包的石窯，也是他自己造的。但是更重要的是，他煮的東西，是眞的很好吃。

以前，在接受皇帝命令被派往皇太子身邊的時候，格提亞曾經住在這裡一段時間，三餐都是來自湯姆的手藝，格提亞現在有點想念這個味道。

他雙手捧過湯姆遞給他的餐盤，上面放著剛從大鍋裡舀出來的，熱騰騰的濃湯，以及兩個散發麥子香味的麵包，還附帶一片烤牛肉及奶油。

「這個……」好像不是他的錯覺，湯姆給他的餐量，一天比一天多了。

「這我個人贈送的。多吃點吧老師！你太瘦了！」湯姆彎起手肘擠出賁張的二頭肌，讓面前的瘦小青年見識下什麼才叫做男人！之前管家交代給他們，說殿下來了客人，會先住在這裡，他可是驚奇得不得了！

那位，獨來獨往，從沒見過跟什麼人交好的皇太子，在旁人眼裡封閉到不行的這座宮殿，居然也有迎來住下的訪客這一天。雖然在皇太子宮工作是非常好的待遇，也毫無不開心之處，與其說殿下對他們這些下人不會像其他貴族那般頤指氣使，倒不如說殿下對他們一點興趣也沒有。

不在乎，不在意，也無所謂。

更是一種無視。他們就像家具，或空氣般，不存在主人的眼裡。

儘管這也不是什麼可以挑剔的地方，他們還是對殿下本人有點好奇的。那樣尊貴的殿下所帶來的客人，當然更是想要認識了。一開始還以爲是什麼厲害的人呢，結果是個好瘦的小子！

年紀輕輕的，聽說是殿下在學校內的老師，因爲一些理由聘請到宮內私教，府邸內已經和他接觸過的侍從，都說他沒有架子，也不怎麼麻煩，表情是木訥了點，不過清清淡淡的給人感覺不錯。只是在廚師湯姆眼裡，這位缺少高傲的老師，眞的就是一把行走的骨頭。

吃了他端出的餐點，這麼瘦可不行。他燃起了要把食客養胖的鬥志。

「謝謝，我會好好吃完的。」格提亞不是很擅長面對這種熱情，可是這些友善的人們會讓他感到溫暖。

對他們而言，他是個陌生人。他卻相反，十分熟悉他們。

廚房角落擺著木製桌椅，格提亞在最邊緣的位子坐下，不疾不徐地享受這份豐富餐食。

結束後，他和廚師大叔道別了。回房的途中，他找了下這幾日幫他準備梳洗水盆的老漢，老漢雖已有年紀，在這座宮裡卻還是見習的身分，所以負責不怎麼需要細節的打雜工作。

格提亞告訴老漢，晚上要洗澡的時候，可以和他一起去打水。即使坦白自己並非貴族出身，也不習慣被服侍，老漢依舊受寵若驚，露出有些傻愣的表情。

這座宮殿的傭工不多，負責服侍莫維的人員更是僅有資深管家沙克斯。包括管家在內，基本上都是由年長男性與年長女性組成，按照帝國禮法，要能在皇族府邸工作，身世背景都需嚴格篩選，然而就算這是皇太子宮，由於傳聞，沒有什麼年輕人願意過來工作。因此就演變成一開始就在此並且留下的人，以及曾在貴族府裡待過可年紀大了後遭到辭退難以謀生的人，以這兩類爲皇太子宮雇傭的主要組成。

宮裡成員是怎樣的侍從，莫維完全不理會這些小事，只要行爲恰如其分，府裡運作如常，他什麼都不在意。

而且，皇室也有意無意地冷落與打壓莫維。貴族間流傳著，皇太子宮沒有鮮活的氛圍，毫無生氣，儘管所有傭人將內外打理得無可挑剔，也阻擋不了惡意的嘴碎。雖然那些耳語，影響不了莫維半分絲毫。

莫維是個不會惡待僕人的主子。即便他身爲皇族，貴爲皇太子。

但是，也不會跟他們交流。

這些在宮殿裡工作的下人，在莫維眼裡，就僅是維持日常的一種工具，他不會跟工具說話。壞了該換了，他不會手軟；可以正常運行，這樣就足夠。

縱然如此，在上一次，直到莫維被貴族群起撻伐的那天，這座皇太子宮裡也沒有一個人背叛過莫維。

因爲，這已經比那些虐待奴僕的貴族好上千百萬倍，當時若不是莫維提早解散他們送至遠方，恐怕大家都會遭到殺紅眼的貴族全滅了。

格提亞在長廊上停住腳步。這麼說起來，莫維早就察覺自己處境危險了。

這件事，他一直都在想。因爲他不懂，爲什麼莫維採取的是那樣的行動。

如果已經知道貴族們蠢蠢欲動，怎麼會放任事態發展到叛變的地步？

甚至，讓他們直接地攻進皇宮。

就好像故意這麼做似的。

無論以前或者現在，莫維的主要目的大概只有一個，就是對付現任皇帝，這是他目前能夠推論的。可是明明已經成功了，最後莫維卻又選擇那樣的結局，自己一直在思考這其中所有的不合理，卻沒有答案。

如果重來一次，他能否將這些疑問弄清楚？

望向窗外，練武場就在穿過花園的地方。現在正是莫維練劍的時間。

學習掌握魔力的時候，會在地下室；普通的練劍，是在正式的訓練場所。再不到三個月，莫維就要被派去遠征了。

格提亞對此事知之甚少，當時他還沒接到皇帝的指派，仍在學院內。

他所聽說的，就是莫維帶去的小隊全數殉職，僅有莫維獨自一人活了下來。

隔年他聽命入宮，也從未和莫維討論過此事。

初識時他們之間沒有任何信賴關係是其一原因，但是在他曉得莫維的狀況之後，可以想像當時發生什麼，就因爲他明白理由，所以也不會去問。

不過這件事，致使纏繞著莫維的傳聞，又增添了更加駭怪且極度負面的恐懼色彩。

在魔法師接近滅絕的如今，本來能夠理解和接受魔力的人就已經不多了。這一討伐任務過後，人們對於艾爾弗一族，或者說這種，具有特殊力量的「異類」，更是變爲排斥了。

魔法並沒有保護的能力，而是害死了所有無辜的人。

這樣的想法，就此普遍存在於社會氣氛當中。

過了很久他才發現，原來這一切，都是皇帝有意造成的。

可是，這一次不同了。他是在莫維身邊的。

他不會任其發生的。

所以在那之前，他必須準備好一切。格提亞轉過頭，繼續筆直地向前走。

傍晚，在地下練武場，莫維正像先前那樣，練習將瞬間擴張的巨量魔力，導引收束在拿劍的那隻手。他已經做得相當熟練了，地面被他集中穿出一個深不見底的洞，旁邊的石頭卻是完好無缺，可以說是徹底成功了。

他揚起唇瓣露出猖狂的笑意，眼神更是狠戾。

即便格提亞就在旁邊，他也不想隱藏這種情緒。揚起的小範圍沙塵尚未停下，他就聽到格提亞忽然問道：

「你是否知道一個名爲風鳴谷的地方？」

平常，格提亞都是指點幾句，從未提起過別的事情，他們之間也僅止於此。所以這個問題顯得有點突兀。

「風鳴谷？」莫維站直身體，看向格提亞。他的表情已經恢復平常。「那是西邊的峽谷。問這個做什麼？」他道。

格提亞一如以往，直視著他，在回答時沒有閃避他的視線，道：

「你要透澈瞭解此處。」

這是何意思。那是指地理位置，還是其它？

「理由？跟魔法有關係？」莫維瞥視著他，沒有太當作一回事。

格提亞搖頭，道：

「關於魔法，怎麼控制魔力的第一步，你已經學得很好了。不要忘記那種感覺。」這麼短時間內能有此表現，莫維確實是他最優秀的學生。

莫維微歪著頭。這是對於格提亞略過他的提問有點不高興的表現。

「所以？」要進階到下一步了？

格提亞表情專注，緩慢地道：

「接下來的每一天，你要持續地，反覆地，無數次進行這個練習。直到你絕對不會出錯。」

莫維以為這個起始步驟已經達到標準了，看來不是如此。

「我已經知道該怎麼做了。」他想要盡快往前推進，擺脫枯燥無味的單一訓練，趕緊學會怎麼自由地使用魔法。

「不，你不知道。」格提亞平靜地說道：「你要一直這麼做，直到我說可以為止。」

莫維不以為然，本來就不是願意聽話的個性。但是，即使他沒有信賴格提亞，也對格提亞存在許多懷疑，能夠教他的，仍舊只有站在他面前的格提亞。

這是必須認清的現實。

若是使用強迫手段威嚇，對自稱失去魔力的格提亞會有作用嗎？沒有魔力這件事，也僅是格提亞的片面之詞。

他不打算相信這個人，這個人對他來說卻又有著難以取代的利用價值。

現在，暫時得維持這矛盾的狀態。

「風鳴谷到底是什麼意思？」他再問一次。感覺到那不是格提亞隨便說出來的一句話。

格提亞一雙黑眸注視著他，啓唇道：

「你要完全瞭解這個峽谷，位置或地形，以及氣候，甚至周圍所有的道路。關於風鳴谷的一切，你都要知道。」

語畢，可能是從通氣口忽然拂來一陣相當細微的風，將格提亞的淺褐色頭髮極不明顯地吹動。

看來是不會告訴他爲什麼了。莫維已經從格提亞此時的態度看出來。

該說的時候，會說自己想說的。但總是不會再多。

反正，之後他就會知道的。

和格提亞四目相對，莫維能感覺到格提亞隱藏著祕密。這使得他，前所未有地如此注意一個人，不是出自好奇，而是因爲那總是直接的眼神。

莫維隱隱覺得，那個祕密，似乎和他有關。

他想知道答案。

幾天後，他被皇帝召進宮內，先明白了風鳴谷到底是什麼意思。

已長期臥病在床的皇帝，如今穿著華麗的正裝，整個人容光煥發，坐在長長紅毯的盡頭，即議事殿堂的最高位置，那座無比尊榮華貴的帝王之位上。

一點也沒有傳聞中的病重，更不是莫維上次進宮時看到的樣子。

皇帝的身邊站著兩位穿著白袍的聖神教徒。

他們自稱是奉獻神明的使者，神會眷顧所有世人，只要虔誠地向神祈禱，便能夠獲得祝福及力量。自魔法師逐漸凋零後，本就是國教的聖神教崛起取而代之，現已是帝國內信仰最爲深刻的宗教。

雷蒙格頓帝國，自古以來皆信奉聖神教，首都內有神殿，歷代都立有教皇，不過，聖神教一直以來都是個溫和且低調的宗教，不僅不排它視自己爲唯一可信之教，教義也都是些爲人父母子女等做人道理，唯一主動高調的場合，就是新皇帝繼位之時，因爲典禮上他們必須代表神明的身分見證。

然而現在，已經不再是那樣了。

「拜見帝國偉大尊貴的皇帝。」莫維單手打橫過胸前行正式君臣禮，敏銳察覺兩個教徒的目光在自己身上。

那是種審視的眼神。

「你不像其他人一樣，好奇朕的健康情形嗎？」皇帝一開口就故意問道，但不是眞的需要兒子的關心。「多虧了神殿，替朕祈禱之後，朕現在好多了。」他慢條斯理地說。

這不是在交代病癒的過程，而是在闡明，現在，皇帝的身體狀況非常好，已不是先前那般虛弱。

皇帝不死就好，至於怎樣地活著，他無所謂。莫維掃視著兩名教徒，即使眼神交會了，教徒也沒有絲毫動搖。

「……那眞是萬幸。」據聖神教這十數年所宣揚的新型教義，神殿擁有的力量來自祈禱，他們相信，只要用心禱告，便會有奇蹟發生。

皇帝道：

「朕康復之後，有不少國事急於處理，你身為朕的繼承人，朕要交代給你一件任務。」

繼承人嗎？莫維笑得彎起眉眼。

「謹遵命令。」他倒要看看，皇帝準備讓他做什麼。

皇帝得意地道：

「西邊的風鳴谷，近來因魔獸的侵襲十分不平靜，朕希望你前往平定當地的不安要素，拿出你能接位的實際成績。」

比起皇帝話裡那有意無意的施壓，莫維還是在聽到風鳴谷這三個字時更有所反應。

他瞠著一雙眼眸，不可置信，接著低頭笑出了聲音。

「哈！」

「怎麼？」皇帝預料過他會作何回應，卻意外這種開心的笑法。

莫維抬起臉來，由於展現的笑容，本就異常出眾的容貌，更是猶如最好的畫家神筆畫下，那一眼看上去無法描述的俊美。

「我就是覺得……有趣。」

皇帝聞言，繃住的嘴角變得冰冷。他坐在上位，緊抓著帝座的扶手，居高臨下地睇著他的長子。

莫維根本沒有將他放在眼裡。

但是無所謂。他們父子之間，現在開始到最終，一定會有決斷。

皇帝承諾配給他一支討伐隊伍，指定出發日期，但是這些好像都不重要了。

魔法師，不能夠預知未來。

不但沒有這樣的魔法，也辦不到。因爲，那是「不曾發生」的事。

魔法能夠改變的，僅有已經歷過的事物。

坐在馬車裡，回皇太子宮的一路上，莫維思考著各種假設，卻都難有合理解釋。

他需要立刻見到格提亞。

格提亞對他的生活作息知之甚詳，而格提亞平日在皇太子宮內的活動，他亦在這段日子一清二楚。

因爲，他必須再更多瞭解這人，不能容許自己始終處於被動的地位。

這個時間，格提亞會在花園裡散步。

總是在左邊那座溫室，自己一個人待著。

下了馬車，莫維直接來到溫室，一踏進便看見格提亞仰著臉獨自站立在中央。陽光照耀下來，金色的點點光輝，灑落在他的深色衣袍上。

莫維站定在他左方一段距離的位置。

「你是怎麼知道風鳴谷的？」他問。就算格提亞也許不會回答他。

聽到他的聲音，格提亞明顯一頓，隨即轉過頭，那張總是沒太大情緒起伏的臉上，難得地有點訝異。他睜圓眼睛，注視著莫維。

就彷彿，做了悠長久遠的夢，忽然被喚醒過來那樣。

「……兩個月後就要出發了。是不是？」回神之後，格提亞緩慢地說道。

就連細節也都一清二楚。就算是單純對政治敏感度高，也不可能準確到這種程度。

「我再問你一次，你是怎麼知道的？」莫維提高聲音。

格提亞先是安靜了下，然後昂首望向溫室的頂端。

就如最初莫維進來看到他的姿態。

「以後你會擁有一顆彩色的石頭，到時候，就把它裝飾在這上面。」

格提亞說道。

一如以往，對於莫維的問題，沒有給出答案。

過於明亮的陽光，將他臉部的輪廓都照模糊了。他凝睇著頂端的模樣，宛如在透過那處看著遙遠的地方。

之前莫維也有過類似的感覺。

和格提亞四目相對的時候，格提亞就像是透過他，在看著遠方的某個人。

兩個月後就要出征，這個時間不算短，但對首次帶領討伐隊的新手將領來說卻是相當倉促的。

尤其，成員全部都是初次上戰場的少年貴族。

皇帝召他入宮下令後的第三天，將說好的那支隊伍交給了他。今日是莫維以指揮官的身分初次閱軍。

他見到的不是驍勇善戰的騎士，而是將近三十名年輕且毫無經驗的貴族小孩。

雷蒙格頓帝國誕生在最肥沃的土地，曾受多國覬覦，所以有個傳統，貴族子弟均須在成年後參軍，成爲一名擁有征戰功績的騎士，對數百年前抵抗外敵的帝國勇士表以尊敬，否則必不能擁有繼承爵位的資格。就連皇室子女也不例外。

不過在長久的和平歲月洗刷過後，貴族家的孩子，最多就是隨便送去個虛名部隊，稍微做個樣子交代，僅有少部分會認眞看待這項傳統。

但是會將小孩送來皇太子的首次討伐隊，若不是對自家孩子極有信心，那就是遭受逼迫別無選擇。

莫維站在高臺處，身著正式軍裝，往下掃視著排列在眼前的隊伍。

這些人都不到二十歲，最年輕的是十六歲，每個都是配劍沒幾年的年齡，穿著整齊的騎士服裝，由書面資料來看，全數爲不曾參軍之人。

幾乎都跟他一樣。

莫維揚起嘴角，冷笑了下。

「明天開始，一直到出發之日，你們都要在指定的訓練場進行操練。」他下令道。

「是！」年輕騎士們齊聲喊道。

僅一字的語調，就能輕易聽出他們心裡的不安。那可不是？畢竟他們都是首次出征，帶領他們的人，居然還是不祥傳聞纏身的皇太子。

貴族們大多都聽說過，皇太子天生擁有難以控制的魔力。曾經，具有魔力的魔法師，強大稀有又令人敬畏；但是，只會單純造成破壞的失控魔力，則使人恐懼。

莫維回到皇太子宮，這幾日透過報告和書本，他已將風鳴谷的地形位置，以及當地氣候與特殊需要注意的地方，全都研究得一清二楚。

不是在聽格提亞的話，僅是這些會有幫助罷了。

他非常明白皇帝在想什麼，就連那支隊伍，也都是皇帝的手段之一，他不會如皇帝所願的。絕對不會。

雖然對於格提亞，還有疑問尚未解開。不過他現在沒有那種空閒時間了。事情理應具有優先順序，他現在必須先將率領的討伐隊整頓好。

從這天開始，他每天都在操練場笑著折磨這群士兵。

他自己也是個無經驗之人，皇帝指派不具實戰經驗的劍士過來，所以他用的是自身從小摸索過來的方式，即便有人不適應，他也不關心。

他要這些人加強己身的武力，絕非出自考慮他們安危，純粹為了不被拖後腿而已。他本來就打算單獨作戰，對於皇帝給他的這些薄弱戰力，他沒有任何信任感，毫無期待。

實力不夠的人，去到戰場上，死了也是理所當然的。

就算變成屍體，亦不允許擋到他的路。

縱使只剩下他一個人，他也要完成這個任務。否則，就會如皇帝所願了。

那是他最不能接受的結果。

格提亞佇立在離訓練場不遠處的長廊上，靜靜地看著一切。

皇太子宮占地遼闊，傭人又比較少，很多房間一直都是空著的，本就有收容騎士團的空間，莫維在接到皇帝命令後，就讓這群年輕人進駐了。他們皆被安排在左邊的獨立建築，以前就是貴族騎士團的住處。

儘管格提亞對於武力缺乏瞭解，可是看著他們練習的模樣，也能知道這整個隊伍全是新手，要在這麼短的時間內將全部的人鍛鍊到能夠出兵討伐魔物，絕對不是容易的事情。

即使如此，他也不會讓全軍覆沒的結果再發生一次。

「我也會去。」

夜晚，格提亞在寢室前等著。莫維遠遠地就看見他，走近時，忽然聽到他說話了。

「什麼？」莫維睇著他。最近忙著練兵，魔力的訓練減少了，不像之前每天都見得到面。

他也沒想到格提亞會主動找上他。

格提亞只是道：

「風鳴谷。我會跟著去。」

關於要不要格提亞一同前去這個問題，莫維尚未進行細緻的思考，而且他並不信賴格提亞。只是，以他自己目前的魔力狀況，帶著格提亞會更妥當一點。

就算以格提亞失去大部分魔力為前提，那畢竟也是帝國唯一的大魔法師，應該會是個保險。更何況，失去魔力這件事的眞僞，除了格提亞自己，目前誰也無法證明。

不過，莫維行事從來就不是看穩不穩妥。

「你沒有選擇權，都得聽我的。」他道，不輕易給出承諾，直接就要越過格提亞，往自己的房間走去。

「等一下。」格提亞不禁跨步擋在他身前。

這個舉動差一點就撞到莫維。莫維皺著眉頭，正想斥責，卻意外地察覺自己注視格提亞時，視線開始稍微偏向下方了。

還在學校的時候，沒差這麼多，這段日子過去，逐漸產生差距了。

格提亞也在同時間微抬起了臉，不這樣做的話就對不上莫維的眼睛。莫維的成長期較晚，在上一次經歷過的記憶裡，儘管學院的那段日子他們不曾有過交流，但是從未缺課過的莫維，他隱約殘留些許印象，當時的莫維身高和其他學生相比沒什麼特出，之後受皇帝命令進皇太子宮，已要二十一歲的莫維看上去已經變得相當修長了。

原來是這陣子開始長高的。

以後，他還會長得很高很高。

「走開。」莫維微瞇著紫色眼眸。格提亞站得太靠近了，可他是不會先主動讓開的。

格提亞不僅發現他長高了，在這個視線高度，這樣的距離，他看見莫維左眼下方有一顆很小的痣，在臉頰的位置上。他不記得這個，因爲他都是低著頭站在莫維身後，沒有怎麼仔細看過莫維的臉。

格提亞未曾留意兩人間有多近，那也不是重點。他的心神放在這些新觀察上面，所以並未退開，昂著臉說道：

「我會去。我就是告訴你一聲。」因爲住在這裡歸莫維管轄，那就表示得報備，他純粹地想著。

格提亞總是穿同樣的長袍，罩著整個身體。此時從身上傳來的那股肥皀香，以及微濕的髮稍，透露著他已經沐浴過了，這種，近到足以聞到對方身體味道的距離，都不感到很失禮嗎？莫維早就覺得他沒常識，也不對他客氣了，抬手按著格提亞的肩膀，將他整個人推開。

他瘦得像把骨頭。之前將他壓制在地上的時候就這麼覺得了，堂堂大魔法師，就這副貧瘠的身子。莫維嘲笑道：

「說著自己幾乎失去所有魔力的你，就用這種體格出征？」語畢，他移開視線，徑直走進自己的寢室，冷漠地關上了門。

被獨留在走廊上的格提亞，安靜地站在原地。

對了，莫維一直是討厭無能之人的個性。

沒有能力，在莫維眼裡就是毫無價值。至於這些毫無價值的存在，幾乎就等於不存在。

莫維總是把人區分成兩種，有用的和沒用的。貴族，騎士，或者整個討伐隊，甚至家裡的傭人與廚師，對他來說，差別並不是在於身分地位。

而是有無用處。所以，只要能在皇太子宮發揮用處，就能得到應有的酬勞。

這絕不表示莫維是個好主人，莫維內心不曾把他們當成什麼能建立起某種關係的對象，那些僅僅是有用處的工具。

就因爲他知道莫維是這樣的想法，在貴族叛變之前，莫維送走身邊所有傭人，讓他覺得在他離開以後，或許莫維還是有些變了。

這未知的變化，會不會就是莫維選擇那種結局的主因？

無論如何，現階段他是得不到答案的。首先還是得面對眼前擺著的現實。

「……好。」

格提亞暗自回應一聲，立刻做出決定。

翌日。

訓練場附近的長廊上。格提亞佇立在那裡，眼也不眨地望著年輕的討伐隊員們。

「你是誰？」

忽然背後有人出聲，格提亞回過頭，就見一名少年身著騎士訓練便裝，手持長劍，正警戒地打量著他。

「我是……」格提亞一時不知該如何說明自己。他在府邸裡這件事，莫維似乎不想讓太多人知曉。

見他欲言又止，少年眼神更犀利了。

「你昨天也在這裡看我們吧？」還有前天和大前天。雖然想著是皇太子宮的人不用在意，不過因爲形跡實在太可疑了，所以他忍不住逮著質問。

格提亞平靜地想了下，然後啓唇道：

「你是歐里亞斯，出身自劍術世家沃克。」

那少年，也就是歐里亞斯．沃克，聞言愣住。

「你知道我是誰？」

果然轉移話題就會忘記問他的名字。

「你後面的是迪森，來自帕特爾家族。還有愛德華．戴維斯。」格提亞轉眸看著察覺到動靜，朝此走過來的其他人。「我有事情要告訴你們。」他說。

「咦？」靠近的幾名年輕騎士都是相同反應。

剛剛管家過來傳話，說皇太子殿下有要事必須處理，晚些才會出現。所以他們正在自主練習，也有人在偷懶就是了。畢竟等皇太子現身，他們就僅能操練到苟延殘喘。

「難道你是代替皇太子過來訓練我們的嗎？」迪森問道。他表情有點自然天真，不像歐里亞斯那麼警惕。

格提亞沒有回答，只是問道：

「你們知不知道自己要去討伐的，是什麼東西？」

騎士們聞言，僅是眨著眼睛，面面相覷一會兒後，一致地望向他。

稍早之前——

莫維被叫進皇宮，這次在寢室面見皇帝，猶如先前那般。

原本可起身的皇帝，又再度臥床。甚至這次發言都是透過身旁兩位聖神教的祭司傳達。旁敲側擊地問了一些關於學校的小事，乍聞無關緊要，不過莫維感覺到了。皇帝抑或者神殿，其中一方，正在尋找從學院消失的格提亞。

皇帝遲早會知道格提亞在他那裡，這是無法藏到底的事情，不過他不會主動坦白。就讓他們自己去找。

雖然此次進宮浪費他一個上午的時間，不過，看來還是有點收穫的。

待莫維回到皇太子宮時，他直接前往訓練場。

他有交代管家，讓隊員們自行練劍，不過那些貴族子弟應該不會全部聽話。畢竟來到此處還不曾有過休息的日子，若是被他抓到在偷懶的人，那就直接踢出隊伍。

反正他根本不需要這些累贅。

當步向訓練場，沒有聽到吆喝聲時，莫維是這麼想的。

但是，再走近，格提亞那總講話輕緩低穩的嗓音，傳進了他的耳裡。

「……是喉嚨。致命的弱點。」

格提亞拿著塊木板，上面有張白紙，白紙畫著幾個奇形怪狀的物體，勉強可以看出應該是生物，只不過難以從外觀更仔細地分辨物種。

就見他對著廣場上坐著的一群年輕人，道：

「這些異常的野獸，不管呈現出來的是什麼樣子，牠們最致命的弱點，就是喉嚨。」他用筆點著圖畫中狀似動物且是咽喉的位置，像個正在傳授知識的老師。「牠們的毛皮很硬，不可用劍強行應對，那只會使武器受損，所以，最好集中攻擊弱點。」語畢，他將視線從圖畫上移開，剛好對上莫維那雙紫眸。

他就站在騎士們的後方，直勾勾地注視著格提亞。

「皇太子殿下！」比較靠後的幾個人率先反應過來，立即起身行禮。

莫維並沒有理會，僅是朝格提亞一笑，問道：

「你在做什麼？」

「我？」格提亞停住動作，道：「我在……」

「都待著不動是想受罰嗎？」莫維沒等他說完，先朝眾人斥責道。

騎士們看他臉上明明帶著笑意，但那笑，卻又教人頭皮發麻，於是趕緊散開，開始進行一對一的對練。

格提亞見狀，對莫維道：

「是我將他們聚集起來的，不要對他們生氣。」

莫維瞇起眼，示意他道：

「你過來。」

他朝不遠處的長廊走去，確認是交談不會被輕易聽見的距離後停下。

回過頭，格提亞就跟在他背後，道：

「你得讓他們先認識自己即將面對的是什麼。」

都還沒追究他擅自插手皇太子的討伐任務，他倒是先主動開口了。莫維微微揚起唇線，皮笑肉不笑的那種。

「那只會使他們心生恐懼。」因爲那是未知的猛獸。

「到那邊才知道戰鬥的是何種生物，並不會比較不恐懼。」格提亞相當實際地說道。

因爲是老師，所以才很會說教？不過莫維毫無任何想要掩飾自己想法的意思。

「沒有用的東西，就是垃圾而已。」他會將垃圾全部捨棄。

格提亞安靜了一下，不意外他這麼說。

「嗯，你確實是這種人。」

那是什麼好像很瞭解他的語氣？莫維不覺皺起眉頭。

「你是認識我多久？」他又重複這個疑問。不要說得像是看透他的一切。

格提亞沒有回答，昂起臉道：

「那麼，不是垃圾就可以。所以我告訴他們應該怎麼做，在戰場上，也就變得有用處。」

莫維讓騎士訓練，就是不想要被扯後腿，其實跟格提亞所做的事大同小異。他心裡明白格提亞說的不無道理。

不過，就是心情很糟糕。

他眼角微微抽動著，忽然間笑了一下。

「你說了你要跟著去，是吧？」

格提亞聞言，以爲莫維是由於他教導騎士們，感受到他有用了，所以才問他這句話。

「是。」他應道。

莫維於是微笑地看著他。

「所以，你會騎馬？」

聞言，格提亞登時怔住。他從來沒有想過這個問題。

以前沒有，現在沒有。

「啊。」因爲他是大魔法師，魔法師不需要騎馬也可以到達目的地。

「我們是要出征討伐，你該不會以爲可以坐在舒服的馬車裡過去？」雖然他還是懷疑格提亞自述的失去魔力這件事，不過既然說自己沒有魔力了，那想必在他面前不能再用魔法的手段移動。

「騎……馬。」格提亞知曉，新的困難出現在自己面前了。

現在殘剩微弱魔力的他，就不能像以前那樣，利用移動魔法想去哪裡就去哪裡。

「會嗎？」莫維調侃似地又問一次。

格提亞看著他。原本有點擔心莫維會不准他去，現在他找到突破口了。

「所以，我學會騎馬就可以去？」

這個忽然的反問令莫維頓住。

格提亞去或者不去，他原本尙未決定，不過在今日入宮後，他明白格提亞在皇太子宮的事情瞞不了多久了。

那麼，或許還是製造一個使格提亞能夠合理待在他身邊的理由。

既然如此，這次出征會是個好機會。

只是，他就是不想那麼輕易地讓格提亞如願。

莫維睇視著他。

那眼神，格提亞感覺他正在猶豫，或許就要拒絕了。

格提亞立刻道：

「就這麼說定了。」

先發制人。他轉身快步離開，避免莫維反悔。

雖然莫維也沒答應。不過，沒說不行就好。

提出要住在皇太子宮的時候，似乎也是如此發展的模式。在上一次，那個曾經歷過的以前，卻完全不曾有過類似的情況。

因爲那時候他和莫維之間，一開始關係更緊張一點，他也從未主動。格提亞輕喘著氣，讓自己距離更遠些，直到不要感受到身後莫維的目光。

莫維睇視著他愈來愈小的背影。

剛進學校那時，他聽說過關於帝國唯一的大魔法師的傳聞。

因爲出身於魔塔，至今人生都致力於研究魔法，所以格提亞・烏西爾這位老師，不擅長與人相處。上他的課時，也可以感受到，他完全專心在學術方面，從未與任何人有過多餘互動，對學生一點興趣也沒有。

學生說他，安靜且平淡。這是多麼不符合大魔法師這個身分的評語。

只是，有一天，這位大魔法師，朝著自己直奔而來。

臉上的表情，是從來沒有見過的……

複雜。

這一切都不對勁，從在學院走廊的那一天開始。就是一種說不出來的，不合理且扭曲的，奇怪的感覺。

關於格提亞的。

莫維收回視線，往訓練場走去。他遲早會解開格提亞給他那種怪異感受的謎題，在此之前，他還有別的事情要做。

出征討伐和弄清格提亞這個人，他先選擇了前者。

至於格提亞，眼前最優先事項，也是如此。

必須得先學會騎馬才行。

這麼想著，隔天一大早，他來到騎士的宿舍門外。第一個起床的人，是歐里亞斯。

「以昨天的情報當作交換，我希望你能教我騎馬。」他覺得這麼說的成功率比較大。他已經先付出了，理應收到回報。

梳洗完畢且穿著整齊的歐里亞斯，一走出宿舍，就被格提亞攔截去路。一開口還是這麼突兀的請求，這使得歐里亞斯好半晌反應不過來。

經過昨日後，他已經知道面前這位穿著長袍的清瘦青年，對於他們即將出發進行的任務，具有相當顯著的幫助。雖然剛開始還在防範這個人，沒有全部相信其所說的話，但是，皇太子後來過來叫走此人，獨自回到訓練場時也沒多講什麼，已足以證明青年確實是皇太子身邊的人。

即便皇太子並未對大家介紹有點微妙，不過皇太子除了讓他們訓練其實也沒談過其它事情。

以爲歐里亞斯是在猶豫，格提亞又道：

「只要一點時間就好，我會再告訴你們更多關於那些生物的事情。」

歐里亞斯前幾天剛滿十八歲，家庭教育影響的緣故，他的思考與行爲都不大符合自己的年紀，像是更年長的歲數。皇帝命令他們隨著皇太子去西邊討伐，眞的就僅有這樣一句命令，大家都以爲見到皇太子以後，可以得知細節，結果卻也不是那樣。

無論如何，關於這趟任務，訊息都太過缺乏了。

他感覺皇太子是有意爲之的，且他不認爲這是好事。

許是出身自劍術世家，也或者是帝國內歷史悠久的家族之一，歐里亞斯年紀輕輕的，思想卻相當成熟。

他在短時間內就察覺整個討伐隊年齡偏低，而且幾乎都沒有經驗，就算是領軍的皇太子也相同。

其實就連此次準備的時間，都顯得有點倉促。

這些都引起他的疑問，只是，作爲一名將要出征的騎士，他們無條件服從君主。

「你對那些魔獸非常熟悉嗎？」歐里亞斯問道。

即使服從君主，那也是可以想另外的辦法。

格提亞聞言，道：

「我知曉牠們的一切。」因為那是魔獸。既然跟魔法有關，他就知道。

聽到他這麼說，歐里亞斯遂點頭道：

「成交。」

格提亞總算鬆口氣。雖然魯莽，但是他能求援的唯有這些年輕孩子了。

畢竟管家雖然被交代供應他平日生活所需，不過管家無法騎馬。他才想到在討伐隊這裡先確保至少一位可以教他騎馬的人。

接著，格提亞就是跟管家沙克斯說明自己需要一匹馬。

這應該能算進生活需求之內。

如此想著，管家果然很快就交代馬伕，選一匹適合的馬給他。

一切都非常順利。於是隔日，在訓練前的早晨，格提亞做好萬全準備，進行關於騎馬的學習。

「……你連怎麼上馬都不知道吧？」歐里亞斯訝異地說道。在看到格提亞上馬的姿勢，以及上馬失敗數次的結局，他才發覺，對方的「教我騎馬」是什麼意思。

他原本以為，格提亞大概是不那麼會騎的程度，豈料居然是完全不曾碰過馬的樣子。

「我沒有騎過馬。」格提亞相當老實地說。馬伕替他挑選了不是很高的馬，也幫他安好了馬鞍，牽出來前還稍微告訴他上馬該拉著哪裡。

但他就是上不去。

好奇怪，明明是相同的姿勢。他停下動作思考。

歐里亞斯道：

「難怪，你的馬感覺就跟你很不熟。」所以在上馬時，馬總是踱步著，似乎有點抗拒。其實也不一定要熟悉馬才能騎，不過那是對於高明的騎手來說，不管什麼樣的馬都能駕馭，白紙般的初學者，最好還是得從跟坐騎增加親密度開始。「你應該先認識一下你的馬。」他小時候學騎馬也是這樣的。

「原來如此，我知道了。」格提亞接受建議。

歐里亞斯至今的成長過程裡，都是請教別人居多，因為他才十幾歲，這是孩子的特權。貴族通常都有些屬於自己的驕傲，眼睛總是長在頭頂上，不能隨便暴露自己的弱點。

這還是頭一回，一個感覺有過歷練的男性，居然對他一個少年如此謙遜。

話說回來，這個人什麼年紀？長相看起來跟他沒差多少歲的樣子，言談卻處處透露著學養，氣質也有點獨特；不知道是哪個世家，但貴族騎術再怎麼爛不可能連馬背都上不去，所以是平民？能住在皇太子宮裡的人應該不怎麼普通吧？要說是傭人又不大一樣的感覺，話說回來姓名都還不曉得呢。

「我可以請教你的家族名字及貴庚嗎？」歐里亞斯問道。

「我？」看來是只能坦白了，不過這也是遲早的事。格提亞一手拉著馬匹韁繩，道：「我沒有家族，名字的話，我是格提亞。格提亞·烏西爾。我三十多歲了。」他說。

歐里亞斯覺得這個姓名非常耳熟，像是從哪裡聽說過的感覺。只是因為格提亞那平常的態度，令他一時回憶不起來。

再者，教他更驚訝的，是格提亞的年齡。

「三十多？」雖然歐里亞斯從言行舉止猜測他可能比自己年長，不過他的外貌即便高估一點，最多最多也就二十。

「啊。」格提亞察覺自己說錯了。現在的他，不是過去那個歲數，但是也不知道要怎麼修正。「這是一種大概的……講法。」不管怎麼樣都轉得很硬。

歐里亞斯覺得奇怪，可又不是女人，幾歲有何差異，不需要在意。

應該吧？他自己都搞不清楚了。格提亞看上去似乎不想讓人追究，那就這樣算了。

「總……總之你先照我說的做吧。」出人意外的年齡數字，打亂他的思緒，無論如何也想不起是何時聽過的名字，歐里亞斯認為也許是自己記錯了。

「好。」格提亞點頭。

從這天開始，早晨一起床，他就會來到馬房。除了詢問馬伕照顧的方法，他也學著幫忙，然後撫摸馬兒。

更甚至，連吃飯都陪在馬的身邊。

一直以來，面對未知的學問，他就是個會認眞對待的人。

馬兒逐漸會朝他親近，在馬顯而易見地和他熟悉後，歐里亞斯遂開啓了人生中首次的教學旅程。

雖然他也不算什麼騎術非常好的人，就是普通中上的程度，教會別人騎馬，那倒還是有餘的。

他告訴格提亞如何上馬，就花了五天，比他想像中來得耗時；接著在駕馬踱步前進這方面，更是近十日才勉強成功到三步。

就算是一般想成爲騎士的孩子，也不需要這麼久。

這時他才明白，這個人，格提亞，就是個體能技術方面非常差勁的人。

「你看著明明還挺聰明的，爲什麼肢體動作卻這麼笨拙呢？」歐里亞斯有一天終於忍不住說道。

「我還是第一次認識這麼不會騎馬的人。」講這句話的是迪森。

歐里亞斯開始教格提亞騎馬沒幾天，同寢的迪森就發現歐里亞斯每個早晨都提前離開房間，還以爲是什麼好玩的事情。跟來觀察一陣子後，確實是好玩的，畢竟他在一旁看著都笑了。

坐在馬鞍上，格提亞雙手持繩，按歐里亞斯所說的控制馬匹，可看起來就是不大靈巧。所幸他的馬脾氣很好，不大使性子，當然馬兒和他變得熟悉也是原因之一。

回想起來，這大概是自己人生中第二次被說笨拙。他道：

「因爲我原本不需要這麼做。」失去魔力的日常，他還在適應。

歐里亞斯聞言問道：

「那是什麼意思？」

「集合了！」別的騎士在訓練場大聲呼喚著。

「你就自己先練習吧。」歐里亞斯這麼說道，和迪森一道小跑離開，到場中央準備晨練了。

這整個過程，都被莫維看在眼裡。

馬房就在訓練場的旁邊。從格提亞學習騎馬的首日，他就看見，也知曉格提亞向年輕騎士們求援。

他是刻意地放任不管。他想驗證格提亞失去魔力這件事，若格提亞說謊，那就可能會在哪裡露出馬腳。

或者就放棄學習騎馬了，乾脆地使用魔法達成目的。

不過直到現在，也沒發生那種情況。

每天，格提亞都非常認眞地請教如何駕馭馬匹，也相當勤勞地練習。

莫維將視線從格提亞的身上移開。

時光流逝地飛快。

在即將出發的前夕，格提亞總算勉強掌握了基本騎術。

夜晚，在寢室前，他等待著莫維回房，想將此事第一個告知莫維。不然他就要來不及加入討伐隊伍了。

「我學會騎馬了。」遠遠地看見莫維在走廊那頭，格提亞告知道。

莫維朝他的方向走近，勾起嘴角嘲笑道：

「那叫會騎？笨拙的樣子。」

聞言，格提亞忽然眼也不眨了。

第一個說他笨拙的人，其實就是莫維。那是什麼時候，是爲什麼？他已經記得不大清楚了，只是，留下這個唯一的印象。

因爲從來沒有人這麼說過他。

格提亞回過神，發現莫維已經要越過自己。

「我會一起去。」他說。

他一直都是用肯定句，沒有半分猶豫。莫維停下腳步，這些日子，他確實見到格提亞爲此行所做的努力。所以，他問出這個問題：

「你爲什麼這麼想去？」連討伐隊裡，都有人是不願意去的被迫立場。就算大魔法師無聊至極，又有什麼理由如此執著。

格提亞既不是騎士，沒有武力，現在若僅殘餘微弱魔力，以這種條件，想去那麼危險的地方，意義爲何？

聞言，格提亞安靜了。

他從來沒想過莫維會想知道原因，所以當然也未曾思考該怎麼回答。於是他沉默不語。

這種微妙的態度，沒有能逃過莫維的眼。包括就在前一刻那短暫出神的表情。

他轉身面對格提亞，同時上前一步。格提亞卻並未後退，兩人之間的距離幾乎能接觸到對方鼻息，這是不禮貌的行爲。莫維是在施加壓力，以爲格提亞會閃躲，非但沒有，那一雙深黑的眼眸，還比以往更加直接地注視著他。

「……你會知道的，但不是現在。」格提亞明白自己必須給出一個答案，無論莫維滿不滿意，目前他只能這麼回答。

又是這句話。莫維冷笑一聲。

「你到底隱藏著什麼？那個祕密，和我有關。」

這是他觀察所得出的答案。

格提亞知道他聰明，敏銳，而且自己其實不擅長隱瞞。儘管如此，聽到他說的話時，格提亞還是不禁屏息。

「我想幫忙。」他這麼說，眼睛裡有著演不出來的誠懇。

沒錯，至少目前爲止格提亞確實是助力。

「你該慶幸，你還對我有用處。」

不用這樣提醒，他也知道的。格提亞反而平靜下來了。

莫維一直都想處理掉他。

以前和現在都是。

格提亞臉上那種淡薄的表情，使得莫維一瞬間又產生不悅的情緒。

見他眼神，格提亞多少感覺到自己惹他不悅。沒關係，他會做好眼前的事，莫維沒有拒絕，那就是答應了。

因此格提亞也不再多餘地講些什麼，只是道：

「我會竭盡我所能。」

莫維由上往下地睇視著他。

「……你最好做到。」

莫維的嗓音，在月夜裡，顯得有些低沉沙啞。

五日後，他們即將出發了。

當天，陽光普照，是個晴朗的日子。

穿著整齊騎士服裝的隊伍，看起來相當具有氣勢。在莫維象徵性地朝前方揮出長劍後，這支二十七人的騎士團，即出發前往討伐之地。

位於帝國西方的風鳴谷，是處杳無人跡的偏僻峽谷，加上地形和氣候都不適人居，因此有種化外之地的感覺，距離最近的村子也需要搭上一天的馬車。據說有幾種稀有的動物在此地生活著，甚至傳聞那裡長有神奇藥草和値錢礦石，不過都已一一證實僅是謠言。

就因爲長期無人涉足，更增添神祕的氣息。若從村裡遠遠遙望山谷，有種荒涼的美感，由於地勢險惡，當地居民遠在古早時期，長輩就代代流傳那是禁忌的峽谷，避免有年輕人誤闖受傷，所以不大有人會無故前往，儘管傳說有些令人畏懼，一直以來也算相安無事。

然而，最近一或兩年，開始出現谷裡的野獸下山侵擾村子的事情。

原本是農地遭受破壞，後來變成傷人，甚至叼走孩子。

目擊過的人們，都給出同樣的證詞：

「那絕不是普通的野獸。」

雖然都是四隻腳，外貌卻和所知動物完全不同。牠們像猛獸，有著可怕的尖牙，動作如餓狼迅速，但覆蓋在身上的不是毛皮而是鱗片，並且堅硬如盔甲，雙目在夜晚發出詭異的光芒。

還有，頭上長著獨角。

這種誰也不知道是什麼的生物，被目擊過更巨大形貌更特別的類型，唯一相同的，是都異常凶猛且殘暴，一般人難以對付。

牠們擁有一個統稱，爲「魔獸」。

無法理解的，不能解釋的，超乎人類所能控制的。例如魔法或魔力。

這樣子的野獸，也冠予「魔」這個字。

格提亞坐在馬上，在隊伍的最後面，一路勉強跟隨著。最前方的莫維控制著路程，速度很快，還不到半日就已經離開首都中心，出城後穿越森林。

位於皇城西面的這座森林，格提亞相當熟悉。

那一天，他就是在此處，發動他此生所運行過最大的魔法陣。

這個世界裡，只有他知曉這件事而已。

內心的各種想法交錯，他深吸一口氣，堅持地目視著前方。

即便他看不見莫維的背影。

就這樣一路馬不停蹄，僅有用餐時會稍做喘息，在夜晚降臨時，整個騎士團已經比預計行程超前一日。

也就是說，他們一天就趕了兩天距離的路。若不是馬匹需要休息，可能連覺也不能睡。

這樣的速度，持續了整整五日。

剛開始，還有城鎮，晚上能夠找到旅店梳洗躺床，愈到後面，逐漸遠離人多的區域，就只能夠在森林裡找地方隨地而睡了。

至第七日時，他們已經穿越最西邊的村子，距離目的地剩最後一段路程。

夜晚，騎士們找到臨時駐紮地，搭起簡單的營帳。莫維就在裡面。

雖然經過村莊，不過只有短暫歇憩打探和稍微補給，村裡沒有足以容納他們的大型旅館，所以決定以進入峽谷前的樹林爲根據地來做最後的整備。

一些人張羅起吃食，剩下的則找到不遠處的水源。那是條清澈的小溪，在取了足夠的水來飲用做飯後，好幾個騎士就打著赤膊跳進溪裡涼快去了。

季節已逐漸轉秋，但這幾日太陽大，天氣還是夠熱的了，又加上趕了這麼久的路，這下舒服多了。

出兵行軍本來就不能選擇環境，目前已經是第三天沒有梳洗。

格提亞在隊伍後頭看著搭起的營帳。

他剛見到有人送熱水進去，莫維此時大概在裡面沐浴。格提亞感覺自己全身上下都有點發黏，汗水灰塵和不知什麼東西混在一起，雖然也想好好洗一下，不過沒辦法。他稍微抓著自己衣襟，不打算在人前脫掉他穿著的長袍。

想了一想，那等大家都睡著就可以了。

晚餐是麵包和肉湯。儘管討伐隊裡的騎士多少都已見過格提亞，可是卻並不熟悉，加上任務在身不是郊遊，幾乎都在趕路，也因此一路上沒什麼人會來找他說話，只有歐里亞斯偶爾會稍微關切格提亞連日來是否挺得住，畢竟騎馬是他教的。但也僅止於此沒有深交，所以最多就是這樣而已。

格提亞不介意，甚至希望沒人注意就好了。因爲他總是不知道要和別人說什麼，只能看著對方露出氣氛尷尬的表情。

自己找個角落，隨意吃過簡便的食物，格提亞就安靜地待著，終於，給他捱到深夜。

和負責守夜的騎士點個頭打過招呼，他放輕腳步往溪邊走去。

今晚是個圓月夜。

銀白色的皎潔月光灑落下來，穿透過樹影，呈現一種略微夢幻的淒美感。

格提亞站在溪畔，昂首注視著夜空。

他經常想起那一個晚上。

魔法陣啓動的光輝照亮一切。

而他，回到此時此刻。

儘管他沒有絲毫動搖，也只能前進，他還是會想起那一瞬間。

緩慢地褪下自己身上的長袍，折疊好放在一旁。他裡面穿的是普通白色上衣，下身也是很常見的深色褲子與長靴。

他解開領口交叉的麂皮繫帶，隱約可以見到胸前有著什麼圖案。脫去鞋襪以後，走到溪邊，他彎身用溪水打濕毛巾，再將濕毛巾放入衣服內擦拭身體。

即使是在熱夜，冰涼的溪水還是讓他稍微打了個輕顫。

得快點才行。他擦完上身，接著洗過臉手，短時間內完成基本的清潔，正猶豫著也想把腳放進去泡一泡的時候，身後忽然有人的氣息。

明明什麼聲響都沒有聽到，就是一瞬間出現了。

他下意識轉頭，卻被抓住肩膀，對方立刻就將他按在樹幹上。

格提亞悶哼一聲，背部遭受撞擊疼得他露出難受的表情。回過神抬起眼睛，正好與莫維居高臨下的冷淡紫瞳相對。

「你在這裡做什麼?」莫維垂著眼睫，嗓音在月夜裡顯得無比清澈。

他一直都不是完全地相信格提亞。

控制體內的魔法需要格提亞，所以他將格提亞放在身邊監視；格提亞主動說要跟隨部隊，他雖然稍微斟酌，最後沒有真的拒絕。

他想知道格提亞這麼做的原因。這樣或許就能夠多少掌控格提亞這個人。

一路上，他保持距離並暗中地觀察格提亞。然而格提亞的表現一直都相當正常，在隊伍裡安靜不與人結黨，同時不起眼地進行最低限度的活動。

直到今晚，即將進入峽谷的前一夜。

他獨自脫離，一個人行動了。

莫維審視著面前的格提亞，他沒有穿鞋，衣著不整，頭髮略微濕亂。看起來是正在清潔自己，只是雙手緊緊抓著衣襟的動作有點啓人疑竇。

就像是，那裡隱藏著什麼。

格提亞先是深呼吸一次，順過了氣後，鎭靜道：

「我在擦洗身體，正要結束了。」他這時才意識到，原來莫維一直都在注意他的動向。若非如此，莫維是不會出現在他面前的。

的確是莫維的行事作風。

他看起來相當鎭定與冷靜，除了那雙用力到泛白的手。莫維瞇起眼眸。

「你怎麼了？」他的目光移向領口。也就是格提亞抓緊的位置。

「我只是嚇了一跳。」格提亞簡短地說道。

看來是刻意含糊地帶過。於是莫維抓住他的手腕，使勁拉開。

「你藏了什麼？」他笑著質問，月夜下的紫眸，閃爍著陰森的光芒。

格提亞沒想到他如此直接強硬，一時間反應不過來，在手差不多要被完全扯離的同時，不知哪來生出一股蠻力甩掉他，很快重新抓好自己衣服。

「不行。」格提亞喘道，額間一層薄汗。

這個反抗的行爲，致使莫維更加好奇格提亞在隱瞞什麼。

若是有形的物體，那可遮蓋不了！

他有興致極了。莫維再度抓住格提亞細瘦的腕節，這麼弱小的體格，即使大他幾歲，也沒辦法跟他比拚力氣。

格提亞確實無法與他匹敵力量，可是人急了也會激發出潛力。因此他咬牙和莫維僵持了一會兒。

不過畢竟莫維果然還是更爲強壯，他護住領口的雙手，漸漸地被拉離了。

他確實有不想給莫維看見的東西。

或者說，不能看見。

這種強烈明確在態度及肢體語言上的表現，讓莫維更想追根究底了。

格提亞的領口繫繩，鬆垮垮地沒有綁緊，露出深凹的鎖骨，以及脖子處一整片的白皙皮膚。

看起來沒有眞的藏著什麼實際的「物品」，然而，再往下，布料掩蓋的地方，本應一樣潔白的胸口肌膚，若隱若現的，畫著……圖案。

「——呃。」格提亞抬起左腳，用膝蓋往莫維撞去。

莫維察覺到，立刻鬆開他。格提亞就趁機側身滾到一邊。

他雙肘抵著地面，拚命地喘氣。他完全不會用四肢戰鬥，體力也不好，就只是情急之下的勉強掙扎而已，眞的是用盡了全力。

莫維武術向來優異，就算他魔力強大。更正確地說，即使他擁有可怕的魔力，卻不能憑他意志自在使用，所以他對此沒有懈怠，無論是劍術或體術。

不過，他沒料到格提亞會有這種程度的抵抗。

莫維站立起來，懾人紫眸由高處瞪視著地面的格提亞，道：

「你是在攻擊我？」這是第二次了。他可是這個國家的皇太子。

格提亞不舒服地咳兩聲，啓唇道：

「……不要強迫他人。」這是不應該的。帝國社會有著身分的差別，貴族肆意對待平民或奴隸不是特別的事情，但不表示那就是對的。

皇太子，一個國家未來的君主，儘管不容易讓莫維體會和理解其它階層，格提亞始終都是希望他做出正確的事情。

因爲，自己是他的老師。

沒有人敢這樣對他說話。即使是如今的皇帝，莫維在皇太子宮獨立後也不曾讓皇帝擁有訓斥他的任何機會。

他並不尊敬長輩與長者，就算在他們面前可以演出表面上的禮貌，實際他打從心裡不曾將那些人放在眼裡。學校的老師，功用只是將知識傳授給他，而非關係方面的建立，再多就沒有了。

格提亞，一個曾經是他的師長的年輕男子。

卻一而再，再而三地，在他面前，不回答問題又不知所云，亦不服從他與聽從他，甚至還對著他攻擊了兩次。

莫維一個箭步上前，抓住格提亞的領口，同時將他用力扯到眼前。

「呃！」格提亞對他施加在自己身上的粗暴力道吃了一驚，連忙收攏被拉開的衣領，抬起雙眼與他視線對上時，感受到他冰冷的怒意。

帝國的皇位繼承者，擁有無與倫比的美貌，那張容顏，也令人恐懼。

不過，格提亞並不怕他。

對這個各種傳聞纏身，且也的確非常棘手麻煩的皇太子，從遙遠的過去那第一次見面起，他就沒有懼怕過。

格提亞清澈的黑眸，以及毫無波瀾的平靜表情，使得莫維有一時的怔住。

「你——」

正欲開口，身後營地方向忽然一陣騷動，莫維因此轉頭看去。

「不——不要這樣！不可以擅自離隊。」幾名騎士，圍著中間年紀最小的同伴，正想盡辦法在努力勸說著。

「你們在村子裡也聽到了吧？那些野獸都是很恐怖的！根本不是人類所能對抗的生物！」喊話的是此行最為年輕的騎士，名字是愛德華。貴族出身，雖父親爵位不是特別高，但家裡也是富養這個么子，讓他養尊處優。

在傳來皇令徵召的時候，父母都震驚了，他自己也無法接受。可是又能怎麼辦？壓抑著忐忑及恐慌，長途離家進駐到皇太子宮，日復一日的厭煩操練，睡不慣的床鋪，都使他動盪的情緒累積至臨界點。

就算他能在訓練時偷懶，能努力在陌生的床上睡著，也勉強地跟隨部隊來到這裡。他也不能面對即將到來的現實。

愛德華對整個營地大聲說道：

「難道你們都不覺得很奇怪嗎！要去討伐這麼可怕的東西，就憑我們這點人？甚至我還是第一次拿起劍！」

他的發言，正好戳中對此也有疑慮的眾人。

誰都能在最一開始就察覺到，他們這支討伐隊，不僅異常年輕，甚至沒什麼能說得出口的經驗。就連帶領他們的皇太子，不過十幾歲而已，也是首次領軍出征。

爲什麼，要用這樣的隊伍去對抗傳說中凶猛的魔獸呢？

但是他們不敢講，不敢討論，不敢違抗皇帝。

營火擺晃不定，彷彿每個人動搖的內心。

壓住許久的，那極度不安的心情，在就要抵達目的地的這夜，在一個人站出來以後，瞬間整個瀰漫開來。

「不、不要這樣啦。」迪森性格開朗，受不了這種氛圍，於是開口說道。

他身邊的歐里亞斯也道：

「都已經來到這裡了，要回去也得完成任務再回去。」

愛德華哪裡聽得進去。

「我不要！我現在就要回家！我才不要死在這個地方！」就算回去會被砍頭，那也是在父母身邊，好過在偏僻峽谷成爲動物的食糧死得不明不白。

他轉身就走，又是被大家攔住。

「不要這樣。」

「別鬧了。拜託。」

即使心裡都同樣害怕，可是卻不敢像愛德華這樣反抗，倘若讓愛德華走了，也不曉得會不會受到連坐的處分。

「不要這麼大聲。愛德華你……你冷靜一點。」迪森再次上前，有點著急了。皇太子現在不在帳篷內，剛才他們都看到他暫時離開了，得趁皇太子回來前恢復秩序。

「你們在做什麼？」

莫維的聲音在背後響起，所有人都是一驚。

「殿下。」率先反應過來的都趕緊朝向莫維行禮。

雖然慢了一會兒，不過愛德華身邊的數人也跟著低頭。

「我問，你們在做什麼？」莫維再次開口。

大家面面相覷，誰都不敢出聲，也不知該如何回答。這時格提亞也從溪邊趕回營地，停在莫維後頭，望著現場一片死寂的氣氛。

「殿……殿下！」愛德華抬起臉來。周遭的人頻頻朝他搖頭示意，不過他已不打算閉嘴。

「是我對此行有所疑慮！」他挺著胸膛說道。

這下，原本就緊繃的空氣，頓時變得更為一觸即發。

「疑慮？」莫維冷淡地注視著面前的少年。

愛德華有一秒鐘的恐懼，卻仍是魯莽地豁了出去。

「是的！」他不管身旁阻止的暗示，放聲道：「在村子裡的時候我們都聽到了，前方即將面對的是極為恐怖的魔獸，可是這支隊伍，我們這些人，都是些年紀很輕的新手，幾乎沒有征戰的經驗，所以！我認爲此行極爲凶險，或許該重新回到前一座村莊，向帝國尋求其它支援，想其它的辦法。再更慎重地考慮！」一口氣，他把想說的全部說出來。

除了莫維和格提亞的所有人，心情都隨著他這段話起伏著。或許不是每一個字，可是多少他們既認同，又擁有一樣的疑問。

然而，軍令如山。

在場的人，比較敏銳的，心裡非常清楚，他們這支討伐隊，一定有成立的理由。如果最初就能組織更強大的隊伍，那有什麼原因不那麼做？也就是說，這是刻意形成的。

年幼的愛德華，所說的求援或考慮，根本就不可能成功。

在前線，戰士只能聽令，也唯有聽令。

一旦不服從命令，起身反抗沒有成功的話，下場就是死路一條。

這在古今所有歷史，皆是如此。面對敵人之際，若是自己軍心動搖，那只會拖累所有人。到這個地步，面臨的即是失敗。那也一樣是戰死。

因此，違抗者，就必須殺無赦。

莫維的紫色眼眸無比清冷，將手伸向腰間的劍柄。

「還有想說的嗎？」他笑了。

他要在這裡立下威嚴，殺雞儆猴。

砍掉頭所造成的恐懼會引起更大的反對，所以他要卸掉對方的一條手臂。殘廢了就不用待在這裡了，既然想回去，那就如君所願。

不過也要斷手以後撐得住才行。

莫維唇邊一抹笑，像是對接下來即將發生的事情感到愉悅。

在格提亞眼裡，莫維拔劍的姿態，猶如慢動作一樣。

那個神情，傳遞過來的冷冽殺氣，格提亞相當清楚。因爲以前，他也曾經見過莫維如此模樣，無數次。

格提亞一個跨步上前，站到莫維身旁。

這一刻，莫維突然感受到空氣中細微的魔法流動，整個人因此停住。

「我是，格提亞．烏西爾。」垂在身側的雙手，握緊成拳頭。格提亞試著用自己所能發出的最大音量，挺直著背脊，用他完全不習慣的大聲音量道：「皇太子殿下擁有無與倫比的能力，我以我的身分保證，風鳴谷一役，我們能夠凱旋而歸。」

短短的幾句話，他用最堅毅的口吻傳達。震懾住所有人的，卻不是他說話的內容。

而是他那一雙，如彩虹般的奇異瞳仁。

只見在月光之下，格提亞的眼睛，七彩明亮，猶似一場夢幻。

莫維瞠目注視著他。同時，注意到格提亞腳邊的植物輕微地晃動，雖然不大明顯，確實更爲鮮活了。

僅有在月夜，發動魔法時，雙目會呈現魔幻的多彩。

那對眼眸，就是無可懷疑的證明。歐里亞斯終於想起曾經聽說過的傳聞，以及，爲什麼當初會覺得他的名字如此耳熟。

「你是……大魔法師。」

帝國唯一的，最強的守護者。

聽見歐里亞斯的低喃，其他人也紛紛反應過來。

「是大魔法師格提亞。」

「居、居然，是魔法師閣下！」

「我……我還是第一次見到本人。」

騎士們畢竟都還是十幾歲，乍見傳說中的人物，皆是一臉驚訝。

若是帝國最厲害的大魔法師跟著他們，那又有什麼好擔心的？在他們國家的歷史上，軍隊中有著魔法師的戰役可謂是戰無不勝！

原本相當嚴厲的氣氛，竟一下子煙消雲散了。

格提亞見大家情緒趨於安定，連剛才大逆發言的孩子都面露喜色，遂轉動視線望向莫維。

那眼神，就是在示意他盡量平和地進行結束。

莫維睇視著那雙神奇的彩眸，雖然接收到格提亞的心思，這麼做卻並不符合他的性格。

只是，他將手放下來，遠離了原本打算抽出的長劍。

「明日一早，我們就會進入峽谷。愛德華．戴維斯，你引起騷亂的懲處，也會視你明日的表現而定。」

換言之，他是有贖罪機會的！愛德華低下頭，單手橫放在胸前行禮。

「是……是！」

格提亞能感覺到莫維的視線，幾乎要穿透他的臉了。

「你憑什麼？」在騎士散開後，莫維語氣溫柔，露出單邊梨渦，低低地笑著問道。

這表示他很生氣。格提亞非常清楚，不過面對著表情比先前任何時候都還要友善親切的莫維，格提亞沒有逃避，選擇轉過頭，直接面向他道：

「我相信你能做到。」

聞言，莫維微微瞇著眼。

「什麼？」

格提亞那雙恢復墨黑顏色的眸瞳注視著他，極其認眞的，一字一句道：

「你是我的學生。我知道，你能夠完成任務，帶領所有的人凱旋而歸。」

這番話，並無什麼特別微妙之處。他確實是格提亞的學生，格提亞的態度也僅是純粹地信任他的能力。

然而爲什麼。他感覺格提亞知曉，這場討伐，他早已決定不理會其他人。他會達成使命，會無事奏凱。但那都是唯獨他一人，不保證帶來的那些部下會如何，所以格提亞才故意對他這麼說。

「你就如此肯定？」

莫維問。

以前，格提亞不認識十幾歲時的莫維。即使他是莫維的老師。因爲他在學院的時候，沒有關心過莫維。可是，他入宮後，接觸莫維的初期，他所瞭解到的，就是莫維不在意他人的死活。

莫維對他身邊的人，即便是長期服侍他日常的管家，照顧飲食的廚師，每天生活都會見到的隨從與侍女，沒有一絲一毫感情。

保持他們的溫飽，給予豐厚的薪晌，理由僅是他們完美達成自己的職責，做出相對應的工作成果。除此之外，再無其它。

雖然格提亞認為，上一次除了莫維以外全數死亡這個結局，主因是莫維不能很好地控制魔力，但是，莫維對他人的無視，一定多少有所影響。

格提亞毫不動搖道：

「你有那個能力。」這是毋庸置疑的事實，所以，請努力一點去做到。他會幫忙的。

先前也有幾次，莫維對格提亞的發言產生疑問。但這還是頭一回，彷彿觸發什麼關鍵，讓他突然間產生一種不可思議的聯想。

他因此凝視著格提亞，說了出來：

「像在擔心我以外的人都回不去了。」

格提亞心猛地一跳。

「我不會讓那種事情發生的。」絕對不會。這一回，他跟在莫維身邊，會用盡他所能做到的一切，阻止相同的結果。

莫維的雙眸，映著他的臉。

格提亞有些不明所以，他感覺莫維現在不是在對他生氣了，而是一種無比深沉的，在觀察他的，眼神。

宛如想從他這裡確認什麼。

在只有他記得的那個過去裡，莫維成為皇帝而他提出要離開皇宮時，莫維也曾經如此看著他。

可是，他已經永遠無法知道當時的原因了。

「我的意思是，你的語氣，就彷彿是曾經發生過一樣。」

莫維這麼說著。沒有等格提亞回答，逕自走離了。

格提亞佇立在原地，好久，好久。

翌日，討伐隊伍，朝著風鳴谷最後一哩路前進。

風鳴，即意指風吹過的聲音。

在起風的時候，這個狹長型的峽谷，總是會有類似的聲響，因而得名。

事實上，那個鳴聲，是由於地形及石質。特別是這裡的石頭裡含有較高的金屬成分，地形造成的風切劃過之時，便會響起類似低沉的音頻。

儘管擁有較爲奇特的現象，風鳴谷位於帝國西側，與鄰國接壤，其實是一個相對安定的地區。

其理由就是較爲複雜的地貌。

除了峽谷本身就不利於進犯，在谷底的溪流，孕育出大片的潮濕樹林也是原因。

那滿是闊葉植物的區域，陽光終日難以照入，地面皆是濕爛的腐泥。明明是露天的大地，卻存在著永遠黑暗的角落。

莫維一行人，正魚貫踏進這陰森的谷底。

「嗚哇。」陸續傳來輕呼聲。

有幾匹敏感的馬兒，許是感受到環境的陰濕，開始有點浮躁。不過，這種程度尚且還能保持隊伍的整齊。

「那個……大魔法師閣下。」

格提亞聞聲，轉過了頭。歐里亞斯駕馬緩步跟在他旁邊。

「是。」格提亞應道。

「不是，我就是……一直沒有想起您的名諱，是我失禮了。」歐里亞斯感覺自己應該來表達一下，教他騎馬時，自己挺不客氣的。

對方可是國家職位比他這種初生騎士不知尊貴多少的長輩。果然那時聽到他年齡的時候，還是應該注意一點，至少拿出對待長者的態度。

就算他眞的騎得很爛，笨手笨腳的，惹人生氣，又長得一副根本不是三十歲的樣子。

格提亞試著從對話裡尋找重點。

「我不在意。」他誠實地說道。

不在意？這個帝國裡，所有的人都應對身分的高低在意。就像是平民，會對著貴族鞠躬或跪拜。

「我聽說，您還是皇太子的老師……」居然是個雙重身分。這是昨晚，他在大家興奮閒聊時聽到的，回想一下，確實大魔法師在首都的貴族學院授課，皇太子在那裡就讀更是人人知曉的事實。自己是在領地就學的，所以只是聽說。

「啊……現在不是了。」格提亞單純地澄清道。

和那雙純淨的黑眸對視著，歐里亞斯感覺一時語塞。都沒有要口頭教訓他先前不禮貌的行爲嗎？或者用不對等的態度對他進行威壓？

忽然，他想起很小的時候，祖父和他有過的對話。

祖父對他提過，在祖父年幼的那個時代，魔法師是人人崇拜的對象。因爲，誰都在歷史書上讀過，魔法師會帶著軍隊打勝仗。

所以帝國的每個國民都十分尊敬魔法師。

祖父成爲騎士後，也曾在戰場上受到魔法師的幫助，有過親身的經歷。魔法師的人數從建國後就逐漸在減少，一年接著一年過去了，不知何時開始，名聲與地位也不再像以前那般。

至祖父因故退休，魔法師已經是個有點使人害怕的名詞了。

在和平的年代，人們逐漸認爲，擁有那麼強大的能力，豈不是能夠無法無天，想做什麼就做什麼，甚至是普通人想像不到的壞事。

「但是，祖父我是這麼覺得的。一個人會不會行惡，跟是不是什麼身分無關，而是因爲，那個人就是個壞人。」

歐里亞斯一直記得祖父說這番話的表情，一種人生歷練的慈祥與智慧。

所以，他在成長過程中，即使斷斷續續聽過不少魔法師的負面傳聞，還是選擇相信祖父，但他也僅是在心裡想想而已，帝國內的魔法師似乎已剩個位數，一般人根本沒什麼機會能和魔法師產生交集。

不過，在那些謠言中，還是有一些不算壞的。

譬如其實那些魔法師，許多都是全部身心投入研究魔法，由於不怎麼和他人溝通，所以也不會社交。

不過這又被另外解讀成過於醉心魔法，是有什麼大陰謀。偶爾感覺，是不是有什麼有心人士，每每牽動輿論，有點蹊蹺就是了。

「我還是覺得……祖父說的才是對的。」歐里亞斯望住面前的格提亞，沒頭沒腦地講了一句。

格提亞不明白，自然無法回應。是聽漏了對話？他不擅長與人交際，實在不會聊天。

這麼想著，發生狀況了。

「──嘿！」前方陸續傳來吆喝聲，這次是馬不走了。

再往前是更泥濘的地面，或許是動物的敏銳，好幾匹馬都停住腳步。

莫維一揮手，一行人便下馬，將馬匹綁在附近樹上。

當鞋底接觸到泥地時，他們才眞正明白，爲什麼會走不動。這簡直就像是黏土，每一次前進都步履維艱，愈走泥層似乎愈厚，得花費更多力氣才能抬起腳步，予人一種會被困住的不安感。

異常安靜。每個人都必須聚精會神，防範可能的危險突襲，緊張的氣氛籠罩在所有人身上。

「──噓。」

距離莫維最近的歐里亞斯低聲示意，因爲莫維舉起了左手。

整個隊伍因而停下，眾人不覺壓低身體，睜大眼睛注意四周，握著劍柄的手滿是汗意。

莫維注視著就在面前的密林。

潮濕的空氣包裹著周遭，深綠色的闊葉樹木彷彿被籠罩一層水分，那些凝聚的水珠落在葉面上，植物極其細微地晃動。除此之外，什麼動靜都沒有。

「來了。」

隨著莫維這一句低聲警告的同時，幾道黑影在眨眼間從樹葉後猛然竄出！

「小心！」

「哇！」

龐然大物朝自己衝來，面對突如其來的狀況，幾無經驗的年輕騎士們只來得及閃躲，頓時有些混亂。

「拔劍！」

莫維一聲低喝，讓眾人醒過神來。大家紛紛刷地一聲拔出自己的長劍，專注面對眼前從未接觸過的強敵。

就見那些黑影，原來是一頭頭猛獸，停在泥地上，前後踩踏著細碎的腳步避免陷於泥中伺機而動。正如格提亞告訴過他們的，像狼卻又不是狼，甚至身體比他們所想像得要大上許多。

那凶猛盯視著他們的目光，完全是準備狩獵食物的眼神。裂開的嘴露出可怕獠牙，流淌的口水掉落在草片上，此刻眞實地面對魔獸，騎士們才知道原來格提亞的畫技並不好。

這遠比圖畫裡的模樣凶殘百倍。

許是騎士手上持劍，幾隻魔獸停留在原地沒再前進，但是渴望血肉的飢餓眼睛緊盯著所有人不放，形成對峙的氣氛。

不過，沒有維持多久。

莫維飛快揚起長劍，用無論是人類或野獸都來不及反應的速度，一劍刺穿最近的魔獸喉嚨。

甚至連發出悲鳴的機會都不給。

他沒有停頓，毫不留情地從肉塊中抽出利劍，赤紅色的鮮血因此滿天飛舞。這個舉動，在一瞬間使得其他頭魔獸立刻惡狠狠地衝向騎士發動攻擊。

「分散開來！」

「照訓練時的來！」

即使不夠經驗，剛才也停頓喘過口氣了，面對眼前的危急情景，身為騎士，要趕快進入狀態。他們，已經為此練習了數百次。

「最少都要兩個人一起！散開！」最後這麼喊的是歐里亞斯。

按照格提亞所告訴他們的，這種猛獸的確是攻擊力強，動作敏捷。一旦撲上前用利爪撕開他們，或用那血盆大口咬住他們，那就完蛋了。

可是也不是沒有弱點。

除了喉嚨之外，牠們有個致命的缺陷。

視野狹窄。

這種異變的生物，在變化的過程，會有增強之處，也會有減弱的地方。風鳴谷的魔獸，退化的多半都是眼睛。

牠們的視力不好，只能模糊看見「正前方」的物體。

其它的角度，如果沒有轉頭的話是看不到的，連餘光瞄到或是野生敏感的可能都沒有。既然毛皮成為盔甲，那麼身體對外界的感受度自然也會降低。

「過來啊！看著我這裡！這個……怪物！」

因此，以格提亞提供的訊息爲基礎，對於這種魔獸，討伐隊眾人所計畫的對戰方法，是兩到三個人爲一組，其中一人在野獸正前方吸引注意力，然後，其餘的人負責從側面朝弱點喉嚨下手。

「打倒了一頭！」

「這裡也是！」

戰術成功的呼喚陸續傳來，能夠如此順利展開局面，除了格提亞的資訊外，格提亞本人的存在也相當重要。

大魔法師就在他們身邊，根本就沒什麼好怕的。這個想法，使得他們能夠充滿勇氣毫不猶豫。

然而，即使一切順遂，他們卻逐漸發現，無論解決掉幾隻，數量都沒有減少。

甚至還增多了。

就好像，從樹林裡一直源源不絕地出現似的。

這樣的事實，開始令人不安。

大家都意識到，一旦耗盡體力，自己就會成爲魔獸的糧食，被撕碎吞進肚子裡。

「可惡！」迪森差點被爪子抓到，揮著劍尖後退。「簡直沒完沒了啊！」他有些緊張地喊叫。

不單是他，其他的人也漸漸地變得慌忙，動作僵硬，隊形也略微亂了。腳下的泥地本就窒礙難行，在體能迅速流失的此時更像是遭到困住一般。

「愛德華！後面！」歐里亞斯大吼！眼見不遠處的愛德華身後忽然出現一頭魔獸，但根本沒人在他附近幫忙。

愛德華聞聲，心慌轉過頭，剛好對上凶猛的野獸視線。那是一雙，僅有最原始本能的殘忍眼睛。

下一秒，野獸便呲牙裂嘴地撲向他。

「呃——嗚哇！」愛德華在這一瞬間，反射性地想要躲避，所以只能抱住自己頭部蹲下。以爲自己就要被撕咬，結果聽到魔獸哀鳴一聲。他睜開雙眼，就看魔獸已摔倒在地上，陷進泥濘的地面正在掙扎。

「快站起來。」出現在面前的，是格提亞。

雖然他的魔力不足，不過弄個樹枝絆倒還是能做到的。

這大好機會愛德華怎會放過，他幾乎是立刻反應過來，爬起身手舉劍落，切開野獸的喉嚨，登時解除當前危機。然後，他才驚魂未定地對格提亞道：

「謝、謝謝。」

格提亞卻東張西望的，心思完全不在此處。

趕過來的歐里亞斯見格提亞轉身就往魔獸群裡衝，錯愕地大叫道：

「格……格提亞老師！」他一直是個有禮教的孩子，所以在得知格提亞身分後就決定改正敬稱。

不過這不是重點！

老師是要去哪裡啊?!

「他不見了。」格提亞頭也不回地說了這句話，因爲著急，話尾的餘音甚至都被風帶碎了。

他？他是誰？雖然，歐里亞斯認爲大魔法師應該是不需要他們這種菜鳥騎士來擔心，可是見著格提亞橫衝直撞的背影，眞的是心驚膽跳。

他完全沒有防禦，總之就是在亂跑。

又一頭近身的猛獸撲過來，歐里亞斯揮劍逼退，沒有餘力去在意別人了。

和先前的有序模式不同，周遭皆已陷入一片混亂。

野獸的嘶吼聲，騎士們的叫喊聲，以及武器製造出來的聲響。

格提亞急於尋找莫維的身影。

現在這個情況，他必須跟在莫維的身邊才行！

他從兩頭猛獸正前方奔過，於是牠們便迅速跳起，狠狠地朝他衝撞過來！

格提亞自出生以來，就是一個擁有強大力量的魔法師。

所以，在他的人生裡，是從來也不需要防護自己的。

因爲他強到無人能敵。

在他失去幾乎全部魔力的現在，他不是忘記這件事，而是由於他不曾做過，所以此時也沒有做。

他根本連自己已成爲獵物都未發現到。直至感覺黑影籠罩自己，他唯一趕得上做出的反應，就是轉頭看向來源。

彷彿慢動作一般。

兩頭張牙舞爪的野獸，準備要撲近撕咬他，接著，有一柄閃著銀光的長劍同時橫過來，在一瞬間整齊地劃開牠們的喉嚨。

砰的一聲！兩頭猛獸應聲倒地。

噴濺出來的鮮血，不規則地飛舞，灑了格提亞一身。

濃厚的血腥味瀰漫在周遭，格提亞整個人怔住了。沒有風的黑夜，燒焦的皇宮，渾濁的紫色雙眼，以及冰涼的頭顱。

那死亡的氣味，他一直記得。

「嘔——」過激的記憶使得格提亞彎下腰，朝著地面嘔吐。

「……你爲什麼要跟過來？」斬殺那兩隻猛獸的，並不是別人。就是莫維。

他的這個問題，不僅是指整個討伐任務，也是此時此刻。

格提亞在戰場中，既不攻擊，也不進行防護。而只是胡亂移動。

莫維很快地發覺格提亞這麼做的理由。那個不要命的模樣是因爲在忙著尋找他。

這到底是什麼樣的蠢貨。莫維低垂眼眸，冷睇著格提亞由於嚴重嘔吐導致嗆咳的瘦弱背部。

「嗯、咳！咳咳！」格提亞粗喘著氣，雙眼濕紅。若不是手撐著膝蓋，他幾乎要倒地了。

「害怕的話，就躲起來別找麻煩。」莫維略帶譏刺道，不再分神，繼續專注在周圍。目前，他還是需要格提亞活著，所以才會出手救人。

不過即使是面臨那麼危險的情況，格提亞也沒有施展厲害的魔法。說不定，失去魔力，眞的是事實。

或者這也在格提亞的算計中，都是計畫性的演技。

對莫維的懷疑毫無所覺，格提亞抬起手擦了下嘴，道：

「你……得要找到『巢穴』。」他用力地深吸口氣，總算勉強能直起身體。「不然沒有辦法結束。」

莫維只是仔細地審視他。

臉部帶著點點血跡，整個人看起來都有點凌亂不堪，縱然如此狼狽，但是格提亞表情平靜，眼神也是認眞的。

「你怎麼知道的，因爲你是魔法師？」莫維瞇起紫眸道。

他就是正在找。那個所謂的巢穴。

這是少數人知曉的事情。這些異變的魔獸，是被「汙染」的。

被什麼汙染現在尙且沒有結論，但是這種生物原本是不存在的，最近這些年才突然地出現。從零星的狀態到現在，幾乎各地都有一些目擊證言與事件。

共通之處是在當地都會有一個汙染點，被命名爲巢穴。這些本來正常的生物，是接觸到汙染點才發生突變的，這個已經證實過了。

若是不將巢穴找出徹底解決，那麼就制止不了。

這個訊息目前應該是機密，如果傳播出去可能會造成恐慌。

格提亞這次沒有迴避問題，正面回答道：

「巢穴的形成，的確是因爲殘存魔力。」現階段僅是猜測和推想，不過，在往後的日子，神殿會證實這件事。

因爲艾爾弗一族所留下的魔力痕跡，造成如此重大的影響。

接下來的十年內，曾經被視爲國家珍貴人才的魔法師，在大眾心裡本就搖搖欲墜的名聲，將會一落千丈。

莫維注視著格提亞，比之前都還要認眞。

魔獸的巢穴，也就是汙染點，是如何產生的，至今尙未有所結論。即使具備一些猜想，也還缺少相對足夠的證據支撐，能確定的唯有遺留魔力因不明理由發生異常質變，但是格提亞，卻用肯定的語氣說出那還沒有任何人確認的事情。

「你全都知道，是嗎？」

格提亞聞言一愣。

「什麼？」自己剛才說的那些，雖然不曾公諸於世，但應該是目前已知的推測。莫維會這麼問，難道自己記錯時間階段了，現在還不到得出定論的時候？

學院五年，在莫維身邊十年。不可能將每一個細節都記得清清楚楚。格提亞感覺自己手心全是汗意。

若是，他做錯一步，也許就不可挽回了。

又一頭野獸撲過來，莫維俐落地揮劍逼退，道：

「所以，巢穴長什麼樣子？」

見周圍情況，騎士們開始處於下風。格提亞深知不能再拖延，振作起來沒有再糾結剛才的失誤，立刻道：

「在樹林的深處。」他指向野獸們冒出的方向，同時開始往那邊奔跑。

他必須帶莫維去，也以為莫維會跟在他身後，不過莫維不知何時消失了。在他困惑回頭時，莫維卻駕著馬，飛快地從一旁竄出。

同時，一手拉著韁繩，一手撈起格提亞。

原來他去騎馬了。這一個過於粗魯的動作致使格提亞有些頭昏腦脹，等反應過來時人已經在坐在馬上了。

雖然也看得出來他瘦，不過真是輕得不像話。莫維單手輕鬆地將格提亞放置在身前，一連串動作都行雲流水，問道：

「深處的哪裡？」

他和格提亞不同，並不是擔心騎士安危想要趕緊結束，而是他一定要完成這個任務。即使目的不同，所希望的結局至少是一致的。

「比這裡更陰暗，且陽光更照不進去的地方。」格提亞真心想要盡快地找到巢穴，所以比起與莫維共乘一匹馬的不自然，他全副精神都放在眼前的密林。

莫維聽到他這麼說，毫不猶豫地揮動韁繩。

「——駕！」

隨著話落，馬兒敏捷地朝著前方飛馳。

疾如風，快如閃電，這和自己那種慢吞吞駕馬的感覺完全不同，格提亞一時間僅能抓住莫維的衣袖穩住自己。

他認識這匹馬。是情緒難以捉摸的莫維，始終不曾換過的坐騎，由此可以看出莫維的滿意。皮毛永遠都是帶有寶石光澤的美麗黑色，被訓練得很好，比一般的馬更聽從主人，也更勇猛，所以才能在這樣的環境毫無畏懼。

年輕騎士們與野獸的混戰逐漸往後遠去，耳邊僅剩馬蹄踏在爛泥地上響起的黏膩聲，以及迅速越過時和樹葉交錯的風切聲。

愈往前行，光線愈暗，終於！在穿過整排樹木後，到達一處空曠之地。

「就是這裡。」格提亞立刻道。

莫維因此拉停住馬。

明明是白天，眼前的空地卻幾乎沒有日照，陰森森的彷彿另一個世界，空氣裡瀰漫冷涼厚重的濕氣，沾黏在皮膚上，凝結成非常細小的水滴。能夠在此處看清周遭，全是因爲僅有這塊區域隱隱散發著某種藍色的微光。

那個，就是魔力遺留的痕跡。

格提亞望著那點點藍光。很美，也詭異。

因爲那是不應該出現於自然環境的突兀存在。是肉眼可見的，在施展過魔法陣或魔法以後，殘留下來的魔力。

這種現象雖不常見，也不算多麼特殊，散去的時間長短不一定，能夠一眨眼就消散，也能夠維持以年爲單位的日期，端看環境而定，有些地方就是比較能夠保存這些魔力殘跡，更遠的古代甚至有過將此藍光當成風景欣賞的記載，可無論如何，只要日子夠久，最終都是會被自然吸收消失無蹤的。在歷史中，以往未曾有過產生質變影響生物變化的魔力紀錄，魔塔分析過巢穴，唯一能確定的僅有這些變異的殘存魔力，有些竟是數百年前的能量，爲什麼直到現在才發生了，他在往後魔法師遭受大眾責難的日子裡也沒有找到答案。

也許單純是意外，又或者魔法師就是應該自然滅絕，勢必會演變至此。

「然後？接著要怎麼做？」莫維低眸凝睇著就在身前的格提亞，沒有錯過他任何一個細微的表情。

「這裡……呃！」格提亞沒能說完話。

因爲莫維察覺到背後有龐然大物襲擊，飛快扯過馬頭舉劍阻擋。

只聽鏘的一聲！莫維的長劍竟應聲而斷。

出現在他們面前的，是一隻巨型魔獸。體格比剛才見到的還要大上相當多，儘管外表都類似，那血盆大口看上去就是更爲凶暴。

莫維瞥一眼斷劍。僅是被爪子抓了下而已，竟如此脆弱不堪一擊。

他帶來的是那把十五歲時得到的御賜之劍，即便皇帝不待見他，也絕不會賜給皇室成員普通的貨色，這確實是一把巨匠打造的鋒利名劍，雖然會與魔力互斥，反正他使劍時不運作魔法就沒有影響，只要能夠削鐵如泥即足矣，更何況對付魔獸有加成作用。看來這頭畜生的堅硬程度非比一般。

他下了馬，同時放開韁繩。

「你走開。」莫維是對還在馬背上的格提亞說話。他不想要有任何東西在此礙手礙腳。

「可是你的劍……」格提亞必須告訴他，這是巢穴的「看守者」。

調查報告裡皆寫到，每一處汙染點，都有一隻特別厲害的魔獸，牠們像守衛般，駐留在巢穴不會離開，如同怪物一樣難以打倒，不會那麼好應付。

但是，他根本沒有講話的機會。那隻看守者惡狠狠地衝向了他們。

「哼。」莫維低笑一聲。

他甚至沒有任何閃避，而是也朝著魔獸正面迎擊！

莫維的坐騎非常地聰明，往後退至樹木旁，不過格提亞沒辦法聽話。他笨拙地從馬鞍下來，眼睛一刻也沒有離開過莫維。

莫維凌厲地一揮手，瞬間出現一道強烈的風刃擊中魔獸，不僅盔甲般的皮肉濺血，連後面粗壯的樹幹也被切出深深的割痕。

甚至都不用畫出魔法陣。這種程度的攻勢，他僅需要動一下手就可以辦到。

格提亞並不是擔心莫維打不贏。

在莫維擁有的魔力面前，所有的敵人都無足輕重。那是壓倒性的，絕對的力量。

就是因爲體內的能量如此難以估計，莫維尙未能夠完全掌握，一旦失控，作爲容器的肉體承受不住，便會死亡。

這也是爲什麼，莫維在此之前都是用劍術應付。如果能用武器就足以解決的話，那當然是最好。

現在看起來，應該是沒有辦法了。

那就來試試吧，鍛鍊的成果！莫維露出愉悅的笑意，一臉期待。

即使已經練習過掌握魔力的方法，那也僅是初步的訓練而已。格提亞注視著莫維像在玩似的，在看守者身上劃下一道又一道血痕。

旁人看來如此令人恐懼的生物，在莫維眼裡，毫無抵抗能力任他玩弄。

看守者遭受一連串攻擊後，已經有些站立不穩了。

反覆熟練的成果奏效了。雖然劍斷了，只能使用魔法，可這還是第一次，體內的魔力沒有讓莫維感到負擔，按照這個情形，應該能夠保持穩定地結束。

正欲給出最後一擊，看守者卻忽然昂首，朝天空放聲嚎叫。

那音量不僅深廣，穿透力也強。就在一旁的格提亞即使摀住耳朵，也感覺聲音在腦裡迴盪。

糟糕。格提亞幾乎是立刻就反應過來，同時邁步朝莫維奔去。

「垂死前的悲鳴嗎？」莫維以勝利的姿態站立在看守者前方，同時舉高自己的手。「吵死了。」他會讓這東西永遠地閉上嘴。

「小心——」

耳邊響起格提亞示警呼喊的瞬間，莫維敏銳感受到有其它危險的氣息，眼角餘光睇見一抹黑影從樹叢中迅速竄出。

他正面對著看守者，還是處於施展魔法的途中。腦子裡快速運轉著，他必須用另外一隻手擋住那個黑影，雙手都必須輸出魔力！

一直以來，他壓抑著自己體內難以控制的龐大能量，就算暫時得到格提亞的幫助，卻不曾練習如何用兩手操作魔法。

他從來沒有嘗試過。

在這一眨眼間，閃過許多思考，該怎麼做，如何做，以及後果。

然而，在那抹黑影接近到他看清形貌的那刻，格提亞也從另一邊飛身撲入他懷中，在關鍵的時機將他撞開了！

那黑影，也就是突然衝出的另一頭魔獸，利爪揮中格提亞後背，將他的長袍撕裂，在皮膚留下數道平行的猙獰血痕。

因爲這一撞，莫維對看守者放出的魔法也產生偏斜，擊中了樹木。

就聽見激烈的斷裂聲響，一段粗大樹枝斜落在旁，更有另一棵高聳樹木應聲倒下。

莫維半坐在地上，懷裡是格提亞，他們被兩頭魔獸包圍。莫維當機立斷伸出手掌，張開長指，悍戾地捏住那頭離他最近的魔獸頭部。

頓時，那凶猛如狼犬的獸臉，扭曲成一團。彷彿被硬生生地擠壓到極限，整個面部呈現一種詭異恐怖的肉團感，根本已經看不出原本的樣子了。

「去死吧。」莫維陰狠冷厲地說道。

頓時，魔獸的頭部爆開，血肉掉落在地面上。

就在這一刻，格提亞喘著氣，無視背上的劇痛，終於有機會抬起臉朝莫維說道：

「剛剛那聲叫喚，牠是、是在召來同伴。」

還好，是活著的。如果格提亞現在死了，那會很麻煩。見格提亞受傷的那一刻，莫維沒有產生絲毫擔心的情緒，僅冷漠地分析格提亞存活與否的價值。

不僅是格提亞，他不會爲任何一個人憂心，他從未感受過那種感情。只是，至少現在，格提亞對他還有用處，那就不可以死。

又有幾隻魔獸陸續從樹林中現身，都是一開始遇見的體型。

格提亞看過那些報告。看守者僅會有一隻，其餘的，則會遵從看守者。

看守者又一聲低叫，那幾隻魔獸便發動群起攻擊。

「站起來！」莫維拉起格提亞，隨即揮動手臂用風刃砍向位置較遠的幾頭魔獸，至於近的，則都像剛才那樣，虐殺。

眼看那些生物的頭部被擠爛爆裂，眼球活生生凸出，不規則的肉塊血淋淋地從莫維手中掉落，格提亞儘管生理本能地不適，卻非常冷靜。

莫維必須殺死牠們，否則就會被撕碎吃掉。他明白莫維一定得這麼做，所以，他在意的是若莫維太過投入殺戮，會導向魔力失控的結果。

「哈。」在迅速且輕易奪去生命的這個過程裡，莫維的一雙紫眸，變得滿是殘狠暴戾的詭光。

不論是看守者，還是那些更弱小的魔獸，根本就像玩具那樣被他弄壞弄死。

他一直都知道自己擁有的，就是如此恐怖的力量。

殺掉這些活著的動物，他只覺得好輕鬆。比用劍，還容易多了。

格提亞站在他的身後，注視著他所進行的一場屠殺。魔獸雖源源不絕一再出現，但是連他的衣角都碰不到。

他的臉上，沾了血跡。

而且笑了。

那樣的表情，令人毛骨悚然。

極其危險的，失去理智的人，就不可能控制得住自己。格提亞終於啓唇，輕聲道：

「莫……」

莫維比他更先開口：

「啊，累了。」話落的同時，他一眨眼就來到看守者旁邊，同時用染血的手掌對著牠的頭部。

不想再浪費時間了。直接殺掉這隻應該能結束一切。

他準備發動魔法的同時，看守者卻張開嘴巴。牠的口腔裡，有著數不清的藍色光點。

那是魔力的痕跡。

並且，與莫維身上放出的魔法產生碰撞。這突如其來的干擾，使得莫維感覺自己體內的能量一下子膨脹起來，掌心裡的魔法發出前所未見的光芒。

「在這裡！」

歐里亞斯等人，追蹤著突然間撤退的魔獸，終於來到這塊空地。

然而，當他們踏進此處時，所有人都立刻被巨大的光團給籠罩。那光，很亮，很刺眼，感覺得到是一股具有強大威壓的劇烈力量。

「哇！」已經耗盡體力的人，登時一屁股坐倒在地。

「怎麼回事？」迪森驚訝地問道。身體好不舒服，他覺得自己腦袋像是被強迫灌氣般開始腫脹。

歐里亞斯算是勉強能夠站穩的了，卻也莫名地異常難受。

彷彿軀體內部遭到強力擠壓，器官像是要往外炸裂了。

在這種詭異恐懼的情況之中，歐里亞斯望著前方，用充血的眼珠，看見了格提亞一步一步地，走向光團的中央。

魔力如流水般，正不受控制地從掌心洩出。莫維試圖用自己的意志阻止，結果完全沒有作用。

「可惡！」他粗喘著氣，滿身大汗，感覺全身血液都在飛速竄流，心臟已不是正常人的跳動速度。再這樣下去，他的肉體很快就會不堪負荷。

就在這時，有什麼人，來到他的身邊。

那是格提亞。

「你做得到。」

格提亞注視著他，就像在說一句咒語。

「做得到……哈。」莫維狠狠瞪住他。這可不是在旁邊動個嘴皮就能辦到的事！

「把力量凝聚在掌心。你練習過的。」格提亞認真說道。

他的確是練習過無數次了，但都不是這麼大的能量！莫維嘗試找回當時的感覺，不過根本操控不了如此巨量的魔力。

企圖統治這股能量而失敗的下一刻，洩出的狀況更加猛烈了。

「呃！」莫維的手臂骨頭發出聲響，即將斷裂的疼痛襲上腦殼。

他開始耳鳴，視線變得模糊。這些魔力，可能就是在今天，會衝破他的身軀，將他殺死。

他沒有一絲一毫的害怕，甚至也不怎麼覺得後悔。只是，他活著僅為一件事，還沒有完成，所以他不想在此結束，因此不珍惜性命的他，正在做著他平常不會做的事，就是試著努力扭轉局面。

忽然間，一隻白皙的手，按在了他的手背上。

「專心。」格提亞對他說道。那一雙墨黑的眼眸，逐漸地轉變成七彩的顏色。「我不想看你死去，絕不會讓那發生。」像是在對自己說道，他知道莫維不怕死，是他不願意那樣。

不願意自己什麼都沒辦法做，只能接受莫維死亡的事實。

「你……」魔力的傾洩導致莫維身體動彈不得，甚至連眼球都不能轉動，此時此刻他定住的眼睛裡，僅映入格提亞一人。

「我會幫你的。」格提亞聚精會神，極其專注地對他道：「把力量凝聚在掌心，將範圍縮小，全部都收束起來。」

隨著他的話語，莫維感覺到一道細絲，從兩人交疊的雙手，穿進身體之中，引導著那狂洩的魔力。

格提亞說過，很熟悉他的魔力軌跡。

所以也能幫助他掌控。

莫維凝神屏氣，讓自己跟隨著那絲線。這沒有那麼簡單，因為格提亞的力量太弱，稍不注意便會丟失。

所以，格提亞也是用盡全力，維持那微弱的引線。

這是練習過的。而莫維，一直都是個非常優秀的學生。

籠罩著樹林的光圈，嘩地一下子，整個縮小了。脫離光圈的討伐隊，所有人頓時變得輕鬆了。

至此發生的，是一種非常神奇的感受。極其不自然的，難以用常理解釋的。

「喂，看哪！」

緩過神來的愛德華啞著聲音叫道，一臉訝異地指向前方。年輕騎士們抬頭望去，見到的是光團凝聚在莫維和格提亞兩人的身上。

就剩一點了。格提亞全神專注，道：

「將魔力……收束在手裡。」

莫維眯起眼眸。藉由格提亞的導引，變得不再那麼困難了。

可是絕對也不算輕鬆。

「嘖！」所有的壓力都泉湧向他的前臂，甚至可以聽見骨骼和肌肉發出的聲響，相較於之前，現在他的身體已能夠正常動作，聚集魔力的手掌卻無法克制地顫抖起來。他緊咬著牙關，深吸口氣，想像著在地下石室做過的那些，傾盡所有的力氣。

就在此時，他終於發現，隨著他的魔力波動，穿著單薄上衣的格提亞，胸前竟發出淡紫色的光芒。

那奇妙的光穿透布料，而且，還像是在轉動一樣。

「專心。」格提亞低語一聲，視線始終放在莫維的手上。

雖然莫維並不喜歡聽話，可是到這個階段，也只能全神貫注。他張開左手五指，抓住自己右邊的腕節，這樣能夠更加穩定

明明是自己的力量，爲什麼總是難以控制。甚至，還想反撲。

他不能容許。

莫維瞪視著發光的中心，紫色的眼眸眨也不眨了。

狂暴雜亂的氣流，忽然異常地往同一個方向竄洩。格提亞立刻道：

「就是現在！」他搭著莫維的手使勁往下壓。

一陣旋風，以兩人爲中心，飛速地吹起。莫維感覺掌心的力量，在一瞬間全都濃縮凝結了。

奔洩的魔力停住，連四周的藍點也被旋轉的風團全都聚集過來。強力的風捲不停地轉弱縮小，直至完全消失，最後出現在莫維手心的，就是一顆散發各種顏色，並且那些顏色還會流動的光球。

由於整個過程實在太神奇了，周圍的騎士甚至沒能反應過來，全都僅能呆愣在原地望著莫維和格提亞。

「啊，魔獸！」歐里亞斯是第一個回過神的。不過，那些本來瘋狂攻擊他們的狂猛野獸，不知什麼時候都僵硬地倒在地上，動也不動了。

連眼睛都失去焦距，就像是生命消逝一般。

包括空地中央，皇太子和大魔法師壓制著的，他們這才看到的那頭巨獸。

那樣驚人的大型體格，都可以說是怪物了吧。

有那麼片刻，四周一片安靜。

「這……哇！贏了！」

終於認知到危險已經解除了，年輕騎士們紛紛歡呼起來。

格提亞睜著眼眸，一口一口地喘著氣。

他全身無力，勉強蹲跪著。聽不清楚周遭的聲音，五感都相當模糊。

但是，他還是知曉那是戰勝的喜悅。

「太、太好……呃。」一句話沒能說完，他吐了一小口血，下意識地用手摀住自己的嘴巴。心臟跳得好快，他非常清晰地聽見自己胸腔傳來的震動聲響。「——噗哇！」下一秒，他嘔出了更多的血。

那些鮮紅色的液體，傾流在指間，在衣領，在地面。

同時也濺在旁邊莫維的身上。

他目睹著就在自己面前低垂著臉的格提亞，那蒼白細瘦的頸項，因爲嘔血的動作過於緊扯，顯得更加脆弱了。下一秒，格提亞整個人就昏厥過去。

如果他不去伸手，格提亞就會倒在地上。

然而當他意識到的時候，他已經單手將格提亞攬進自己懷裡。

於是他想著爲什麼，不理會這個人就好了。

雖然格提亞對他有用，但若是眞的必須命喪於此，那也是只能死了。

然後，他給自己找到還算說得過去的答案。

莫維放下手中的光球，扯開了格提亞的上衣領口。
他想知道，格提亞在溪邊對他隱藏的，究竟是什麼。接住這個人，僅是如此理由而已。
一個手掌大的魔法陣，宛如烙印般，就在格提亞心口處。
那是莫維從未在格提亞課堂學過的，從來沒有見過的，一個非常複雜陌生的魔法陣圖形。
而且，這個圖形裡，有著他莫維．貝利爾．雷蒙格頓的名字。

「你有聽說嗎？」
「什麼？」
「那個啊，罪帝死之前，好像說了什麼詭異的話。」
「啊？你怎麼知道的？」
那是，格提亞趕回首都前，在一個村莊的落腳處聽到的。
當時中央皇宮已被貴族占領，被砍下頭的莫維也成了有罪的皇帝。
那胖大叔喝著酒，得意道：
「我兄弟不是接了工作，進去皇宮清理廢墟嗎？那裡面的門衛講的。」
另個男人不怎麼相信，當時怎麼可能還有活著的人，不過也是聊下去了。

「所以，罪帝死之前說了啥了？」

胖大叔左右張望下，神祕兮兮地壓低聲道：

「在用那個恐怖的魔法燒掉皇宮前，他笑了，說『他會來找我的』。你不覺得毛骨悚然嗎？做出那麼可怕的事情還能笑得出來？」

「什麼跟什麼？『他』又是誰？」談天的男人聽完更不信了。「是不是聽錯啦？」根本沒頭沒尾的，莫名其妙。

「沒有錯！門衛很確定自己聽到的。」胖大叔道，酒過三巡音量有些大了。

男人比手勢讓他壓低聲。

「好啦好啦，別說這些了。現在局勢還不穩定呢，這些謠言小心惹上麻煩。」

「怎麼是謠言了！」胖大叔生氣。

「好了。」男人勸道。

胖大叔隨後便拿起酒杯，昂首一飲而盡。

那一晚，格提亞裹著長袍，蜷縮在角落裡，難以入眠。

倘若，他們說的是眞的，在用魔法燒毀皇宮前，眞的有那一句話。

他也想知道，那個「他」是誰。

如果找到那個他，或者那個他當時就在當場，那麼，是不是就不會有相同的結局。

格提亞眞的好想問。爲什麼？

可是永遠都無法得到答案。

因爲，莫維已經死了。

「——呃。」格提亞忽地驚醒過來，同時立刻感覺到全身的劇痛。

他趴伏在某處，背上有著撕裂般的痛楚，體內則是燒灼似的另外一種疼痛。他說不出話，喊不出聲，恢復意識的這個當下，什麼也想不起來。

朦朧之中，他看到一個影子接近自己，那是一個老人，有點陌生，又好像在哪裡見過。老人手裡拿著東西，放在了他的背上。

隨即，一陣冰涼的感受，稍微稀釋背部的痛苦，變得不那麼疼了。

「殿下，換好藥了。」老人恭敬對身後的一個人影說道：「他還持續在發燒，應該會慢慢退的，我想檢查一下是否有其它受傷的地方。」老人請求允許。

那人影上前一步，阻擋老人的行爲。

「我會檢查，你可以出去了。」

這明顯是莫維的聲音。格提亞輕喘著氣，再度閉上眼睛前，好像看見莫維模糊的輪廓。

不曉得經過多久，應該是很長的一段時間，他又恢復意識。

這次沒有那麼痛了，雖然依舊難受，卻能夠感覺自己是眞的清醒了。

格提亞眨著沉重的眼皮，努力睜開雙眸。

他還是趴著的，也似乎仍在同一個地方，會這麼判斷，是由於四周的景物是一樣的。就是一個帳篷，野外紮營的那種。

莫維休息的那種。

「啊。」格提亞認知到這裡應該是莫維的營帳，頓時就想要起身，豈料他根本沒有力氣，掙扎了下沒能撐起自己，滿頭大汗地趴平回去。

「想要傷口裂開的話，就盡量亂動。」

伴隨著講話聲，莫維出現在床沿。

「我……」是怎麼了？格提亞的喉嚨無法順利出聲，吸入乾空氣遭受刺激因此咳了幾下，又是全身難受地痛。

莫維面無表情，僅是居高臨下地睇視著他。沒多久，老人在帳篷內出現了。

「你總算醒了，太好了。」老人對他說道，鬆口氣似的表情。

格提亞此時思緒稍微清楚了些，想起老人是隨著討伐隊出發的醫生。在進入風鳴谷前，醫生留在峽谷外待命了。

同時，他也回憶起背上的傷口是怎麼來的，以及，自己吐血的畫面。要能跟莫維失控爆發的魔力進行調和，首先要有相對應程度的力量，已失去大部分魔力的他，應是肉體承受不了造成受創。

他知道會這樣。他是清楚會有這種後果，還對莫維伸出手的。格提亞輕喘著，身體的不適感致使他出了冷汗。

雖然醫生不理解魔法與魔力，不過物理方面的身體狀況是他專業的，除了背部明顯看得見的外傷，觀察病況數日，又發現內臟也似乎有些受損需要服藥治療。會用不確定的態度，是因爲皇太子殿下僅准許他有限度的檢查，這幾天他能見到的只有患者的後背。

醫生先是仔細照料他背上的傷口，重新換藥，然後用細的竹管稍微餵他點水，再讓他服下內用的藥物。這整個過程，莫維都佇立在一旁看著。

許是藥物有助眠的作用，沒有多久，格提亞又累得沉沉睡去。

中間，還有一次記憶，是在馬上。

有些凌亂的馬蹄聲，敲醒了他。於是他疲倦地微掀眼簾，發現自己是在一個人的懷裡。這人一手握著轠繩，用毯子將他裹實置於身體前方。

「不要亂動。」

藉由這個不高興的嗓音，很快地格提亞知道自己靠著的人就是莫維，他沒有餘力去思考爲什麼是莫維帶著他騎馬，只是耳朵剛好貼在莫維胸腔的位置，格提亞聽著那心臟跳動的聲音，重新閉上眼眸。

莫維還活著。活著。

他不知道可以用什麼詞彙形容，但是，他決定付出一切作爲代價。

只要莫維活著就好。

他的意識就這樣斷斷續續的，彷彿在過去與現在之間飄盪。

「唔……」再一次醒來，感覺好多了。無論是身體還是精神的狀況，相較於先前的幾次，那種腦子難以清明的困頓感都更減少了。

不過應該是缺乏進食的緣故，格提亞渾身無力，稍微動根手指就累得喘氣。

他眨著疲累的眼，緩慢地望向四周。

已經不是營帳的景象了，更像他們入谷前住的其中一間旅店。

想要坐起來，始終趴著的姿勢不怎麼舒服。

但是他真的雙手無力，不曉得醫生還在不在？背部的傷口沒那麼疼痛了，如果可以，希望能請醫生幫忙扶他一下。

忽然有人出現在床邊，格提亞以爲是醫生，抬起臉，看見的卻是面無表情的莫維。

莫維還是那樣，佇立在他面前，低垂眼眸，並且往下睇視。

「五天。我還是第一次等待一個人這麼久。」他淡漠地說道。

已經過去五天了？從峽谷離開五天了？格提亞清醒沒多久，思緒仍舊有點混亂。

只是，他直覺感到不對勁。因爲莫維沒道理會站在這裡，又不是要照顧他，也絕對不可能關心他。

氣氛好奇怪。

「啊……我……」他試著努力，結果依然難以出聲。

一方面是他力氣不夠，一方面是雖然醫生應該陸續有餵他水，和正常飲用量相比依然不足，因此口乾舌燥。

莫維凝視著他片刻，隨即前傾靠近他，同時，也朝他伸出了手。

「我終於可以聽到你的回答了。」他用力抓住格提亞肩膀，動作粗魯地翻過格提亞的身體。「這個，是什麼？」他問。嗓音聽不出一絲一毫的情緒。

胸前的魔法陣，在燈火下一清二楚。

格提亞這才遲鈍地發現，原來自己完全沒有穿衣服。上身沒有，下身也沒有，整個身體未著寸縷，是全裸的。

可是他也沒什麼餘地及力氣感到羞恥。比起自己的裸露，他要怎麼解釋胸口上的圖形更讓他陷入前所未有的混亂。

莫維將他整個人壓在床上，格提亞背傷吃痛，呻吟了一聲。

「呃。」

莫維恍若未聞，瞠著雙目，張開單手緊捏住他的兩側臉頰，冰冷地問道：

「我是什麼時候，什麼理由，在你的身上刻下這個的？」

雖然這個魔法陣是不曾見過的圖案。可是，在課堂上，格提亞教過，魔法陣署名的意義。

所有的魔法陣，都是由古代魔法師創造出來的公式所構成，因應不同用處有不同的圖案及古文字，但是創造者都不會署名，因爲一旦在魔法陣留下自己的名字，那就等同於一個專屬標記，以後每次使用帶有姓名的魔法陣，就會對本人造成影響，直到死爲止。

所以絕不會有人這麼做。

唯一的可能，只有那是個瘋狂的魔法師。

格提亞沒有進一步說明，若是將擁有自己名字的魔法陣刻在他人身上，會是何種情形。大概，那本身就是一件根本沒人做過的事情，當然也找不到可以教學的記載。

瘋狂是嗎？或許沒錯。因爲無論他怎麼看，都覺得這就是一種屬於瘋子的所有權標示！莫維極其嚴厲地道：

「回答我！」

在格提亞昏迷時，他做過實驗了。

從見到這個魔法陣的這五天之內，他讓格提亞一絲不掛，仔細檢查過格提亞全身每一處角落並進行測試，以證實自己的推斷。他重現了在森林時，最後對付魔獸的情景。

也就是由他發動魔法。果然，當他使用魔法時，格提亞身上的魔法陣就會彷彿呼應一般微微地發光。

除此之外，什麼事都沒有發生。

署名的魔法陣，會影響簽署姓名的那個人；將帶有名字的魔法陣刻在他人身上，結果僅是這種感應一般的作用？這到底有什麼意義？

莫維強硬逼問的態度，反而使格提亞冷靜了下來。

「我……」但是他的傷勢，還不是能夠好好說話的狀態。

莫維根本不管那些。他等待了五個日夜，已經夠了。

「你就是用此來控制我的魔力軌跡的？」

「不……」格提亞根本沒有反抗他的力氣，喉間因乾澀而刺痛著，只能十分困難地試圖解釋道：「不……是這樣的。」

魔力調和，是他確實用上多年時間來調整的；至於這個魔法陣，是他要離開皇宮前夕才刻上的。

是當時已稱帝的莫維，答應他離宮回去故鄉的唯一條件。

此魔法陣由莫維親自建構，在世上獨一無二。是莫維本人拆解遠古公式創造出來的一個全新的圖陣，格提亞還沒能研究其用處，目前僅知無論莫維人在哪裡，若是莫維使用魔法，魔法陣會有所感知，出現程度不一的發光反應。

這是莫維親自告訴他的。

在那一天，莫維巨量的魔力失控，施展大規模的破壞魔法，摧毀皇宮內目視所及的一切，即使他在遠方也立刻就知道，當時這個魔法陣不停地旋轉，毫無休止的跡象，就像在告訴他，無論正在發生什麼，都是不可挽回的。

就在心臟位置的魔法陣發出極度刺眼的光芒，他的胸口，也像是被撕碎了。

「什麼不是！」莫維厲聲質問。

「我沒有……用這個……控制。」本來就還很虛弱，又被捏著雙頰，格提亞連一句話都說不好。「咳、咳咳！」因爲太過勉強，引來一陣不適使他強烈地咳嗽。

莫維終於放開手，可是卻沒有退離身體。他仍用絕對壓制的姿態，像是個征服者，正在決定該給予獵物什麼下場。

「咳……」這陣猛咳使得格提亞眼眶微濕泛紅，但是因此順氣了，變得比較能夠發出聲音。「我會告訴你的，如果你能接受的話。」他沙啞地說道。

莫維聞言，瞪住了眼睛。他的表情一下子變得陰冷，那雙紫色瞳眸，教人不寒而慄。

「如果我發現你說謊，我會立刻砍掉你的頭。」他深沉道。就算仍有用處，該除掉的時候，就是沒用了。

格提亞眼裡沒有一絲畏懼。他輕輕呼吸幾次，道：

「魔法陣，是名字的所有者刻在我身上的。」即使嗓音啞了，他一個字一個字，緩慢地，清楚地，好好地講出來：「在以後。」

格提亞對他承諾過，不會說謊。

彷彿一切都靜止了。

僅有兩人的呼吸聲，能夠證明這個房間內的時間仍在前進。莫維動也沒動。他注視著格提亞，連眼睛也不眨。

以後。

那是他的名字，而且，在以後。

一直以來，格提亞給他的種種怪異，那不協調的感覺，藉由格提亞的回答，一切都忽然間變得合理了。

格提亞確實可以做到，也有能力做到，無論那多荒謬，多匪夷所思，多不可思議。

這個世界上，格提亞剛好就是唯一能那麼做的人。

當所有的猜想都無法解釋眼前的事實，那麼唯一剩下的那個，就算再不可能，也會是答案。

「哈！」莫維笑了。「哈、哈哈哈！」他放聲大笑了。臉上表情是從未有過的愉悅，眼神更是瘋狂。就好像，得到什麼非常意外的驚喜一般。

回到「這裡」，和眼前的年輕莫維接觸以後，這還是第一次。第一次格提亞覺得如今就在面前的這個莫維，和自己記憶裡那個莫維，重合了。

莫維不會表露自己眞正的想法，習慣隱藏情緒，在腦子裡縝密編織一切。看不出他在忖度什麼，又準備做什麼，都是必然的。

不過，偶爾他會將眞實的感受釋放出來。

在他特別高興的時候。就像坐在帝位上的時候。

就像現在。

曾經待在他身旁長久的日子，格提亞能明白莫維此時這張狂的笑意是出自眞心的。

莫維傾身壓迫似地瞪視著格提亞，眼底閃爍著詭異的光芒，愉快地道：

「你說，你會幫我當上皇帝？」

這麼近的距離，格提亞可以望著紫眸裡映出的自己。

「……是的。」

莫維再次笑出聲音。既瘋癲，又無比詭異。

或許，這全都是在演戲，導引他往最不可能的方向去判斷。

不過那又如何。

無論是眞是假，這一切，眞是太有趣了。

在徹底弄清楚之前，他會奉陪到底。

「那麼，你要說到做到。」

他傲慢地笑著。

而格提亞，只是凝視那熟悉也陌生的表情。

其實他沒有想過。

曾經發生過的事，如何來到這裡，是不是應該說出來，告訴現在的莫維。

因爲，他毫無餘力。從得知中央皇宮遭到攻破，莫維已被砍頭那天開始，他有種一切都不眞實的感受，眞的親眼目睹莫維的頭顱被高高掛起以後，他同時也做出自己的決定。

然而，回到這個早已成爲過去的時間，他參與曾經耳聞旁觀的事件，要應付不停接踵而來的所有變故，即使他能夠確認自己的堅定，絕不猶豫地抬起頭來面對，卻不曉得接下來的每一步是否決定著會導向同樣的結局。

他能做什麼，不能做什麼，在面臨抉擇的時候，他會感到茫然。尤其認知到自己一旦走錯，就有可能造成再難挽回的結果，更沒有多出的餘裕去思考是否應該坦白，能做的僅有專注眼前正在發生的事情，繼續向前進。

就由於如此，他不想讓莫維看見胸口的魔法陣，他無法說明，也沒有想好要如何說明。他是用什麼方法來到這裡的，像是這種質疑反倒單純。

唯獨這個刻有名字的魔法陣，他不知道要怎麼辯解。

不僅是莫維，無論對誰，他都沒辦法講得明白。

因爲就連他自己，也不懂爲什麼那時莫維要在他胸口留下魔法陣。

可是終究，莫維還是發現了。

那麼，無論如何，他只能坦承。

魔法陣若有署名，那麼一定是本人刻下的，絕對不存在他人將別人姓名寫進魔法陣中的可能。那是即使有再強的魔力都做不到的事情。

這些理論他都在課堂教過，他沒辦法給出矛盾的回答。

而且他不能欺騙莫維。他承諾過，不會對莫維說謊。

「太好了，看起來沒什麼大礙了。」在原路往首都的緩慢移動途中，醫生總算這麼說了。

格提亞數不清自己趴了幾天，吃了多少藥，沒有得到醫生許可，他就被禁止起床活動，現在終於可以恢復正常了。

「謝謝。」他是眞的感謝，畢竟這是他人生中第一次受傷到這個程度。他也希望醫生給予的這個好消息，能夠讓他恢復自由行動。失去意識的時候不論，醒來以後，他已經被關在房裡好幾天了。

莫維抱著胸，頭微微歪著。格提亞至今都只能待在屋內，當然是他的決定。

「我要他完全地康復。」不是沒什麼大礙這種說法。他命令醫生道。

「這是當然。我明天會再過來，就好好安心休息養傷。」醫生一臉和藹地說道，這陣子已明白自己除醫療外不能久留，於是退出房間。

包括昏迷的五日，超過十天，莫維要求醫生每個晚上都要對格提亞進行診療，他也總是在旁邊監視所有的過程。他不讓格提亞胸前的魔法陣被其他人看見，那可能會引起一些傳聞。

畢竟，那上面有著皇太子的姓名。

儘管懂得魔法的人不多，那也是最好避免。如果不是發生意外，格提亞肯定也不想給他知道。

莫維回憶起格提亞平常總穿著袍子，在溪邊的時候，也有意識地阻擋。

可是，這些都是眞的嗎？如果這個意外也是計畫中的又如何？

若是企圖想要取得他信任的一種手段，那可是十分逼眞。

「那些騎士說，你當時在混亂中橫衝直撞的，難道不懂得怎麼避開危險？」

聽到問話，格提亞抬起臉。莫維的視線像是在觀察他似的。

「我沒有過那樣的經驗。」格提亞誠實地說道。

身爲大魔法師，任何事情他都是輕易解決的，不需要閃躲。看來他是還沒習慣失去魔力的自己。

莫維又是睇著他一會兒，隨即露出笑容，道：

「總之，回首都的路上，不管到哪裡，你暫時得待在我身邊。」語畢，他見著格提亞總是平淡的臉孔，出現難以說明的表情，像是不大願意的樣子。

這數日，格提亞似乎已準備好走出房間回到討伐隊行列，從每次醫生來看過的反應，從待在一起時的眼神，都能夠輕易得知。但是，這僅會更令莫維更不想如他願而已。

莫維本身夾帶的嗜虐性格不是重點，主要是這段時間，他想要比以前更近距離，更多試探與觀測格提亞。

他已確實因格提亞的教導掌握控制魔力的初步方式，再加上風鳴谷的魔獸弱點也的確是喉嚨，格提亞．烏西爾在他的面前證明了自己，不論目的爲何，這個人如今的重要程度和能利用程度，都和之前不可同日而語。

那就只能將此人放置在身邊了。

格提亞安靜了好一陣子，想著怎麼回應，總算啓唇說道：

「我不會離開的。」本來也沒有那種打算。他就是單純地回答。「我想像之前那樣，和其他人一起。」而不是一直被隔離與莫維獨處。

莫維沒有說話，俊美的面容上，就掛著一抹意味不明的微笑。這使得格提亞感到氣氛變得十分不自然，他不想要兩人單獨相處的最大理由，還是因爲他不希望莫維再問他關於魔法陣的事情。

莫維啓唇道：

「明天出發之前，你不准踏出房間一步。」他就在隔壁，什麼動靜都會知道。見莫維說完走向房門，格提亞告訴自己，雖然不能回去原本的隊伍，莫維不再追問也夠了。可是還有一件不得不在意的事情。

他遲疑了下，開口道：

「我可以自己騎馬了。」據醫生的態度，應該是沒有問題了。

莫維站住，偏過了頭睇著他。

格提亞沒辦法從那張漂亮的臉孔上看出想法。

從莫維與醫生的對話裡，多少得知負傷的這一路，他都是和莫維共乘一匹馬。昏迷的時候似乎還是裸體僅用厚毯裹著的樣子，連續數日的嬰兒狀態沒有尊嚴又羞恥，慶幸那時他是昏迷的。

不過清醒以後，他不想再那樣了。光是想像自己坐在莫維前方，心裡產生的感覺很難說明，他相當不習慣。

「那又怎樣？」莫維明顯地覺得這種事根本無關緊要。不管格提亞爲什麼抵觸，都和他無關。

爲了弄清楚那個寫著自己名字的魔法陣，所以格提亞必須更接近的，長時間的，在他面前毫無保留，方便他做一些關於魔法的嘗試。格提亞無意識的那五天，其實還挺容易做到的，當然現在格提亞醒了，他也得到一些答案，目前是沒什麼必要那麼做了。

不過，這些都是由他來決定的。想要反抗，那就會讓他更想繼續。

格提亞道：

「我不喜歡和別人靠得太近。」他講過了。以前，他從沒和莫維有過如此程度的接觸，現在面臨的都是不曾有過的經歷，沒有可以參考的標準，所以他也很難揣測莫維的想法。

莫維聽到他那麼說，露出單邊梨渦，擺著一張人畜無害的好看笑臉。

「……是嗎？」他道，直接從房間出去了。

格提亞坐在床沿好半晌，最後，往後仰躺在柔軟的床鋪上，整個人鬆懈下來。

「——呼。」看著天花板，他吐出一口長氣。

他可以感覺到莫維的態度不同了。是接受他對於魔法陣的解釋了？因爲莫維不是能夠輕易相信他人的性格，所以他還不能確定。

總之，他太累了。精神上的負擔實在太大，必須先好好睡一覺。養傷的這幾天，幾乎都是趴著的，雖然都在床上休息，不過因爲疼痛和難受，其實都沒有能睡好。他累積的疲倦已達極限。

這個晚上，他沒有作夢。

如果他認識十年的那個莫維，不出現在他的夢境裡，那麼他的記憶，也許會漸漸變得模糊。

翌日。

格提亞是如願單獨坐上自己的馬了，可是卻被限制騎在莫維身旁。無所謂，至少這樣也算是分開了。在他昏迷期間，整個討伐隊緩慢地移動，從偏僻的最西邊往人多的領地走，剛好在他清醒的那天來到這個物資較爲充裕的村莊，就一直停留在此處沒有移動。

安頓好以後，利用這幾日，在當地補齊所需物品，另外找來馬車，目的是運送其他受傷較重且尚未痊癒的騎士們。之所以沒辦法加快速度就是如此。

格提亞從旁聽說，隊裡二十幾個人，有輕微的抓傷或咬傷，也有跌撞擦傷，經過十數日都恢復得差不多了，最嚴重的是造成行動不便的，四肢骨頭方面的斷裂，或顱骨及肋骨的骨折，可是，都活著。

沒有一個人死亡。

太好了。

「格提亞老師！」

行進中，聽見喚聲，格提亞轉過頭。原來是歐里亞斯。

「殿下。歐里亞斯．沃克想向格提亞老師報告。」歐里亞斯先是朝莫維簡單行禮，接著才對格提亞說道：「你傷都好了？」

雖然討伐隊裡，格提亞最認識的就是歐里亞斯，不過出征之前，還在皇太子宮的時候，歐里亞斯不是這種親近的態度。

因此，格提亞微微一怔，道：

「都好了。」

歐里亞斯鬆口氣道：

「你好幾天都昏迷著，我們大家都很擔心呢！」

「……大家？」格提亞不大明白。雖然來程他是和年輕騎士們一起行動，可是沒有什麼交流，也不曾說過什麼話。

「是啊！大家！我們所有人，都是受到老師的教導，才能擊退魔獸的啊！」歐里亞斯握拳說道。

當這個瘦弱的青年，用著拙劣的圖畫，表情平淡地告訴他們魔獸的弱點時，其實他們都是半信半疑，沒有非常信賴的。

就算那是即將交手的可怕猛獸。理由是他們無知，是自視甚高的貴族子弟。

然而，眞正面對著那些怪物般的野獸，每個人應該都立刻體認到自己當時大錯特錯，如果不是格提亞，沒有提早清楚能夠攻擊的弱點部位，那麼他們一定陷入可怕的苦戰，甚至失去性命。

正因爲他們得到足以擊敗魔獸的方法，也按照那些知識處理，所以才能以如此輕微的損傷獲取勝利，凱旋而歸。

「……我沒做什麼。」格提亞從來沒有被人如此誇獎過。歐里亞斯還叫他老師，在學院裡，他也教授學生，不過和學生毫無互動。

那些學生，不喜歡也不尊敬他，只是想在他的課堂睡覺。

「說什麼呢！」歐里亞斯不能容許這種謙虛，他略微激動地道：「殿下跟老師你，最後那時候，簡直……簡直……」

就像神一樣。

當時在場的所有人都這麼認爲，神明降臨在人間也不過就是如此，他們彷彿親眼目睹神蹟一般。

雷蒙格頓帝國雖表面並未明文禁止信仰其餘神明，但是絕大多數人自小便只知道唯一國教。

也就是聖神教。聖神教在近代發展尤其蓬勃，特別是上一代的長輩，那是聖神教變得高調盛行的時候，歐里亞斯作爲當代的年輕人，雖也信奉聖神教，程度卻不如老一輩虔誠，沒到心裡僅有唯一不可質疑的神祇那種程度。

不過，格提亞非常清楚，對於皇室，宗教方面是敏感的話題。他感覺到歐里亞斯就要說出冒犯教義的話。

「能夠完成任務，是因爲每個人。」聖神教信徒眾多，他不想讓這個年輕人無意中引起爭執，所以接下去說道，但也眞的是這麼認爲。「所有的人都能回去，是殿下的功勞。」儘管態度平淡，講出口的每一個字，他都發自內心。

若是沒有莫維，討伐隊裡的騎士們在用盡力氣之後，必定會成爲野獸腹中的食物。普通的人，就算再怎麼厲害，也無法和擁有魔力的生物相比。更何況他們是經驗尚淺的年輕孩子。

原本，他們都會命喪於此。在他倒轉時光以後，這是第一樁因他介入而扭轉結局的事件。

歐里亞斯聞言，立刻點頭道：

「沒錯，如果沒有殿下擺平最後那個大傢伙，那眞的是不知道會怎麼樣！」他轉而看向莫維，單手橫放在胸前，這是他們國家的軍禮。並正色道：「殿下，我的命是因殿下而存在的，以後就是殿下的了！」

對於騎士來說，效忠是他們的天命。君王當然可以選擇要什麼騎士，而騎士也可以選擇對誰屈膝。

格提亞不曉得第一個忠於莫維的騎士會是誰，因爲直到莫維稱帝都沒有出現過那樣的人，但是，他知道歐里亞斯·沃克不會成爲莫維的騎士。不僅由於歐里亞斯本身是爵位繼承人，在那之前，歐里亞斯就喪生在風鳴谷了。

這也使得原本保持中立的沃克家族，對於莫維長久的敵視。

因爲莫維是獨自活著回去的。

不過，這次不同了。不會再像曾經的那樣了。

這些改變，會帶來什麼樣的影響，是否可以導向他所想要的結果，格提亞還不能夠確定。

可是，他就是爲此回來的。

歐里亞斯的眼睛裡寫滿崇拜與信賴，臉上更是爲國家驕傲的表情，莫維先是淡漠地睇著他，接著一笑道：

「很好。效忠我，就是效忠帝國。」

歐里亞斯聞言，表露的態度更加忠誠了。

「是！雷蒙格頓帝國永遠強盛！」

後面幾個騎士本來就在注意歐里亞斯這邊的談話，聽見他的呼喊，便紛紛舉起左手橫在胸前，挺直著背脊，齊聲喊道：

「雷蒙格頓帝國永盛！雷蒙格頓帝國永盛！」

這支年輕的隊伍，經此一役，應有不少人將會跟隨莫維。格提亞對於上一次的細節不是非常清楚，但隱約記得由於莫維孤身存活，流傳著所有人都是被莫維的魔法捲入，所以才會喪命的耳語。甚至他自己當時也是如此猜測的。

莫維始終沒有解釋。他根本不在乎外界的看法與傳聞。光是看這次的狀況，確實很有可能是那個原因。

那些貴族之子失去生命，幾個家族雖然表面不提，其實都對莫維產生相當程度的仇恨。現在的情形則是完全相反，這也表示，莫維或許會藉由這個任務，收穫這群年輕子弟，更進一步得到身後家族的支持。

格提亞的視線，從壯志忠誠的年輕騎士們，緩慢地移動到莫維那虛假的笑容上。

莫維到底對此高興還是不高興？他無法瞭解。

曾經，他以為自己在莫維身邊許久，多少知道莫維的想法，不過在莫維摧毀掉一切以後，他也不曉得了。

但是至少，原本該是莫維敵人的存在，已經消失了。

整個騎士團隊，在半個月後順利回到首都。

完成這樣的任務，說不定皇帝會召見，可是即使所有人的傷勢都已痊癒。除了豐厚的賞賜以外，皇宮未有其它的通知。

身為領隊的莫維也是同樣待遇。他得到了黃金，以及一座礦山，盛產能對魔法產生反應的石頭，不過沒有公開場合的榮耀。

就彷彿，這件事是皇帝派給他們的私下任務似的。

不能讓大眾知曉，需要低調處理的。

那些年輕貴族子弟與其家族也的確是這麼理解的。因為魔獸的存在還只是地區性的，非全帝國人民所知，也許擴散開來會使得民心不安，皇室另有政治或其餘因素必須更加隱密地處理。

原本孩子能夠平安歸來已經是萬幸，甚至還完成任務獲得皇帝獎賞，那更是天大的福氣。因此，公開的表揚便也不是什麼需要計較的小事了。

於是，風鳴谷的討伐，在不到三個月後，無論是當地村莊的人們，或者當時目睹且參與經過的年輕騎士，所有人的生活都已經全部歸爲平靜。

然而，對於格提亞來說不一樣，這是他回到經歷過的時間之後，第一個重大的「變異」。

所以他不能很輕鬆地將此事放下。

「……咳。」

夜晚，坐在皇太子宮的花園，一陣涼風拂過皮膚，引起輕微地戰慄，格提亞不覺輕咳一聲。然後他發現自己坐在外面太久了，於是站起身，但又不是走回房間。

思緒始終不大能夠平靜，這一陣子，都是這個樣子。明明任務結束，該是休息的時候，他卻經常陷入在自己的世界裡，進行那只有他孤單一人的思考。

獨自的，寂寞的，誰也無法能懂的。

格提亞慢慢地走著，經過的花草樹木，隨風輕輕擺盪。最終，他還是來到了出征前僅來過一次的溫室。

以前，奉命離開學院住進皇太子宮的時候，他經常來這個溫室。這裡溫暖，寧靜，是一個獨立的空間。

而且，莫維不會來，理由是對植栽毫無興趣。這座皇太子宮，原本是古老的貴族宅邸，後被賜給前皇后，莫維出生沒多久，皇帝便將此宮殿立為皇太子宮，這是首次，皇太子宮距離皇宮這麼遙遠，雖然搭馬車很快就到了，可是歷史上沒有將皇太子從皇宮徹底區隔出去的例子。關於莫維的流言，那個時候就開始了。

溫室是這裡原本有的，據聞是前幾代的某位夫人特別喜愛培養植物。包括花園，莫維也不是將其留存，就單純地沒有興趣，連拆掉也不想費力氣而已。

那就是莫維的性格。沒有價值的，毫不需要在意。

不過，從貴族時期就在這座宮殿的老園丁，卻是將溫室打理得非常好，好到令人讚嘆的地步。

格提亞輕輕地推開溫室的玻璃門。

進入眼簾的，是各式各樣的綠植，以及嬌艷欲滴的花朵。這裡收集了帝國內的植物，上至山下至谷，甚至國境的四個極點，美得無與倫比的，奇形怪狀的，單純欣賞的，擁有療效的，還有很多種書本上才看得到的珍稀品種。

格提亞以前經常進來，無聊的時候，不曉得該做什麼的時候，可以說他住在皇太子宮數年，溫室是他待得最久的地方，也因此這裡所有的花草他都認識。

不知怎麼的，他感覺相當懷念。

出征前的那唯一的一次，其實是他相隔許久，獨自一人再度踏進此處。他卻有一瞬間，以為自己還在「那裡」。

那一刻讓他清醒過來的，是空蕩的屋頂。

這麼想著，格提亞往溫室中央走去，同時緩慢地抬起頭，想要在與上次相同的地方，確認自己如今所處在的現實。

然而當他望向溫室頂端時，卻因爲看到什麼，怔忡地停住腳步。

現在，是虛假的幻覺，還是他回到原本的地方了？格提亞圓睜雙眼，注視屋頂中間，那個彩色的光球，眼也無法眨了。

那是什麼時候？

莫維將七彩的奇石放在那上面。似乎是自己剛想著要離開首都，離開皇太子宮，離開即將稱帝的莫維。

那個念頭剛在心裡形成的時候。

雖然他從沒有覺得自己會永遠留在莫維的身邊，不過計畫著離去，確實還是比他所預想地早了。

格提亞凝視著那耀眼的美麗光球，垂在身側的指尖，悄悄地輕抖著。

有時候，他覺得自己是在做一場夢。

從他得知莫維毀掉一切以後，就全都是一場惡夢的延續。

「就像你的眼睛顏色。」

聽見身後傳來聲音，格提亞的心臟，非常用力地跳動了一下。一時間，他分不清這是自己幻想出來的，或是存在於眼前的事實。因爲，那個就要成爲皇帝的莫維，也曾於這間溫室，就在七彩奇石底下，和他說過完全相同的話。

彷佛置身虛幻飄渺的空間，明明佇立於此處，思緒卻又離得好遠。格提亞轉過身，莫維就站在他的面前。

這個明顯年輕的莫維，將格提亞從回憶中終於強拉了回來。

「什……麼？」他以為自己是聽錯，記憶一時錯亂。

莫維故意將光球放在格提亞講過的地方，就是為了看格提亞的反應。他睇著格提亞，道：「你之前說，有個彩色的東西會放在這裡，不是這個？」無論是表情，眼神，還是態度，都不大對勁。

別再想了。格提亞讓自己打起精神。

「我說的是一種石頭。」他將視線從莫維臉上移開，昂首望住那顆光球。像是在尋求平靜與理性，緩慢地道：「這是巢穴的魔力，是你將之凝聚起來成為一個實際形體。這樣一來，巢穴就不會再有汙染，那塊地方也會恢復原狀。」被凝結在光球裡的魔力，依舊會在狹小的空間活躍，和莫維魔力製造出的外殼產生碰撞，因此呈現彩色流體的樣子。這形成一種消耗，漸漸枯竭以後即自然熄滅。

這是魔法書裡的理論，要能成功做到，需要魔力強大的人，莫維是再適合不過的選擇了。那晚的風鳴谷，莫維能有如此表現，是不懈訓練的效果。

就他所知，莫維往後還會進行好幾次這種淨化巢穴的任務，聽說當時莫維都是使用魔法，用火焰徹底燃燒整個區域，直到完全乾淨為止。

莫維那帶有魔力的火焰，會將被汙染的地區燒得一絲不留，沒有任何生命體再能夠受到殘餘能量的影響。這樣的處理，是一種徹底性的毀滅。

就如同焚毀中央皇宮那樣。大火焚燒七天七夜，直到完全殆盡。

不能說他是做錯。即使那塊地方再也寸草不生，也不能給任何生物存活，可是，他完成了該做的，也沒有使巢穴的問題擴大。

在自己尚未進行魔力調和之前，這已是莫維能做到的最好結果。而且，每一次淨化，就是使用強力魔法一次，都極有可能造成失控。

在風鳴谷全軍覆沒以後，莫維似乎都是獨自進行這個任務。

因為自那時開始，帝國裡，充滿不信任的視線。

他的身後，沒有人願意跟隨他。莫維也不需要其他人。

獨自前往處理，也許是不想再讓皇帝擁有更多他的把柄，但他沒有讓更多的人跟著他重蹈覆轍失去生命，這一點就足夠了。

格提亞望著光球。

莫維則注視格提亞，始終都是審判的眼神，道：

「反正，這也是彩色的。」

聞言，格提亞不禁再度陷入自己的回憶裡，自言自語般地道：

「那個石頭，是某座礦山的產物，會因魔力起反應而發光。」在魔法師稀少的現在，這種礦石幾乎沒有價值，所以也不會有人想要進行開採。

只是有天，莫維就是將石頭帶回來了。

莫維又是睇著他半晌。

「你總是用懷念的口吻在講話。」

格提亞整個人停住動作，然後緩緩地轉過臉，看向莫維。

「……可能是我想起以前的事了。」他道。

自從他向莫維坦白魔法陣以來，莫維沒再提起過。他不確定莫維是相信，還是不相信，這兩個相反的結論，會導致他與莫維間變成完全不同的關係。

現在，他在莫維的眼裡是個騙子，還是能夠成爲助力的存在？

莫維微眯起眼眸。

「多久的以前，去學院之前？」他會提起學院，因爲格提亞是在學院的某一天起，行事風格忽然完全轉變了。

儘管他這問題明擺著就是一種刺探，不過格提亞道：

「我在學院的時候，應該可以做得更多。」這次任務，年輕的騎士們，給他帶來相當陌生的感觸。他在課堂上知無不言，也認眞地教學，可是一旦離開教室，卻對學生毫無關懷。

不，他可不是想聽反省。莫維微昂下巴，並不滿意格提亞的答覆。

但是，這讓他覺得該是確認另外一件事的時候了。莫維眼神一下子變得陰森，道：

「所以，你爲什麼會去學院當老師？」他的聲音，異常低沉。

帝國最強大的魔法師，從魔塔到學院的那個原因，沒人好奇過。但是他想知道，從一開始，他就有疑問，而且也有自己的猜想。現在，他要聽不對他說謊的格提亞，如何回答這個問題。

格提亞停住動作，安靜了。

倘若僅是單純地思考，莫維會這樣問的理由，是因對話裡，自己透露出在學院時的不夠積極。身爲他的學生，莫維是絕對足夠體會到，他之所以成爲老師絕不是由於感興趣或立志傳道授業。

他知道，莫維其實推論得出解答，莫維一直都是那麼聰明。但是即使如此，對現在自己的立場而言，或許，這比胸前的魔法陣還難開口坦承。

格提亞緩慢地啓唇說道：

「因爲，我……」

「殿下！」管家沙克斯此時進入溫室，打斷兩人交談。

若非緊急情況，沙克斯是不會這麼突兀失禮的。也因此，莫維僅問：

「怎麼了？」

沙克斯雙手疊放在腹前，低頭恭敬道：

「中央皇宮的傳令使者剛才抵達，帶來帝國皇帝的傳話。」

「是什麼？」莫維沒有太多情緒，皇帝忽然召他進宮也不是一次兩次了，更不需要正當的理由。

然而，沙克斯接下來說的，就是他與格提亞談話的答案。

一個他早就有過的揣想。

「雷蒙格頓帝國偉大且尊貴無比的皇帝陛下，召見帝國的大魔法師。格提亞・烏西爾大人。」

莫維看向格提亞。那表情，無法再更陰沉冰冷。

格提亞眼睛注視著莫維，沒有移開視線。

「我知道了，我馬上進宮。」

這個彷彿已經習以爲常的平靜回應，在此時，在兩人間，都不需要多餘的話語解釋。

就是表明了，大魔法師格提亞，是奉皇帝的命令出現在學院的。

穿著很久沒穿過的正裝，披上繡著國徽的披風，在胸前別上象徵大魔法師地位的胸針。這枚極其珍貴的胸針，從帝國最初開始便是代代相傳，因此呈現一種相當古典的風格，既別緻又優雅。數十顆炫目閃亮的稀有彩鑽，將最大顆的透明礦石圍繞在中心位置，那是能夠對魔力產生反應的石頭，極度純粹不見一絲雜質，在帝國內，此種礦物要找到完全純淨的等級是非常困難的，可以看出當時的皇帝多麼重視魔法師。

儘管在魔法師稀少的現今，會對魔力產生反應的礦物已經沒有太多的價值，可是在雷蒙格頓帝國，彩色鑽石是最高級昂貴的寶石，這個特殊的胸針不僅價值連城，也唯有大魔法師佩戴才有意義。

坐在皇帝派來的馬車裡面，格提亞垂著雙眼，一路上，都只聽得見車輪滾動的聲音。

直接駛進中央皇宮。

「大魔法師閣下，到了。」

傳令使在馬匹停下後，開啓車門恭敬地說道。

「謝謝。」格提亞走下馬車。

抬起眼眸，在他面前的是一條華麗恢弘的長廊。

這不是要去寢室的路。這個時期，皇帝應該是再度臥病在床，但是，偶爾又可以起身見客的程度，每當皇帝出現在人前時，甚至是不像身有疾病那般地精神良好。

只要聖神教的祭司在身邊。

跟著傳令使的腳步，格提亞來到議事堂。皇帝果然坐在高位的寶座上，左後方站著一名身穿神殿白袍的祭司。

議事堂內部布置以金色與紅色為主，中間更鋪設長長的紅地毯，所以有紅廳這樣的別稱。如今，穿著白衣的聖神教祭司，和紅廳形成強烈的對比色。

「尊貴偉大的皇帝陛下，格提亞·烏西爾前來謁見。」格提亞單膝落地，行雷蒙格頓帝國的宮廷之禮。

就像是他相當熟悉這些一樣。

他也的確不是第一次進宮，和第一次面見皇帝。

「嗯。」皇帝坐在位子上，回應了一聲。

格提亞遂抬起臉，站直身體。

見他態度意料之外地坦蕩，皇帝啓唇道：

「好久不見了。」他坐在寶座上，穿著華麗的衣裳，氣色也非常好。好得根本不像會久病臥床的老人。就連語氣也是鏗鏘有力道地說：「我以為你還在學院呢。」

皇帝的傳令使與馬車是直接到皇太子宮的。格提亞明白這句話的意思，道：

「十分抱歉，我沒有告知陛下，就離開學院了。」

皇帝又道：

「你還記得我讓你去學院做什麼嗎？」

這句問話的語氣帶有一點諷刺。格提亞道：

「最初皇帝陛下給我的命令，是進入學院接觸皇太子，由於皇太子提前從學院學成了，所以我也想辦法跟隨他回皇太子宮。」無論是言語或者情緒，他都是相當平靜的。

「我倒沒預料到你如此積極。」皇帝睇著他，一雙眼睛露骨嚴厲地觀察，卻又帶著微微的笑容，問道：「你，一開始不是不願意嗎？」

格提亞安靜了。他是在魔塔出生及長大的，有一天，皇帝的信使來到魔塔，將他帶進皇宮，也是在這個地方，皇帝對他下達以老師的身分進入學院，並且和皇太子接觸的命令。目的是讓皇太子使用魔法。

他沒有選擇的自由。即使魔法師數量已寥寥無幾，可是魔塔裡有從小養育他的師傅，也就是前任的大魔法師。

魔塔是屬於帝國皇帝的，帝國內的大魔法師也是直屬皇帝。帝國的一切，都是皇帝的。

「怎麼不說話呢？」

現在，那個帝國絕對的權力者，正坐在高位質問他。

格提亞啓唇，道：

「若是我眞的不願意，那我現在就不會在皇太子宮了。」

前一次，對於突如其來的命令，他即使心裡困惑，也僅有聽從命令一途，所以他進入學院，成爲魔法學老師。

他不是出自興趣成爲老師，所以無法與學生進行交流，不僅不擅長，也不知自己要用什麼態度，他只是在課堂上，教導自己所瞭解的，關於魔法的一切，並且確實和皇太子接觸，直到皇太子學成離開學院。在這個過程中，他逐漸意識到魔法師面臨的困境，所以就像在魔塔時一樣，在學院也不懈怠地做著研究，寫成筆記。

在皇太子畢業後，他以爲就這樣結束了，也準備要回魔塔，豈料，皇帝下達第二道命令給他。也就是擔任皇太子私人的魔法導師。

同樣的，皇帝不會說明理由，那就表示他沒有知道原因的必要。但是那個時候，他曾經誤以爲，皇帝是在擔心皇太子身上的魔力。

曾經。

皇帝聽見格提亞說的話，先是沉默，而後笑了。

「我知道，你不會忘記魔塔裡，你重要的人。」

現在的他，能夠非常肯定。這個就是皇帝的威脅。

「是。」格提亞應道。

皇帝肘部靠著帝座扶手，摸著自己下巴的白鬍鬚。

「所以，你是用什麼理由讓皇太子接受你的？」

格提亞道：

「我告訴皇太子，就像在學校那樣，我會教他使用魔法。」他語調始終清淡，甚至也沒有多餘表情，態度彷彿毫無波紋的湖水。

他說的，就是以前皇帝所希望達成的。

必須在各種情況之下，想辦法去促使莫維動用魔力。

當時，從學校離開的莫維，對魔法所展現出來的模樣，似乎沒有讓皇帝滿意。也因此，皇帝才會再下第二道命令將他送進皇太子宮。

皇帝聞言，做出幾乎看不出來的挑眉動作。

「是嗎？」說完，他停頓了一下，接著語氣轉變得極具壓迫感，問：「所以，你是眞的在讓他使用魔法？」

「是的。」從頭到尾，格提亞都沒有迴避過皇帝銳利審問的視線。

皇帝於是安靜地注視他一會兒，最後，開口道：

「那麼，你就保持現在這個樣子，直到我再告訴你該怎麼做爲止。」

「我知道了。」格提亞低下頭致意。

「你可以回去皇太子宮了，馬車會送你。」皇帝朝外揮了下手。

「是。」格提亞應道。

在他轉過身離開之際，皇帝極細微地做了個偏頭的動作。

那是對始終沉默站立在後的聖神教祭司做的。

「對了……」突然，皇帝像是想起什麼，出聲道：「聽說，你在學院裡，向很多人承認你失去了魔力？」這個問句，在整個大廳迴響。

格提亞回首，看向皇帝。

「那是我爲了離開學院的藉口。」他說。

就像剛才每一句的回答一樣平靜。

皇帝僅是看著他。

格提亞再次恭敬行禮，隨即走過長長的暗紅色地毯，就在皇帝深沉的目光之中，步出議事廳。

坐上皇宮安排的馬車，他望著皇太子宮座落的方向。

時間，好像變得非常地漫長。

馬車將他放在了門口，然後便走了。

仍是深夜。格提亞推開大門，月光從他身後照進，整個寬廣大廳沒有半個人，安靜得可怕。

他穿過典雅的廳間，走至樓梯，一階一階拾級而上。

到達他和莫維臥房所在的樓層，他站在長廊的一頭，緩慢地步向房間。到自己房門前，他停下了。

但是沒有進入，依然面向莫維寢室的方向。

他低垂著眼，想舉步繼續向前，又有些遲疑。最後，他輕嘆了一口氣，回頭打開了自己房間的門。

整個寢室，黑漆漆的，僅有外頭洩進來的一點月光。

還有風。連接露臺的落地窗是開著的，窗紗被風吹得陣陣飄起，不規則地凌亂。露臺上，則站著一抹修長的身影。

格提亞的手還搭在門把上，片刻，進房將門關起，他對那人道：

「我回來了。」

露臺的人影，也就是莫維。他和格提亞隔著一整個房間四目相對，因爲背光所以無法看清表情，可那深紫色的眼瞳，在暗夜裡散發出詭異的氣息。

格提亞前一刻的猶豫，見到莫維以後消失了。莫維的出現幫他下定決心，他的表情轉爲堅定，邁開步伐朝露臺走去，道：

「這次的召見，我發現一件重要的事情。」他不再有絲毫躊躇，徑直走向莫維。就像平常那般語調緩慢地說：「陛下看起來身體很好，臉色紅潤，但是給人一種奇怪的感受，我覺得聖神教——呃！」

他無法再講下去，因爲就在他來到莫維面前時，莫維立刻伸手掐住了他的頸脖！

這完全不是以前和莫維有過爭執時的動作，此時莫維是眞的掌握著他的生命弱點。格提亞低喘一口氣。

莫維揚著嘴角，垂下眼眸與他對視。

「我知道，你是大魔法師，是皇帝的人。」他微微歪頭，笑著，說著，手上的力道也加重著，道：「所以，我並沒有相信你。」從一開始就是如此。

帝國魔法師不能違抗皇帝。這是從很久以前就流傳下來的規則。

唯有如此，魔法師才不會被當成怪物，爲人們所懼怕，因爲皇帝能夠控制他們。

格提亞僅能看著莫維。莫維表情陰沉，那雙森然的紫瞳裡，有一種夾雜著冰冷怒意的瘋狂。

他知曉這個表情。雖然不是在莫維現在的年紀。

不過，一旦莫維變成這樣，那就什麼也都無法阻止他了。即使明白莫維聽不進去，格提亞心裡想著的是無論如何都必須將自己察覺到的事情告訴他。

「從風鳴谷回來，已經……三個月了，就算想召見我……也不應該花費……這麼長的時間。」以皇帝慣有的行事風格，這是相當不合理的。

即使皇帝先前都不知道他離開學院，並且人在皇太子宮，可是隨隊到西部討伐魔獸，那些貴族子弟回來後肯定會將經歷告訴家長，絕不可能沒有半點耳語傳到皇宮。甚至因爲那些敘述的情景，足以讓他說服皇帝失去魔力這件事只是一個藉口。

既然如此，皇帝爲什麼會拖延這麼久才召他進宮釐清疑問。

太奇怪了。

莫維在指尖逐漸加重力道，使得格提亞說話斷續且困難。但是莫維沒有收回手，也沒有收回力氣。

「我只是好奇，你怎麼敢如此明目張膽？」莫維不理會他的發言，自顧自地說道。

被緊掐住脖子的格提亞，臉部漸漸泛白。他心裡明白，莫維一直防備他，理由就是他的身分。

帝國大魔法師是直屬皇帝的存在。所以莫維不可能不對他產生懷疑，他們雙方都沒有捅破這個事實罷了，此次皇帝的行動，就等於擺明這一切都是安排好的。這跟過往，皇帝派他來到皇太子宮當導師不同。

因爲這次，他是自己主動接觸莫維的。

原本，在以前，他根本對莫維不熟悉，僅是遵從命令，一直都是被動的立場。如今，他爲接近莫維做出許多事情，在他們間建立起信任關係之前，在經歷過這許多以後，他本就被視為啓人疑竇的所作所為，其一切的目的性都會被放到最大檢視。

可是，他難以解釋。而且，那也不重要。

「陛下的身體……應該不是看到的……狀況……」就要完全不能呼吸了，格提亞卻垂著雙手毫不反抗。他的力氣比不過有練劍習慣的莫維，就算此刻從莫維手中逃過了，那也不會改變什麼。他嘴唇發紫，極其困難地將剩下的一句說完：「聖、聖神教……有……問……題……」

莫維恍如未聞，原本陰森無情的漂亮臉孔，忽地揚起一抹笑容，道：

「你只要用魔法就可以輕鬆掙脫了，不是嗎？」

直到現在，莫維也對他失去魔力抱持高度懷疑。因為，莫維從不曾眞心信過他的話。

格提亞的視線裡，莫維的輪廓已經變得有點模糊了。

莫維是眞的想致他於死。

以前是，現在也是。

莫維與他之間，就是如此，也僅有如此。

無論在哪一個時空裡。

彷彿烙印一般存在於胸口的那個魔法陣，莫維會刻下名字，是不是就是由於這個理由？

格提亞用最後一口氣，道：

「你使用魔力……魔法陣……會有反應……就……能找到我……」

他想，魔法陣的意義就是這個。

不管他在何處，在多麼遙遠的角落，甚至是世界的盡頭，莫維永遠可以透過魔法陣感知到他，監視著他，在想要除掉他的時候，出現在他的面前，殺了他。

在失去意識的這一刻，格提亞心裡僅是這麼想著。

隨即，他完全地閉上眼睛，四肢垂落，沒有掉在地上，因爲莫維仍箝著他細瘦的頸項。

即使面臨如此狀況，格提亞依舊不在他面前施展魔法。

格提亞的言行，究竟是眞是假？格提亞甚至成功在他面前塑造一個不可思議的故事，施展禁術，失去魔力，胸前刻有他名字的魔法陣，每一個脈絡都緊密相扣，或許這一切都是故意引導爲之的。在皇帝召見格提亞以後，這些原本就存在的疑點，變得完全不能夠忽視了。

不過，至少目前爲止，格提亞確實證明自己是有所用處的。

莫維手一鬆，格提亞瘦削的身子就宛如斷線木偶，整個人軟倒在地面上。莫維垂著眼眸，毫不關心與在意，像那裡躺著的就是個不怎麼樣的玩具。

「不論是什麼目的，我會奉陪到底。」

睇著格提亞昏迷的臉，他陰冷地說道。

他還記得，領命被派進皇太子宮時的事情。

儘管那個時候，他跟這位曾經在學院裡成爲師生的皇太子殿下，一點都不熟悉，甚至幾乎沒有和對方說過話。

不過他隱約覺得自己不受歡迎，理由是在他入住皇太子宮的一個月內，他一次都不曾見到過莫維。

雖然管家和傭人都對他禮遇有加，可他就是無法和莫維會面。

或許，對他來說，這是件好事。不論是前往學院，又或者來到皇太子宮，都不是出自他所願。他還希望，皇太子殿下能趕他走，這樣一來，他就可以回去魔塔了。

因爲，他只能聽從皇帝的命令，無法擅自決定。儘管待在皇太子宮不是他的意願，他還是得進行任務，就算要被驅離，也至少要見過一次，否則皇帝陛下不會輕易收回成命。

這麼想著，一天，再次遭到皇太子拒見，就算明知冒犯，他仍使用魔法進到大門緊閉的書房。他忘不了，坐在桌後的莫維，在看見他時，所露出的笑容。

那種，嘴角稍稍揚起，可是眼底卻一絲笑意都沒有，甚至令人感到有些戰慄的，一個微笑。

在往後久遠的日子裡，他逐漸曉得，莫維總是這麼笑著。

「呃。」喉嚨感覺一陣熱辣辣的疼痛，格提亞難受地睜開眼睛。

他見著熟悉的床頂，認知到自己是躺在床上，就是他自己的寢室。稍微轉動視線，窗外已是晴朗的白天。

看起來，莫維最後放過他了。

這就表示，莫維即使憤怒，也依然認定他存在利用價值，暫時給予他苟延殘喘的機會。他閉了閉眼，面對現實，手撐著床準備坐起身。

「唉呀。」管家沙克斯正好推門進入，連忙上前道：「千萬不可，醫生說了得要好好休息。」

「我……」才想說話，喉間就疼得厲害。格提亞下意識地抬手，結果摸到頸部纏繞的繃帶。

沙克斯禮貌地制止道：

「別開口。閣下受的是外傷，醫生說要安靜幾天。不過會好的，不用擔心。」他剛剛才送走醫生。

格提亞聞言，聽話地點了點頭。

沙克斯的態度一如往常。雖然主人半夜讓他過來收拾殘局，見了現場令人錯愕的狀況，他也沒有表現出任何想法，唯忠誠地執行主人命令。

因爲他是管家。

在貴族府邸，無論眼見何事，都不能夠讓自己的心情顯露在外，主人要做什麼，都和他們下人無關。尤其特別是皇室宮中。

沙克斯拿出個小搖鈴，放置在床頭的木櫃上。

「若閣下有什麼需求，搖這個鈴鐺，我們便會過來。」

恭敬地講完，沙克斯最後還是忍不住給予格提亞一個教人安心的笑容。這些日子相處，讓他覺得面前的青年是個好人，無論這位青年是否爲大魔法師，爲人的優劣，跟身分沒有關係。上次的討伐任務，青年也跟著去了。能夠凱旋就表示青年亦有一份功勞。

主人陰晴不定，性格難以捉摸，或許兩人有所衝突。但是既饒過這次，那就表示至少度過了眼前的危機。

這位青年能夠繼續留在此處，便是最好的說明。
沙克斯恭敬地躬身致意，隨即退出了。
格提亞獨自一人坐在空蕩蕩的房間。
好安靜。
自從倒回時間，他始終都是繃著所有神經，現在反而有種鬆懈下來的感觸。摸著頸邊的繃帶，他腦海裡浮現莫維的臉孔，忽然間，一種孤獨的情緒，毫無預警泉湧上來，他閉上眼睛，將手握緊成拳。
離開魔塔以後，他都是一個人。所以他也非常習慣。
這種只有自己的感覺。
就算他曾經在皇太子宮生活了很久，最後走出這裡時他也沒有回頭。
然而，再一次，他又重新來到這座宮殿，每當周遭變得安靜，他就會感到這世界彷彿剩下他獨自一人，好像一直都僅有他自己站在這個地方。
除了他以外，什麼也不存在。
他心裡非常明白，自己已經做出選擇，他告訴自己只能往前走，因爲他是沒有退路的。
「……好累。」不小心，脫口而出沮喪的話語。格提亞一頓，隨即睜開雙眼，看著自己手心裡捏緊留下的指痕，差點要以爲那不是自己說的話。
這樣不行。他緩慢無聲地吁出一口長氣，重新打起精神。
還有很多事情，等著他去做。首先，最要緊的，還是把傷養好。
爲此，這日開始，他努力加餐。自西部的討伐任務回來以後，就算他再不在意，不用廚師大聲驚呼，他也發現自己瘦了一圈，因爲褲子繫到最緊也還是快要掉了。

他需要體力。回想起當時風鳴谷的狀況，現在的他，若是和莫維進行魔力調和，身體會遭受極大壓力而過度消耗，所以沒有體力是不行的。

吃好，睡好，養精蓄銳。爲了以後所有即將發生的事。

「看起來……沒事了？」

幾名年紀都可以當格提亞姨母的侍女躲在廚房門外，偷瞧著他坐在廚房裡面埋頭認眞吃飯，廚師湯姆朝她們比了個大拇指。

格提亞在皇太子宮也一好陣子了，大家都是認識他的，覺得他是個相當有禮貌又客氣的年輕人，當然格提亞被皇帝召見時，大家才得知原來他就是大魔法師，這嚇了所有人一跳，不過那也沒有改變格提亞在他們心裡的印象。所以數日前聽聞主人和格提亞間產生嚴重爭執，那之後格提亞又帶傷出現在她們面前，大家一時不曉得該如何是好。

所幸，現在看起來還不錯。

「我們去花園多採點莓果，來給廚房做甜點吧。」

「好啊。」

侍女朝外頭走去了。吃了好吃的食物，一切都會變好的。

就這樣，格提亞的頭傷也漸漸地痊癒了。

不過，自從那夜以後，他再沒有見過莫維。

佇立在庭院裡，他抬頭望住自己面前雄偉華麗的建築。儘管他人就在其中，卻又被隔絕在外。

若是莫維拒絕見他，那他是半點辦法也沒有的，就像過去曾經歷過的那樣。而這次，他沒有足夠的魔力闖入了。

為了好好思考接下來該怎麼做，他告知管家沙克斯要外出後，離開了皇太子宮。

不能一直陷在低落的情緒裡，那會愈來愈無法振作起來。很久沒去街上了，他想到處看一看，小時候，師傅會牽著他的手，帶他散步，並告訴他，這樣可以忘記不好的事情。

婉拒管家提議的馬車，格提亞步行前往附近的鬧市，剛好是午前的市集，就要收攤了，所以不少商家吆喝著叫賣最後的商貨。

「果子！新鮮的果子！最後兩袋了！」

「這位夫人，想來點麵包嗎？現在可以算您便宜點。」

「嘿！嘿！看這裡喲！賣完就沒有啦！」

宏亮的聲音此起彼落，人來人往的，好不熱鬧。

格提亞不禁有些看出神了。面前的景象，是以前見過的，街道或建築都和他曾經看到的相同，但是，其實也沒那麼熟悉。

皇太子宮的食物一向都是固定商家進貨的，不會到外面購買。莫維不曾出來閒逛，他總跟在莫維身旁，所以也沒太多機會上街。

可他的確是來過的。雖然他不大記得是為什麼了，印象裡，依稀記得是想要買書來著，在城鎮的古書店裡，足足找了一整天。

「啊。」他想起來了。那是決定離開的那年，莫維的生日，他想將書作為離別的禮物。

那個時候，他不僅是第一次送禮給莫維，亦是首次以個人身分送禮。因為他們認識很久了，應該可以這麼做。

如今一想，當時或許是他自以爲而已。

現在的莫維，相比在學院，也就是重新回來接觸後的那段時間，更加不信任他了。即使他們已經共同經歷過魔力控制與討伐魔獸。

但是，這也沒什麼，他不應該被影響。因爲，他從來就沒有得到過莫維的完整信任，所以此時那種難以解釋的沮喪感，是不需要的。

儘管這麼告訴自己，畢竟目前狀況和已經歷過的根本不同，很難說服自己。以前，他被皇帝派到皇太子宮，單純是抱持著不得不爲的心情；現在，他是努力想要接近，卻嚴重失敗了。

也許是他錯了，不該對莫維有所期待。他懷著曾經在莫維身邊多年的心態，來和與他沒認識多久的莫維相處，就是不正確的，這是他自己的問題。

莫維依舊是那個莫維，只有他，已經不是過去的那個他了。

站在街道上，格提亞有點恍惚，可能是陽光太大了，他眼前亮晃晃的，有種遺世獨立之感。從他返回這個時空，就經常感覺自己其實不是眞的在這裡。忽然間，不遠處傳來的爭執聲，使他像是醒過來一般重新進到現實。

他緩慢地呼吸幾次撫平心神，隨即定睛往吵鬧的來源望去。只見一處巷口前，幾個人圍著，那圍觀的中心，是一名普通的少年，以及，身著白色衣袍的中年男子。

那是聖神教的傳教士。袍子上繡著象徵神殿的菱形紋章，格提亞一眼就認出來。

他謹愼地趨前，隨著距離接近，逐漸聽清了爭論的對話。

「我只是說，那個小孩生的病會痊癒，醫生也有功勞而已啊！」少年挺直著背脊大聲道。

站在成人面前，絲毫沒有退縮。

「不，那完全是神蹟。」白袍男子，也就是神殿傳教士，情緒雖然沒有少年那麼激動，卻是瞠著雙目，極其不願退讓地回應道：「很明顯是我們為那孩子祈禱以後，孩子才好轉的。這是神，神所做的！」

少年聞言，力爭道：

「那是我父親……也就是醫生！很細心地照顧。不眠不休了幾個晚上……」

傳教士打斷他道：

「就是因為神的幫助，所以治療才起效用了。」

少年露出一種有理說不清的表情。

「不是的！父親他每天回家都研究那孩子的病情，隨著狀況調整藥物，絕不是一句神蹟這麼簡單！」

聞言，傳教士眼也不眨地注視少年。

「你想否定神？」

此話一出，周圍的氣氛突兀地改變了。就連本來沒在關注的路人，也轉過頭看著他們。

少年呆住。

「我……我不是那個意思。」在眾人目光下，他原本的氣勢有些轉弱了，支吾道：「我沒有質疑神，只、只是，能夠把病治好，是因為醫生……」

群眾開始竊竊私語著，少年不禁後退了半步。

在人群外圈的格提亞，亦明顯感覺到現場氛圍的改變。

現任皇帝在位期間，本就爲最主要教派的聖神教，急速鞏固地位，尤其於皇帝所在的首都，虔誠的家戶門前都掛有菱形的神殿紋章，更是絕不可質疑的堅定信仰。

在接下來的往後數年，會發展爲帝國再也無法撼動的唯一宗教，甚至擁有直屬神殿的騎士團。

不過這股狂熱的浪潮，都在莫維徹底剷除聖神教以後消失了，並在其後成爲貴族反叛的理由之一。

「不相信神的，沒資格做帝國子民！」

傳教士激昂地喊了這樣一句。

於是，圍觀群眾頓時有點騷動起來。格提亞見那少年露出不知所措的恐懼神情，決定上前到少年身旁。若是以前，他不會這麼做，甚至他都不應關心這種街頭吵鬧，閉起眼睛和耳朵，他會什麼都不知道地走過去。

可是，那些年輕的騎士，提醒了他。他曾經是一位老師。

雖然他還沒考慮好要怎麼平息這場爭執，但是少年看著不過就十來歲出頭的年紀，就是想爲醫者父親爭取該有的榮譽罷了，能不能作爲帝國子民也不是這樣衡量的。

「不可懷疑神！你不可懷疑神！」

忽然間，人們齊聲喊著口號。開始激動起來的民眾，擠成人牆，阻擋住格提亞的去路。

儘管他知道聖神教近代累積的勢力，以及拓展出來的龐大信徒，可是他幾乎都在宮中，鮮少接觸城鎮，他是眞的對如此不講是非的崇拜景象感到陌生。

在縫隙之中，他見到少年面臨眼前的的詭譎景況，腳軟坐倒在地，臉色發白地喃道：

「我、我沒有……」

下一刻，一名手持農具的壯漢，朝著少年揚起手中鋤頭。格提亞頓時認爲危險，但是他離少年還有一段距離，周遭好像也唯有他覺得不對勁。

「懷疑神的，沒資格做帝國子民！」壯漢喊道，用力揮出手中沉重的農具。

格提亞再顧不得其它，緊急地放聲道：

「不行——」話聲未落，一個人影就從他身後越過竄出。

那人迅速伸長手，鏘的一聲！所持劍鞘便擋住落下的鋤頭。

這一瞬間，彷彿空氣都停止流動了。因爲發生得太快，反應不過來，所以人們都變得安靜了。

「哎呀！幹活的工具可得拿好，免得弄壞了啊。」

說話的是名男性老者，中氣十足，聲音相當宏亮，高大魁梧的身材，一頭俐落的灰白短髮和鬍鬚，臉上皺紋說明年紀，卻掩飾不了英偉的氣質。

「那把劍……」

有人竊竊私語著。老者掌持的長劍上刻有皇室徽章，也就是說，是皇帝御賜的劍。

手握鋤頭的壯漢虎口發麻，有些驚愕。明明自己的體格和老者差不多，怎麼有種力氣贏不了這個老人的感覺。

「喂，你聽到我說的了嗎？把你的工具拿好了。」老者上前兩步道：「這不是拿來對人，尤其還是對一名孩子，使用的東西。」

壯漢收回自己的鋤頭，性急地解釋道：

「我、我只是想嚇嚇他！」

「那可不是理由。」老者一個移動，橫擋在壯漢與少年中間。

「他懷疑神啊！那不就是等於對帝國不忠嗎？」壯漢理直氣壯地道。

老者先是一個瞪眼，旋即笑出了聲音。

「嘿。哈、哈哈！」他昂起頭，笑得愈來愈大聲，令得壯漢與旁人一頭霧水。「帝國可是皇帝的，你這番話的意思，好像帝國變成是神的一樣。」笑完，他一下子臉色嚴厲地對壯漢說道。

這番帶有審判意味的話語，使得壯漢整個人傻住。

誰都知道，皇帝信奉聖神教，他們這些子民亦跟隨其信仰。但是皇帝不等於聖神教，聖神教亦絕不可取代皇帝。

壯漢剛才說的那些話，確實有點帝國是聖神教所有物的意味。

這可是足以判罪的危險言論。壯漢冷汗涔涔，下意識地張望，想找神殿的傳教士求救，可哪裡還看得到人。

格提亞在老者和壯漢對話當下，總算穿過人群來到少年旁，為免還有人一時激動，他冷靜地觀察周遭。而就是在這個過程，讓他見到那名傳教士早在老者出現後暗中離開了。

圍著的群眾，也由於老者的發言，默默地散開去。他們都不願被看做成和壯漢同一路思想。

「不是、我、我沒有那個意思……」壯漢在無法尋求到支持的窘境之下，慌張地跪落在地，彷彿想要證明般地大叫道：「尊貴偉大的皇帝陛下萬歲！雷蒙格頓帝國萬歲！」

那實在是相當詭異的景象。

莫名地喊著對帝國及皇帝的崇敬之詞，到底是敬愛自己國家，還是懼怕；是信仰皇帝才如此，還是信仰皇帝所信的神。

和皇帝已密不可分的聖神教，是有問題的。格提亞一直隱約這麼認為。

只是，在以前，他太晚才察覺到，所以始終沒有來得及找到證據。最後，莫維使用最粗暴簡單的方式處理，他也未能提出自己的意見，因為當時莫維不曾和他商量或告知他，就以皇帝的身分下達命令。

不。莫維還是有對他說一句：因為聖神教礙眼。

至於他，在知道聖神教曾經有過暗殺大魔法師的計畫時，已經是好一陣子之後的事了。

他與莫維，儘管相處數千個日子，卻就是這樣的關係。

「好了！帶著你的鋤頭，快走吧。」老者瞥著壯漢，道：「下次可別再拿這東西對著孩子了。」

壯漢雖然沒有完全服氣，但是再鬧下去對自己不利。他站起身，撿回生鏽的鋤頭，悻悻然地轉頭走了。

剩下寥寥幾個還待著看戲的群眾，終於也全都離去了。

眼見一場鬧劇結束，格提亞對身旁的少年說道：

「沒事了。」

少年眼眶有點紅紅的，咬了下嘴唇，道：

「我、我錯了嗎？我不是要否定神，只是想說爸爸有多辛苦，結果害得別人發這麼大的脾氣……」

造成混亂，少年反省自己。面對如此乖巧的孩子，格提亞道：

「不，我也覺得是醫生的治療幫了大忙。」

這僅是一句語氣平淡的認同，少年卻抬起臉，微濕著眼注視格提亞。

「謝……」他啓唇就要表達感謝。

「不是我。」格提亞側身示意他，道：「是幫你解圍的這位貴族大人。」

少年趕忙站起身，拍拍跌坐在地上沾土的衣褲。

「謝謝您，貴族大人！」他朝老者鞠躬。

「嘿，不客氣。」老者伸出手，摸摸少年的頭。「快回家吧。」他掃視周圍。雖然人都散離了，不過還是別繼續待在這裡好。

「是。」少年轉過身，也對格提亞鞠躬。「謝謝，謝謝你們！」再三道謝過，他小跑著走了。離一段距離後，還回首揮揮手。

格提亞望住他年幼的背影，目送他離開。

「你怎麼知道我是貴族的？」忽然，老者宏亮的聲音提問。他就站在一旁，當然聽見格提亞和少年的對話了。

格提亞緩慢地轉過視線，看向老者，道：

「因為那把劍。」那刻有皇帝御賜的紋章，是貴族才能擁有的。

老者笑了，道：

「原來是這樣。我還以為你是想起我了。」

聞言，格提亞不禁一頓。

這是什麼意思？一時間，他腦海裡閃過好多種可能，包括他施展禁術被知道了。

「你……」這時，他才仔細地看著老者的臉孔。

然後他發現自己想錯了。

老者見他表情變化，笑道：

「是的，年輕的大魔法師。你被冊封那個身分的時候，我也有列席呢。」

原因是那天，皇帝需要強而有力的護衛。

也就是帝國劍術最優秀的，絕對無人能敵的劍士。

格提亞喃道：

「巴力……沃克？」曾是一名公爵。

那名老者，前帝國第一劍士，將左手橫於胸前行禮，道：

「好久不見了。大魔法師閣下。」

帝國最強劍術世家，沃克家族。

不但在帝國內無人能敵，於歷史上家族成員亦無數次征戰立功，威名遠播，極其強大且令人尊敬。

也是戰場上除魔法師外的最高戰力。

貴族們總是好奇，高深的劍術是否能夠戰勝魔法，不過這個疑問，追根究底也同樣源自於對魔法師的畏懼及質疑。

異於常人的魔法師，如果是善良的同伴當然是好事，倘若是一個壞人擁有魔法，那是多麼可怕的事情。儘管建國以來從未發生過類似的問題，可是誰又能保證以後同樣安穩。

想要打擊魔法師威信的貴族們，悄悄推動沃克家族和魔法師的競爭，不過都在魔塔治理者，也就是前任大魔法師的一句最高準則，魔法學的第一章，「魔法不可爲邪惡所用」，草草了之。

但是誰都曉得，魔法不得爲邪惡使用只是藉口，否則戰爭的時候，魔法師不就破例了？當然也可以說戰爭是非常狀況，而且魔法師其實不負責戰鬥，多是在後方以張開防護魔法陣爲主，那麼邪不邪惡，又是誰來判定？

這僅是在不再戰爭長久和平後，給魔法師套上的枷鎖。

因爲，雷蒙格頓帝國，就是靠著魔法師立國的。

這些討論，只是令人對魔法師使用魔法的標準更加質疑。儘管那條最高準則的眞正含意，是魔法師希望人們可以對魔法師這個存在放心。

曾經被譽爲帝國最高強堅實的守護者，給予帝國子民最大的安全感，如今對魔法師的不信任，又是從什麼時候開始的？

或許是由於連皇帝，也時刻提防魔法師所造成的印象。像是魔法師爲參加冊封大典入宮時，在眾目睽睽下，調派帝國最強劍士，全副武裝地在旁戒備。

「當時你才幾歲？現在長大了，不過除了長高一點好像也沒什麼變。對了，可別稱呼我爲公爵，我不當公爵好久了，現在就是一個到處旅行的老人而已。」巴力．沃克彷彿是向熟人搭話那般笑道。

人來人往的大街上，即使巴力一身不起眼的便裝，可是依舊儀態出眾，氣質更是非凡。完全不愧他的貴族出身。

關於這個人，格提亞在記憶裡知道的是，巴力已將沃克家傳承給兒子，本人則沒有待在領地榮享富貴養老，而是失蹤了。

說失蹤也不怎麼正確，因爲沃克家族從未承認此事，對外一律宣稱巴力人正在帝國境內遊歷，但是始終沒有人確切說明他在哪裡。

直到他在孫子喪命後前往皇太子宮，找上莫維。

「您……你怎麼會在這裡？」格提亞不覺開口問道。

在帝國禮法中，大魔法師是可以和公爵平起平坐的地位，如果使用敬語，反而是身分錯誤的禮儀。

巴力看起來是知曉自己傳聞的，格提亞的反應令他哈哈一笑。

「我嘛，我來找皇太子的。我看見你從府邸走出來，所以才跟著你。」

格提亞聞言，整個人怔住了。

前一次的經歷，由於巴力的孫子，歐里亞斯．沃克，在風鳴谷一役中死亡，帝國上下都流傳會全軍覆沒的原因，和獨身存活下來的莫維絕對有所關連，只差沒有明說就是遭到魔法的殺害，所以，巴力才會出現在皇太子宮。

巴力想要當面質問莫維。

然而如今，風鳴谷的結局，明明是所有人活著凱旋，那麼，巴力怎麼還是要找莫維？

格提亞睜著眼睛，略微不可置信地問道：

「爲什麼？」

「咦？」巴力搔了下後頸，弄錯格提亞的意思，尷尬地解釋道：「去拜訪貴族，不是要邀請函嗎？我是直接過來的，所以當然沒有。本來在皇太子宮外面晃著在想辦法，忽然見到你走出來，我想說應該是個機會……」

他後面在講什麼，格提亞無法再仔細聽。

巴力確實是來找莫維的，即使風鳴谷的結果改變了。

怎麼會？

而且，是什麼理由？

格提亞一時間心裡混亂，竟一下子出了整身汗。

不，冷靜下來。他必須審慎思考，做出決定。他掩於袖中的雙手幾次握拳又鬆開，最後終於凝視著巴力。

「我可以帶你進去。」他認眞地說道。

巴力是個長年在沙場上征戰的老將，不會錯過眼前任何一絲訊息。所以他當然察覺格提亞那幾秒鐘的動搖，不過只是看在眼裡。

「眞的？那太好了！」他欣然道。

「跟我來。」格提亞當機立斷，轉身朝皇太子宮前進。

在唯有他記得的那個回憶裡，巴力的出現，大約是風鳴谷過去一年，他剛進皇太子宮發生的。當時沒有人帶領巴力，於是巴力硬闖皇太子宮，莫維並未問責，反而是依巴力的要求，在訓練場，進行了一場和決鬥極爲相似的比試。

莫維在不用魔法的狀況下，劍術方面是絕對贏不了巴力的。

所以那天，一直到深夜，也沒能分出勝負。

這當然是由於巴力未盡全力，莫維亦不曾動用魔力。

隔天，又進行了一場；再隔天也是。

莫維擁有魔力，完全可以使用魔法殺死巴力。可是他沒有。

原本看起來想要不顧一切爲孫子報仇的巴力，開始變得像是對事件的傳言感到不確定，曾經堅信孫子的死亡是莫維殺害的，在和莫維比試的過程中，逐漸產生疑問了。

莫維始終不曾解釋。

沒對巴力解釋，甚至也沒對天下人解釋。莫維的態度，一直都是，若覺得是他，那就當成是那樣。他既不在乎，也不在意。

就只是無所謂而已。

巴力也發現這件事。這對想要知曉事實的巴力來說，已經到了足以必須重新審視細節的地步，於是巴力告訴莫維，磨練劍術吧！變得更強，當事情眞相大白的時候，他們就可以眞的來一場勢均力敵的廝殺。

屆時，兩人都不需要手下留情。

巴力是個眞正的貴族。在巴力的心裡，有著誰也無法玷汙的榮譽感，也從未愧對他手握的劍，具有令人敬佩的騎士精神。

莫維原本就天賦異稟，學習速度極快，好勝心又極強，就在日復一日的比試中，莫維從巴力身上習得更高超的用劍技術。

這就是爲什麼，莫維沒有拒絕巴力。全是由於對變強的執著，本來僅是自學的莫維，更在之後超越沃克家族的後代，得到最強劍士的稱號。

結束回想，格提亞帶著巴力，一路不停留回到皇太子宮。就如巴力所言，沒有受到邀請的外來客是無法進入貴族住所的，更別提皇室的宮殿。

雖然格提亞身爲已在皇太子宮住下的人，也不可能隨意地就這樣帶著陌生人從大門進入，不受任何阻止或婉拒。

不過，他有其它的路。

格提亞來到皇太子宮的正背面。橫踞於他們眼前的，是一道宏偉華麗的牆，白牆中空的部分有著玫瑰金色圍欄，金屬條柱上是動物雕刻，精美得彷彿只要與獸目對視，就能見到牠們活生生地動起來。

但是，這栩栩如生的雕刻並非每支條柱都有。放眼望去，其餘柱子多是植物藤蔓造型，僅有最中央，正對著宮殿後方的這塊地方與眾不同。

巴力站在後面，總算提出疑問：

「這可不是大門。」難道是要翻牆進去？

格提亞沒有回答巴力，伸手握住中間的金屬欄杆，掌心包裹著正是雕刻動物的眼睛，也是唯一視線向前的。僅聽他低聲道：

「對我顯現。」

只見微光從他指縫閃現，原本是圍欄的地方，就這樣，憑空出現了一道門！

巴力見狀，先是一愣，隨即笑道：

「原來還有魔法師專屬的入口！眞不愧是你。」

不是的，這並不是什麼厲害的魔法，而是僅需要一點魔力的「機關」，所以他才能以如今的姿態打開這道門。格提亞推門進入，領在前方，巴力也毫無猶豫地跟著。

因爲他對自己相當有自信，所以不會遲疑與害怕。踏進門內以後，入口便自動隱蔽起來，由外面看上去恢復成圍牆的模樣。

巴力覺得相當有趣，挑了下眉。接著他又發現，即使沒有外面的光源，自己所處的空間也是明亮的。因此他好奇地張望著，找到了鑲嵌在牆面的細長光條，約莫人的半身長，彷彿水晶做的藝術品般，朝向著前方指引出一條步道。

巴力不禁道：

「這東西也是魔法嗎？」在他那個時代，帝國的魔法師數量比現在多一些，不過也仍算是稀有的存在，唯一有印象的，僅有在他還是小孩子的時候，寬大袍帽遮臉的魔法師，在國家慶典上展示的華麗節目。

很神奇，很有趣，足以教他記得一輩子。

但是，明明是國家最強守護的魔法師，爲什麼卻得像個不露臉的小丑般表演呢？長大後他懂了，帝國是以此削弱在民眾心裡，魔法師的威嚴。

從那時候開始，民眾看待魔法師的眼神，逐漸改變了。

而且再也回不到過去。

巴力望著前面那個瘦弱的背影。

走在巴力的前方，格提亞沒有停下腳步，也沒有回頭，答道：

「是的，這是魔法做出來的。」

宮殿裡的密道，是自古以來且舊有的。只需以微弱的魔力即能開啓，目的是身分的驗證。

唯有魔法師能夠進入，是給魔法師開闢的特別入口。

除非建立的魔法師親自用魔力消除，否則這是永遠不滅的。

宮殿之所以擁有這樣的機關，那是因爲，很久以前的皇帝非常信任魔法師。

從他懂事以來，魔塔那邊的歷史資料，就是初代皇帝和魔法師爲信賴關係的好友，比起貴族，或許皇帝和魔法師擁有更加深刻的情誼。

然而，不知從何時開始，隨著時間的推移，帝國的歷史書籍上，記載的卻不同了。

平坦的廊道開始往上，格提亞踩過一道又一道的階梯。

直到終點。

格提亞推開眼前的門扉，進入眼簾的，是他在皇太子宮居住的三樓寢室露臺。

這就是爲什麼，當初他能夠自由地進入皇太子宮。打從一開始，他就不是從花園進來的。

眞正的答案，是這個密道。

巴力跟著格提亞步出，當他雙腳都踏至露臺石磚地的那一瞬間，身後的門就宛如戲法那樣，從他眼前消失了。

「吁！」巴力吹了聲口哨，露出極度趣味的表情。隨即想起自己是非法入侵的，不好意思地對格提亞道：「我應該小聲點。」

「不用。」格提亞這麼說道。穿過露臺來到寢室，橫越整個房間，打開房門。「反正，很快就會知道你的存在了。」他說。

現在是莫維的學習時間，那麼就是在二樓的書房。

格提亞毫不猶豫地走下階梯。

巴力聞言又是一愣，接著就大跨步地跟在格提亞後頭。他始終都是一副感到相當有趣的表情。

在經過第二條長廊時，遇到了傭人。傭人先是向格提亞行禮，看到他身後那個陌生人時不禁傻住，正欲詢問又想起現在正是皇太子使用書房的時間，得要放低音量，結果，很快就被兩人越過身邊。

跑著追過去的話，會有腳步聲，那可不行，只能放輕動作地追。

那又怎麼追得上。

於是乎，格提亞的身後，有著巴力，以及途中遇到的一二三位傭人，就這麼一路來到書房前。

在門口，老管家沙克斯站在那裡。

沙克斯先是看著格提亞，接著視線轉移到巴力臉上。他覺得這位有點陌生的老者好像哪裡見過，但奇怪的是，爲何還有一串人跟著？甚至手上還抱著曬疊好的毛巾、插好花的花瓶，以及打掃的工具。

沙克斯啓唇，當然是用氣音，道：

「格提亞閣下，你們這是……」

「對不起了。」格提亞對沙克斯感到抱歉。他所做的這些，弄不好的話，身爲管家的沙克斯會有責任的。「我會跟他說，都是我的錯。」他道。

「欸？」沙克斯愣住。

沒來得及反應過來，就見格提亞上前來到書房門口，同時抬起雙手，用力地將書房大門給推開了。

不僅是沙克斯，其他傭人也都嚇了一大跳。其吃驚的程度，甚至讓他們不約而同地後退半步。

坐在房間中央，紅木書桌後的莫維，從案前緩慢地抬起眼來。

紫色瞳眸裡，肯定不會是高興的情緒。

以前他怎麼沒想過這麼做？不用魔法也是可以的，只要推開門就好了。就算這段時間，絕對禁止打擾。格提亞當然是知道的。

不過，沒辦法等。

站立在門口，格提亞臉上是一如以往的淡薄表情。

他並不害怕。他本來就不怕莫維。

「請容許我報告一件非常重要的事。」

格提亞道。

聞言，除了莫維的所有人都一臉疑惑不解。

包括巴力本人。

巴力·沃克，出身自歷史悠久的沃克家族。

在帝國開創時期，若魔法師是皇帝的左膀，那麼沃克便是皇帝的右臂。

常人無法理解的魔力防護，以及凡人能夠領會卻難以企及的高超劍術，初代皇帝因爲擁有這兩種強大的助力，處於無人能敵的地位。

所以，沃克家族和皇室的關係曾經相當緊密，至今也有過幾次與皇室的聯姻，但沃克本身不是會宣揚威風的那種處事態度，他們低調忠誠地處於守護的位置。

對於沃克家來說，沒有什麼比貴族的榮譽更重要的了。

然而，隨著歷史的推進，實力強大的沃克家，逐漸成爲字典裡功高震主的代名詞，即便他們忠心且不喜張揚，依舊在某任皇帝的眼裡，成爲難忍的刺。於是沃克和皇室漸行漸遠，已數十年處於中立位置，聽從帝國君主的命令，接受任務，可是政治上不傾向任何一邊。

儘管如此，沃克這個姓氏的地位仍是不容質疑的。風鳴谷一役，歐里亞斯·沃克的身分和其他貴族子弟有著根本上的不同，沃克若眞的不想，是可以不需要參與的，所以歐里亞斯是自己主動請纓的。

因爲，在他們家族裡，親自上到前線，這是傳統亦是傳承。

而巴力．沃克，年輕時一直鎮守著南方的領地，直至將責任交給後代，身爲帝國第一劍士，當巴力傳出爵位，皇帝沒讓他閒賦著將他召進宮內，目的是保護當時的皇后，也就是莫維的親生母親。

莫維記得，巴力最後的消息，似乎是已經失蹤了。

「……你果然還活著。」坐在桌後，莫維微揚手讓門外的閒雜人散去，先是斜眼瞥向巴力，隨即視線重新轉回至格提亞身上。

巴力上前一步，在恭敬行禮過後，道：

「您長大了，殿下。」

莫維肘部抵著桌面，雙手交疊於嘴唇前，僅露出一雙審視的眼睛。

他的確是和巴力有過數面之緣，因爲巴力曾經負責保護皇后，可也眞的只是見過的程度而已，當時由於年幼，以及其它因素，徒留片段記憶。他出生時皇后就死亡，巴力留在皇后宮直到他五歲。

至於皇后，即他的生母，對他來說，就是一個陌生人。

儘管他的名字是她取的。

「他爲什麼會在這裡？」莫維的問題是朝向格提亞的。

沒等格提亞出聲解釋，巴力自己就道：

「我的孫子承蒙殿下照顧了，我稍微聽說了些，實在太過好奇，所以就來拜訪了。」鬍子底下的雙唇笑了一笑，又說：「有點心血來潮，沒有照規矩來，剛好在街上遇到大魔法師閣下，所以請他稍微幫了個忙。」

「我擅自偷帶他進來的，避過了管家和傭人們。」格提亞則是一貫地非常誠實。重要的是，他不想害其他人受罰。

他神出鬼沒皇太子宮，也不是第一次。莫維上半身往後靠，將手肘抵在座椅扶手兩邊。

「所以？」懾人的紫眸停留在格提亞的臉上。

格提亞道：

「你可以讓巴力大人教你劍術。」

雖然他相當認眞，不過兩位當事人卻是同時停住動作看著他。他本人則一點也不覺得自己有多突兀。

格提亞的用詞值得琢磨，使用的是「讓」而不是「請」。原因之一是莫維的皇太子身分比前公爵更加尊貴，還有，這樣的說法表示選擇權還是給在莫維手上。

也許會比較能夠接受。

莫維微低著頭，笑了。

「這就是你說的，非常重要的事情？」突然的客人，突然的狀況，突然的要求，甚至他已經將格提亞視爲皇帝內應，這一陣子特別冷落格提亞。不過看起來，格提亞不怎麼在意這種精神打擊。

格提亞知道莫維會感到不高興，但自己還是必須講。

「是的。」他道。

巴力瞅了格提亞一眼。儘管格提亞的提議沒頭沒腦的，如此冒犯，可是，這個外貌看起來比他孫子沒大多少的年輕人，是「那個人」的弟子。

那位曾和他共同作戰，也曾擁有大魔法師稱號的，無比強大的人。

所以，會這麼做，一定有其原因。

「我覺得這是一個好主意！」巴力豪邁地應和道。

格提亞聞言，露出意外的眼神。這件事，他當然沒有跟巴力討論過，不過只要莫維答應，那麼身爲人臣的巴力就必須服從，所以自己首先要說服莫維，接下來巴力也會因爲孫子而欣然答應，畢竟巴力過來除了好奇也一定是懷抱感謝之意的。

他不怎麼瞭解人際關係，也不知該如何處理，這已經是他所能想到的最簡單方式。

結果，巴力竟主動地配合他。

他望向巴力，巴力察覺目光，稍偏過臉朝他眨了眨單眼。

在街上遇見巴力時，格提亞心裡出現一種微妙的感覺，現在，他知道那是什麼了。

即使過程已異變，依舊像是受到引導般，呈現相同的走向。

格提亞的心臟，重重地跳動了一下。瞬間，他的雙手都是冷汗。

莫維睇著格提亞忽然刷白的臉色，僅對巴力提出質疑道：

「一開始，你並不是爲此而來的。」從剛才兩人的態度及對話都可以輕易發覺此事。

「是的，殿下。」巴力始終恭敬，也同時在聽從命令大半輩子的皇族面前挺直著背脊。「不過，我覺得是個好主意。」他說。

「理由？」莫維問著巴力，始終看向開始沉默不語的格提亞。

「因爲這能讓殿下變得更強。」巴力道。

莫維聽到他這麼講，終於，在書房被闖進以後，頭一次認眞地直視這位白髮的老者。

「你的意思是，我很弱？」莫維啓唇，微微一笑說道。

雖然這個回問沒什麼不對，可是巴力聽出他轉移了話題的眞意。

「不，殿下就跟我身旁的大魔法師一樣，是帝國珍貴的存在，我的意思是，您可以變得更強。」巴力態度磊落，也沒有避諱提及莫維的魔力。

在他人眼中，莫維的魔力儘管強大，卻是不祥的。

「所以，你覺得我還想變得更強？」莫維依舊是在用問題回答。

巴力一笑，道：

「在下認爲，您的母親，也就是美狄亞前皇后殿下，也會樂於看見您的成長。」

美狄亞．雷蒙格頓。已逝前皇后，也是生下莫維的人。

她天生具有魔力，亦即艾爾弗一族。

皇宮內掛著美狄亞的畫像，由於沒有笑容，人們都說這位美麗的皇后極具威嚴。在莫維身邊長久的日子，幾乎未曾從莫維口中聽過這個名字，可是，她絕對在莫維的生命裡具有影響。

格提亞垂在身側的雙手輕握拳又張開，讓自己鎭定下來。

他轉頭望向巴力，巴力笑咪咪的，像個使壞調皮的老人。

莫維臉上的表情不曾有過絲毫動搖，道：

「我們可不是那種母子。」

巴力仍是一貫無害的笑容。

「那麼殿下，在下有那個榮幸，和您切搓一下劍術嗎？」他微彎身行禮。

這段對話，從頭到尾都相當平和，不過格提亞能感覺空氣裡瀰漫著一股異樣的緊張氣氛。巴力始終有意無意地在挑動莫維的敏感神經，像是在激他，促使他能夠答應。格提亞注視著莫維，只見莫維先是垂下雙睫，旋即又抬起了眼，然後，他笑了。

僅是如此細微的小動作，格提亞就知曉他的不悅。

而且是極度地不悅。

從他們在絕不能打擾的時間出現在此，所累積的一切不愉快，都顯現在這個眼神裡面了。

「當然。」莫維應允，同時站了起來。

他眉目微彎，笑得浮現單邊梨渦。彷彿非常寬容，實則是感覺巴力故意在他面前企圖主導，如果他不接受這個挑釁，那還當什麼皇太子。

巴力的言語和行爲雖然恭敬，但卻意指他是尚未成長的孩子，且一下子就主控了場面。他會告訴這位前公爵，誰才是眞正的主人。

而且，他要知道巴力爲什麼會在根本沒有講好的情況下，配合格提亞。

此時格提亞始終未曾發現，莫維的視線總是纏繞在他身上。那種不帶感情的審視目光，莫維一點也不打算隱藏。

從見到格提亞胸口的魔法陣之後，莫維就沒有放鬆過對格提亞的探究。

他要弄明白，格提亞到底要做什麼，又是什麼理由。

所以，他接受這個突兀的提議。

可別讓他感覺太無聊了。

地下練武場。

皇太子宮，和皇帝所在的中央皇宮是分開的。雖然都在首都，卻是得搭乘馬車才能抵達的距離，帝國禮法上，皇帝不會前往孩子們的宮殿，子女則需接受召喚，在中央皇宮拜見皇帝。

皇太子宮裡的下人都很守本分，不會對外宣揚皇太子宮裡發生什麼，不過莫維選擇地下石室，而非一般練武場，因爲莫維相當清楚，「失蹤的」巴力，應該會需要更隱密的空間。

巴力來到皇帝所在的首都，肯定也冒著風險。更何況是離皇宮這麼近的地方。

「……你不拔劍嗎？」睇著自己面前的巴力，莫維疏淡地問道。

巴力的劍掛在腰間，站立姿勢也是一種相當放鬆的樣子。

「不。」他停一停，又道：「不過，我可不是瞧不起殿下，我只是有想要先觀察的地方。」

「譬如？」莫維執起自己手裡的長劍，馬上意識到這柄劍，是格提亞最初遞給他的那把。若是風鳴谷的討伐任務他攜帶的是這柄劍，就早已在那時斷掉變成廢鐵了。

討伐時他選擇御賜的名劍，僅爲應付魔獸的堅硬毛皮，最後那劍仍是斷了。結果，反倒是格提亞給他的劍還留在他手上。

從握住這柄劍開始，他照著格提亞所說的方法控制魔力，直到風鳴谷回來後依然。也因此，現在的他，比起先前，已能夠穩定掌握體內那總是不聽指揮亂竄的力量。

格提亞告訴他的那些，是確實有效的。

這把平平無奇的劍，要扔掉換了隨時可以。只是，現在不需要而已。

莫維一剎那箭步上前突刺！對準巴力的雙眼。

他認爲，巴力想要觀察的，就是他會攻擊人體的哪一處。所以他也不廢話，面對著第一劍士，他更沒有留力。

因爲，他也想知曉，自己的程度究竟在哪裡。

巴力的確是想要先瞧瞧他的進攻模式，從他出手瞄準的地方，能夠看出幾分他的眞實性格。這是無法掩飾的，畢竟，當一個人必須拔出劍面對，那可是生命交關的時刻。

當然，現在不過是切磋，是可以不必認眞的。只是看起來，這位傳聞中擁有恐怖力量的皇太子，是藏也不想藏。

巴力僅見莫維的肩膀動了一下，旋即一道閃光直逼自己的眼睛而來。

好快！在心裡讚嘆著，巴力側身避過，同時順勢抽出自己的長劍，一連串的動作行雲流水。

沒給他任何反應的時間，莫維的下一劍又是攻向他眼角。

不是軀幹，也非四肢。甚至常識裡，人體心臟的位置，也就是胸口，在莫維看來也不算脆弱。

毀掉雙目能夠立刻使對方變得無力招架，擁有正常視力的人，絕對沒有辦法馬上變身成爲瞎眼戰士。但是，雖盲，卻不會馬上死掉。

最後失去尊嚴任由敵人折磨至生命終點。接著的，會是比瞬間死去更可怕的遭遇。

這可眞是足以讓他明白這位傳聞纏身的皇太子。巴力揮劍應對，鏘地一聲！兩劍相擊，迸出刺耳聲響。

巴力和他四目交會，居然從他眼裡見到一絲愉悅。下一瞬，巴力的劍被頂開，又是一波攻擊過來。

這個人確實很強。莫維體會到自己棋逢對手，可以盡情揮劍，終於是露出了狠戾的笑容。

他的速度飛快，沒有多餘動作難以看出走向，而且，毫不留情，心狠手辣。巴力有點在心裡欣賞皇太子了，不單是這些在戰場上能夠對抗敵人的優點，還有那雙令人寒毛直立的紫色瞳眸。

作為一個征戰無數，面對滿地屍體也不會動搖的人，皇太子能夠挑動自己對危險有所感應的神經，巴力屬實有些意外。

那種殘虐且享受的眼神，可一點都不像只是切磋。巴力此時曉得，莫維是認眞的，也正在逼迫他拿出眞本事。

不是玩的，是拚盡全力的較量。

感覺到劍刃劃過自己太陽穴，就差一點見血，巴力不禁笑出聲音。

「——哈！」

「你很有餘裕的樣子。」莫維這麼說了一句，加快速度，更不給他空隙，同時改為攻擊足以立即斃命的頸間動脈。

又是這麼陰毒的位置。巴力道：

「這可……眞是誤會大了！」多虧莫維的毫無保留，他在極短時間內大致摸清這位皇太子的程度。即使自己的劍術在他之上，又豈能動眞格地出殺招。

更別說，自己已拿出全部精神應對，若有一點鬆懈，大概就要被砍了。

莫維的劍術既狠又快，而且其實沒有章法，目的就是奪取對手尊嚴及性命，絕非是正規老師教導出來的，是很少見的類型。他們實力有差，不過沒差得那麼多，是他非常驚訝的。

眼見莫維又是一劍劈過來，巴力深吸口氣，使力橫擋，兩方劍刃相擊的那刻，發出了和先前不一樣的巨響。

莫維的劍因此偏斜了，這令他稍微變了臉色，停住動作。

他瞪著自己持劍的虎口，因爲剛才的劇烈衝擊，竟有些裂了。若不是他動作敏捷避開角度，自己的劍大概就脫手了。

巴力道：

「到此爲止吧，好嗎？殿下。」他臉上還是笑著的，不過背上已流下數道冷汗。

莫維睇著他，半晌，一甩手將長劍指向地面。

「沙克斯！」他偏過臉喚著早已在不遠處等著的管家。「給他準備房間，好好招待。」他交付道，轉身離開。

這意思是允他留下，也就是讓他傳授劍術。巴力一頓，隨即行禮欣然接受道：

「這是在下的榮幸。」

莫維步出圓形的練劍場，格提亞就站在石室牆邊。

從一開始。

他想要親眼見識這一段過程。因爲在上一次，他不關心，什麼都不曉得，只聽說最後的結果。

儘管那時巴力來到皇太子宮的理由，和現在完全不同。

格提亞凝視著莫維朝自己的方向走過來，他不知道要和莫維講什麼。至於莫維，也僅是就那樣越過他，沒有說一句話。

他都要忘記這種感覺了。

以前，也是這樣的。在剛被皇帝命令，前往皇太子宮時，其實莫維不歡迎他，即使表面上看不出來。

但是莫維的無視與冷落，卻可以從各方面體會到。

儘管臉上笑著，他會清楚讓你知道，他是討厭你的。雖然自己是在很久之後，因爲逐漸習慣莫維的性格，才總算遲鈍地察覺到。

在莫維的眼中，他就是個皇帝派過來的，極其礙眼的存在。

曾經他也沒那麼在乎。只是，往後的十年，隨著時間的流逝，他已經淡忘了最初莫維冰冷的眼神。

然而現在，他又再一次地想起來了。

之後，巴力．沃克以客人的身分入住皇太子宮。

當然是相當低調的。由於巴力已經不當公爵很久了，府裡大多數人，只知道這位老者是皇太子的客人，不大清楚他的眞實身分，也不會多嘴過問。每天莫維都會和他在地下練劍場「切磋」，既然是切磋，那麼就沒有輸或贏的結果。

格提亞總是安靜地旁觀著。巴力本身也不是要和莫維一較高下，他表現出來的態度，始終就是好奇加上有趣。

至於莫維這邊，就比較難看出在想什麼了。

數日後，皇宮下達命令，莫維再次領隊出征。這次一樣是去處理巢穴，也幾乎是相同的成員。

或者說，因爲上回的經驗，大家都願意跟隨莫維。

格提亞當然也去了。

這次的地點是在山上，由於遠離人煙，相對地不用顧忌太多，可是由於地形緣故，任務更爲不易。不過，莫維在劍術和魔力掌控都有明顯進步的情況下，較先前還要輕鬆地結束了。

格提亞甚至僅在旁邊言語指示了下，他也不曉得莫維有沒有在聽他說話，畢竟他們兩個有好一陣子不曾有過像樣的交談。莫維不高興的時候經常如此，他不能急於跟莫維和好，那會造成反效果，所以能做的就是等待。

這種模式，延續到數月後，第三次的出征。

彷彿在找難題給他們解開一般，所面對的環境與狀況，更加不易。可是，莫維一直是個學習力極強的學生，因此即使比先前都還要來得困難，經驗的累積卻讓所有的一切變得更加容易，格提亞感覺自己毫無作用，隨著隊伍去了回來而已。

雖然莫維並未趕他離開，不過他逐漸有種，自己的存在沒有意義之感。

或許，莫維就是要讓他產生這種想法。

因爲他的確對莫維造成影響，而莫維不想讓他太過得意，覺得自己能夠舉足輕重。這確實是莫維可能會有的思路。

若是眞的認爲他沒用了，應該立刻除掉他。所以，他還活著沒遭遇危險是最好的證明。

莫維仍然覺得有留著他的必要。暫時。

格提亞坐在溫室裡，靠著椅子，昂首望住那顆初次出征帶回的光球。

光球裡的顏色，彷彿液體般流轉著，看起來極美。如果不去想那是怎麼產生的話。

其實，他的心裡，一直都不安。

光球裝飾在溫室的頂端，雖然不是原本的石頭，也不是原本的原因；然而，巴力・沃克也出現了。

即使所走的道路不同，卻有著相同的結果。

那是不是表示，無論做什麼，終會指引回到原點。

他不願意再次經歷的結局仍舊會發生。

即便如此，巴力既然出現，他就必須讓巴力教導莫維劍術。

理由是這件事對莫維本身相當重要。

巴力是莫維成爲皇帝的路上，不可缺少的拼圖。莫維必須不使用魔法，不受魔力失控所禁錮，也能夠比誰都還要強。

但是這麼做究竟對或不對？他眞的不曉得。

他僅能反覆地確認自己是否有什麼遺漏，才會到最後都不瞭解莫維的選擇。

幽靜的夜裡，唯有花草被風輕輕吹拂過所發出的細微聲響，格提亞經常有一種，自己似乎在做夢的感受。明明周遭如此眞實，他卻好像獨立於外。

忽地，有人也進入了溫室，格提亞聞聲轉過頭，結果見到莫維修長的身影從陰暗處走出。

格提亞不禁停住動作。

莫維只是睇他一眼，像是他在不在都無所謂那樣，旋即揚起下巴注視頂端的光球。

自他被皇帝召喚進宮，經歷一場爭執以後，就是這個狀態。以前，莫維不高興的時候，經常視他不存在，當時格提亞自己認眞地想過，這大概就是世人說的冷戰，他對人與人之間的普通交流沒有太深刻的認識，幼年在魔塔，是個相當封閉的環境，住民亦稀少；長大以後被皇帝派到莫維身旁，他能談得上接觸的人也數得出來。

那個時候，他僅要完成命令就好。不會，也不能干涉太多。

儘管溫室裡有兩個人在裡面，卻異常安靜。

格提亞其實並未特別感覺彆扭，過去待在莫維旁邊時，早就習慣這種氣氛。可是，回到這裡以後，他告訴過自己，必須要改變。

「我會繼續和你說話的。」格提亞察覺莫維就要走了，還是出聲道。

不交談，不對話，那就和過去一樣了。他自己認爲等待得已夠久了，爲了今後即將面對的種種，他們必須要溝通，所以這種無話可說的狀態是不行的。

「……什麼？」莫維站住腳步。對於許久沒有理會格提亞這件事，他當然是故意的，只要他想，隨時可以無視格提亞，他本來就不需要在乎。

一直以來都是如此，這世上沒什麼東西，對他來說是有所謂的。

「二十歲授與軍階的生日宴會上，你會被派往北部。」格提亞啓唇說道。

對他而言，在莫維身旁十年的那段時間，已經是過去了，他會把現在當成最初，就從最初重來一遍。莫維認爲他是皇帝的內應，他們之間的關係退步到比一開始更糟糕的位置，但是他還能夠站在這裡，在莫維的面前。

所以，他會證明，莫維留下他仍是對的，他確實還有用處。

也因此，他必須說出即將發生，卻還沒發生的事情。

聞言，莫維嘲諷地笑了出來。

「這是皇帝讓你告訴我的嗎？」是無計可施了？這也太過粗糙。

他不懼怕皇帝，將格提亞繼續擺在皇太子宮，也是同時在宣告這個事實。無論皇帝想做什麼，他都歡迎之至。

聽到他那麼說，格提亞一頓。以莫維的立場，的確是會這樣想。

「不是。」無論莫維相不相信，他能做的，也只有實話實說。

「嗯？」莫維一副調侃的樣子，道：「那麼，就是你另外一個預言了？像這個光球一樣。」

儘管莫維的態度很不友善，一字一句都帶著譏刺的意味，不過格提亞聽到他這麼講，認眞回應道：

「魔法師是不能預言的，也沒有那種魔法。」魔法能夠干涉的，唯有已經發生的事情。他在課堂上講過。雖然莫維應該不是忘記，不過他還是再提一次。「這裡本來放的應該是礦石。」他說。

眼見莫維沉默，無法建立起對話，格提亞思考自己還能夠傳達些什麼。對了，擅長學習的莫維，會來溫室察看光球，應該是想知道多一些。

於是他繼續道：

「這個光球會枯竭。」不過，不會像燭火燈油那般容易消耗。格提亞用手比畫著圓形尺寸。「像這種大小和規模的光球，差不多可以維持兩到三年。」他像個老師，向學生說明著。

莫維實在感到不悅。他會來到溫室，的確是想要觀察這顆濃縮魔獸能量的光球，不過絕不是感興趣，而是對未知物體的戒心，關於魔法與魔力的一切，全部都來自於格提亞的敘述，在格提亞不完全可信的情況下，他也要驗證格提亞說的是真是假。

可是格提亞這種教學的態度，宛如還是他的師長一樣。

再者，在學院裡，格提亞沒有對身為學生的他用敬稱；如今在外，格提亞依舊不曾喚過他尊貴的殿下。

簡直就像是，長久以來已經習慣直接這樣與他交談。

「我不是你的學生了。」莫維冷眼道。

格提亞沒意識到那些，唯有在課堂上時，他才會講這麼多話。仔細一想，無論以前還是現在，莫維與他，都已只剩皇太子和臣子的身分而已了。

意外的是，在學院的記憶比較鮮明，因為才又經歷過一次。

「……你長高了。」格提亞突兀說道。他就是忽然發現了，不常見的這段日子，莫維在長高，而且是長高許多，他都得要昂起頭才能對上那張雕刻般的臉了。

原來是在這個時期拔高的。

那是什麼長輩的口吻。莫維眼角一抽，儘管格提亞年長他幾歲，不過他不喜歡被當成後輩，就算在巴力的面前，他也一樣。

不會低下頭。他是萬人之上的皇太子。

在能完全操控力量之前，他留著格提亞的命。當然，他很不滿意格提亞的立場與身分，不管是冷暴力，還是語言上的夾槍帶棍，好像對格提亞都不起作用。

莫維瞇起眼眸，語氣略微危險地道：

「你眞不怕我。」他的身邊，沒有這種人。

就連皇帝，也是畏懼他的。不然就不會想辦法打壓他的存在了。

總算有來有往地談話了。格提亞想了一下，要怎麼回答。

其實他也沒去思考原因，只是不管從什麼時候見到莫維，他的確是都不曾害怕過。

「因爲我比你強。」應該是這樣。

看著他表情淡然地這麼說，莫維瞠住漂亮的眼睛。

「哈！」他是眞的笑了。不過沒有接受這個結論。「有那麼一天，我會找機會和你較量。」他道，眼神毫不留情。

格提亞搖頭。

「不行，你的魔力控制還不夠細緻。」而且，他也不想對莫維動手。更重要的是，「我已喪失魔力，所以這是無法辦到的。」他說。莫維若是想知道能否贏過他，大概永遠都不再有機會了。

對這個人暗示或挑釁，總有種很沒意思的感覺。莫維直接明白道：

「所以我可以很輕鬆地殺了你。」

原來，剛才的話，不是眞的想要和他比拚勝負的意思。格提亞會意過來。

「你的確是。」他在莫維面前，可以說是手無縛雞之力。

居然沒有半點動搖。莫維垂眼睇視著他，帶著一種上對下的態度。

「你鍥而不捨的理由是什麼？」

以前，格提亞也常希望莫維將話說得明白一點。他不是很懂地重複：

「理由？」

莫維眼底有著露骨的審視，道：

「即使我無視你，你卻依然像這樣站在我面前，沒有離開這裡，也沒有放棄和我對話。」故意停頓一下，他陰沉地笑了，說：「皇帝的命令就這麼重要？」

這是莫維突如其來的試探。

探究他的態度，也測試他會怎麼回答。

自古以來，跟隨著皇室的人，總是伴君如伴虎。

格提亞知道自己此時的答覆相當重要，這是自他被皇帝召見以後，首次面臨莫維對此的提問，若是答案不對，大概會影響今後他和莫維之間。

但是，他說不出什麼好聽動人的話。

「不是。這是我自己的決定。」這一次，和皇帝無關。格提亞雙眼注視著莫維，表情平靜。

「把巴力帶來，難道不是要給皇帝借題發揮的機會？」莫維質問道。

因為格提亞帶著巴力的登場，實在太過唐突和不自然，他不得不懷疑。

原來他是這麼想的。格提亞道：

「你還不能完全掌控自己的魔力，遇到危險，如果你擁有優秀劍術，那麼就可以不使用魔力解決敵人。就算你學會控制了，一味的依賴魔法也是不行的。」他想著該如何才能說明清楚，盡力地解釋。「倘若有一天，你失去魔力了，那麼你一定更無法承受。將劍術學好，就能夠幫助你。」就算明知可能引起問題，莫維也是讓巴力傳授劍術，那就表示莫維自己其實也有這層考量。

莫維看著他。那雙純黑色的雙眸，沒有一次退縮，從未在他面前有過波動。

這副平淡的表情，眞是太讓人想摧毀了。莫維一笑。

「幫助我什麼？」

格提亞聞言。安靜了一下，然後道：

「幫助你能活著。不管發生什麼事情，都不會輕易地死去。」

這個回答，讓莫維收起笑容。

這不是格提亞第一次表示希望他存活。

「你倒是很在意我的死活。」除非他自己不要這個腐爛的生命，不然沒人能夠殺死他。

「是。」格提亞這麼道。隨即垂著眼眸，緩慢地說：「就算是最厲害的魔法師，也沒辦法復活死去的生命。」每個人都有一條時間線，若是死掉，那條線就會徹底消失。魔法不能挽救已逝去的靈魂。

唯一的方式，就是改變自己的時間線，回到那個人還活著的時候。

而這，卻是不應該，不可以做的。因爲每個人都有生老病死，就算是神，也不能隨意介入。

格提亞表情平靜，只有放在身側的雙手握成拳頭，透露著那不爲人知的壓抑。

莫維沉默地注視著格提亞。從他出生以來，還是第一次有人這麼在乎他的生命。

如果這些全部都是一種演技，那麼，格提亞．烏西爾，應該去劇院裡當首席演員。

莫維笑了一笑，覺得很有趣似的。

「你說的，像是親眼見過誰死掉一樣。」他道。和表情不同，他的聲音，陰沉得嚇人。

格提亞沒有回答。他就是一瞬間，像回到做出決定的那一夜。

皇宮的火早已撲滅，卻仍是瀰漫著燒焦的味道，他懷抱著莫維的頭顱，毫不猶豫邁開腳步，徑直跑進森林。

那個時候，他僅能聽見自己的心跳聲。

有好一陣子，溫室安靜得出奇。

剛才什麼都說的人，現在變得比誰都沉默。莫維習慣性微昂起線條優美的下頷，睇視著臉色僵硬的格提亞。

忽然，他知道自己爲什麼經常會對格提亞感到不悅了。

因爲格提亞總是看著他，像在看著別人。

就像現在這樣。

只見格提亞掀動嘴唇，有點自言自語的感覺。

「不會再發生的。」

那雙黑色眼睛裡的執著，始終沒有改變。

這天夜裡，下了雨。雨水打在溫室的玻璃上，叮叮噹噹的。莫維不知何時早已回房，格提亞靠牆坐著，用披風包裹住自己，整晚看著頂端的光球。

在兩人氣氛詭譎的這段時間，迎來了莫維二十歲的生日。

也是要進行成年禮的日子。

依照傳統，直系皇室成員的成人之禮，都會在中央皇宮舉行慶祝舞會，被邀請的貴賓，其服裝及穿戴物品，亦會在此時遭受社交界評頭論足。

雷蒙格頓帝國皇室，自古以來就以黑紅金爲代表色，據聞這分別是初代皇帝喜歡的顏色，以及初代皇后的眸色。作爲皇室成員，其正式禮服主要皆是以這三色設計。

舞會主角的皇太子莫維，理所當然地身著正裝出席。

以帝國魔法師身分被邀請的格提亞，在樓梯口望見他的時候，不禁稍微怔愣了。

只看莫維裡面穿著純白襯衫，即使只在頸邊露出一些也能看出漿得硬挺，外面則是一襲剪裁合身的黑色雙排釦軍裝，配上同色長褲與皮鞋。因爲皇室成員在成人的二十歲將會被授與軍階。

肩膀繫著黃色的編織授帶，胸前則是華麗稀有的紫色寶石。軍服邊緣滾著象徵皇室的金紅色刺繡。

與生俱來的貴族身分，使他的舉手投足，儀態及氣質，都顯得極度地高雅不凡。

更別提那無與倫比的俊美長相。

以前，他曾經不小心聽到過，那些貴族千金們，私下評論莫維是個看起來昂貴到高攀不起的男人。過了好幾年以後，他才知道原來那不是皇室富貴的意思。

格提亞很久，很久不曾見到莫維這麼穿過了。

他又再次分不清楚這是否爲現實，或者僅是他過去記憶裡的一幕。

「格提亞大人？」身旁的侍從低聲喚著他。

「……是。」格提亞身上依舊是先前被皇帝召見的正式服裝，他也只有這一套。他們魔法師不像皇室，得依不同場合改變著裝。

帝國大魔法師最重要的，僅有那枚悠久傳承的胸針。

明明就是要去同樣的地方，莫維甚至都沒看他一眼，在沙克斯的安排下，先行坐上馬車出發了。

格提亞來到皇太子宮的大門前，沙克斯讓馬伕將第二輛馬車駛近過來。

即便沙克斯在這段日子，非常清楚主人和這位魔法師之間流動的奇怪氛圍，他也是能夠做到毫不顯露情緒，恭敬地對格提亞低頭行禮道：

「閣下，請上車。」

在主人不聞不問的情況下，沙克斯依舊給他這樣的禮遇，幫他安排馬車。

「……謝謝。」格提亞對管家總是只有感謝。

他踩著梯凳，坐進車廂。

「駕、駕。」馬伕隨即晃動手中的韁繩，驅車前進。

穿過寬廣的花園，沒多久，馬蹄聲喀嗒喀嗒地敲在石板地上。格提亞望向車窗外，那座逐漸接近的，極之富麗堂皇的深邃宮殿。

莫維先抵達中央皇宮，此時周圍已經滿是護衛進行管制，使賓客能夠依序下車。管制區外頭，也是陸續站滿想要看貴族一眼的平民。

上流社會穿什麼，用什麼，在流行什麼，都是他們所好奇的。畢竟，普通百姓，不容易有管道接觸到貴族。

莫維跨下馬車的時候，原本熱鬧的氣氛，忽然間稍微安靜了。

他嘴邊泛著優雅的笑意，一點都不受影響，甚至已經習慣了，他根本不在乎旁人如何。但是，在要踏進宮殿前，他不著痕跡地瞥了眼後面格提亞所乘坐的馬車。

他沒有停留，長腿邁出步伐，在侍衛官的引領下進入皇宮。

首先，他得去打招呼。

踩著繡紋精緻的紅毯，莫維來到二樓，這裡有一間僅直系皇族才能夠被允許入內的廳房。依照慣例，中央皇宮舉行皇帝主導的典禮時，出席的皇子與皇女都得先來到這裡，向父母進行問候。

「尊貴的皇太子殿下到臨。」侍從先是依循皇宮禮法，出聲朝裡面示意，接著才打開門扉。

偌大的空間裡，已經坐了幾個人。

其中，有莫維的異母手足，科托斯及米莉安，另外就是皇帝與皇后。

「今天的主角來了，還得在這樣的日子裡才能見到你一面呢。」說話的，是現任在位皇后，名爲拉托娜的美麗女子。她在二十二歲的青春年華嫁給皇帝，也爲皇帝誕下一兒一女，即科托斯與米莉安，歲月在她的臉上幾乎沒有留下多少痕跡。

她總是對莫維陰陽怪氣，理由很簡單，皇室子女常見的矛盾，早出生沒多久的莫維，是阻擋她兒子繼位皇帝的礙眼存在。

莫維就像往常那般，不搭理她，上前準備行禮問候。

「不用了，你今天是壽星呢，是獨當一面的大人了。而且反正也不是眞心的，免禮了。」皇后又是語帶嘲諷。她一直都知曉，莫維的禮儀只有表面上的虛僞動作，膝頭不曾觸及地板就是表示不敬，更打從心裡不把她及科托斯放在眼裡。

莫維聞言，挺直了身。好看的嘴唇揚起一笑。

「也好。」他很乾脆地順著皇后的話。

皇后是想要諷刺，並非眞心讓他省略禮節。畢竟這可是少數能在上位讓莫維低頭的機會。

米莉安見母親手裡的蕾絲扇子都快氣到捏碎了，在心裡嘆口氣。

「莫維哥哥，恭喜你二十歲了。」她早就起身，拉開裙襬向莫維行禮祝賀道。身爲第一皇女，她一直是個乖巧聽話的孩子，從不怠慢。

依照禮儀，長子向父母問候過後，弟妹也得向兄姊問候。既然她這麼做了，那麼科托斯就也得跟著做。

科托斯因此狠狠地瞪了米莉安一眼。米莉安僅是保持行禮的姿勢，低垂著眼睫，當作沒有發現。

莫維昂起下巴，一副戲謔的表情，看著米莉安身後的科托斯。

「恭喜你。」同輩間的問候微躬身即可，科托斯不情不願地前傾。

莫維撇唇，笑得更愉悅了。

「嗯。」像是級別高他們一等那樣的態度。

事實上又何嘗不是。因爲他是皇太子。

他甚至連聲謝謝都不說。皇后得咬著牙齒才能保住自己的優雅，這樣重要的場合，她必須維持皇后應有的儀態。科托斯更是漲紅臉，也不知是過大的肚子讓他躬身困難，還是單純惱怒。

皇后看一眼身旁的皇帝，她的丈夫沒有什麼特別的反應。皇帝以前就不大插手孩子間的事情，不帶感情地旁觀著一切，只不過，皇后仍是隱約感覺皇帝比較在意莫維，這也算合理，畢竟是未來要承襲帝位的長子，雖然外界都說莫維不得皇帝疼愛，可他如今依然是皇太子，皇帝還派給他許多任務。

雖然她想探探皇帝心意，不過自從前幾年開始病重到臥床後，皇帝鎮日坐躺在寢室裡，連她也不怎麼見了，也因此他們夫妻的關係疏遠許多。若要讓丈夫指定科托斯爲下一任皇帝，她本來還想多吹枕頭風的，期間焦慮不少，也逐漸地要耐不住性子了。

直到前段時間，忽然病情好轉了。應該是聖神教的祈禱奏效，畢竟生病這些日子，聖神教的祭司頻繁出入皇宮，爲皇帝祈福，甚至偶爾還能見到教皇。

或許是大病初癒，皇帝整個人的行爲舉止和以前比起來，有種難以形容的微妙感。

例如，會突兀地變得沉默，就像現在。

皇帝沒說一句話，雙目僅是盯著莫維。若在以前，肯定會要求莫維行禮，不過拉托娜都可以理解，雖然精神瞧來不錯，畢竟年紀也大了，無論如何，皇帝恢復健康，對她來說也是件喜訊。

這樣就更有餘裕能夠在皇帝退位前，好好地安排自己兒子取得繼承權。

儘管皇帝在外地還有個情婦，那名情婦也有其他的孩子，不過情婦向來低調懦弱，小孩又年幼，毫無存在感，順位更是在科托斯後頭，不成氣候。

所以，她的目標只有皇太子莫維。在她看來，莫維的皇太子之位坐得其實不穩當。因爲那傳聞中擁有不祥魔力的命運。

即便他是皇室裡唯一擁有力量，能與那些魔法師抗衡的人。

但是如今，有了聖神教，他們根本不需要魔法師了。過於強大的魔法師，反而令人害怕。拉托娜心裡七拐八彎的，她會如此感到不安，是由於她原本是名皇妃，那時前皇后尚還在世，由於重病休養無法見人。

皇帝與皇后結婚許久，多年都沒有傳出好消息，她想，皇后可能是無法生育，皇帝才會納她為皇妃，原本就有備位的意思。後來她發現自己懷孕了，以為能夠母憑子貴，結果沒想到皇后最後卻出她意料比她早生下一子，就差那麼一點！就算皇后逝世以後，她也順利登上皇后的位置，她的兒子卻與皇太子的頭銜失之交臂。

這使得她多年來耿耿於懷。自己不是第一個皇后，兒子也只能是第二位皇子，拉托娜片刻掠過許多心思，不過這事得謹慎慢來，也急不得。

於是她將自己的注意力拉回女兒身上，在莫維進來前，他們正在討論米莉安的婚事。

「好了，我們剛談到哪裡？」她看向米莉安，調整好情緒。

她是配得起皇后之名的女人，即使內心波濤洶湧，表面上也要風平浪靜。

坐回位子的米莉安明顯一頓，道：

「說我最好的丈夫人選，是薩堤爾大人。」那是一位公爵之弟，年紀大她將近三十歲，娶過三任妻子都離婚，府裡最小的孩子甚至跟她一樣是十多歲的年齡層。

可是，薩堤爾的家族歷史悠久，還是母后的遠親。東部享有盛名及榮譽的騎士團，幾乎可以說是那個家族訓練出來的，就算整個帝國都握在皇帝手裡，負責守衛邊境的騎士團卻只聽東部公爵家的命令。

皇后點了下頭，道：

「我會和公爵府聯絡，讓你們彼此來一次正式的見面。」本來就是她娘家的親戚，這下能夠親上加親了。在帝國，貴族親戚結婚不算少見，她希望鞏固東部勢力，遠親的關係還不夠緊密，讓米莉安嫁過去，就不會再有問題了。

「是。」米莉安毫無感情地應道。她身旁的兄長科托斯，一副怎樣都無所謂的樣子，正豪飲紅酒抓起點心塞進嘴裡。

皇后也發現了，稍微皺眉道：

「注意你的儀態。」明明貴爲皇子身分，怎麼愈養愈沒氣質了？莫非眞的是她太寵？皇后瞄一眼莫維，再瞅瞅自己兒子，簡直天差地遠，這可不行，回去得讓禮儀老師給兒子再加強一下。

不過多虧懶散的科托斯，外人看來，這個皇室家族，是這般放鬆悠閒相處的模樣。唯獨莫維不在這幅家庭畫框之內，置身事外，和所謂的家人在一起時，他一直都是如此。

皇后不是他的生母；即便有血緣關係，他卻也不把皇帝當成父親。更別提科托斯和米莉安，對他來說完全就是外人。

他對這個家族，這些人，沒有絲毫感情。

對這個國家也是。

從他懂事的時候開始，就在想著，這一切都毀滅掉好了。

不過幸好，臥病在床的老傢伙病情好轉了，怎麼可以這麼輕易地死了。莫維睇著皇帝，注意到他比起之前見面時，狀態似乎更不自然了。

說不出哪裡，很細微的。

他想起格提亞講過的話，皇帝和聖神教，是有問題的。

儘管他試探格提亞，不信任格提亞，卻也任格提亞繼續留在自己身邊。

唯有格提亞能提供他關於魔力與魔法的知識是其一，到如今，他也想見識，格提亞究竟還能告訴他多少將會發生的「預言」。

「尊貴無比且偉大的皇帝陛下，以及尊貴的皇后殿下，皇太子殿下，皇子殿下與皇女殿下，時間到了。」年長的皇宮侍從推開門，站在門口行禮，告知晚宴即將開始。

終於，皇帝在莫維進入室內後，第一次開口了。

他緩慢地站起身，道：

「走吧。」旋即朝門口前進。

他的聲音渾厚，步伐穩重，確實和先前臥病有著天壤之別。

莫維對於聖神教當然是有所懷疑的，而且是在格提亞對他提起前。因為他認為，聖神教所謂的祈禱力量，與魔法非常相似。

甚至可能就是魔力的產物。聖神教是如何擁有那種力量的，他沒興趣，也沒有想要追究。直至皇帝在聖神教的祈禱下，恢復到如此程度。

皇后拉托娜跟隨在皇帝左側稍微後方，莫維則在他們越過自己時，隨同在右方的位置。

科托斯及米莉安二人則在他身後。

來到大廳的二樓高臺，底下原本交談的貴族紛紛安靜下來，待皇帝站定位置後，司儀在一旁朗聲喊道：

「所有人，拜見雷蒙格頓帝國尊貴無比且偉大的皇帝陛下。」

語畢，無論男女皆低頭行宮廷禮。

皇帝站在高處，由上往下地掃視眾人，隨即抬起手臂，示意晚宴開始。

不管是皇室或者其它爵位家族主導的宴會，照慣例應該由主人這方跳第一支舞，也就是皇帝的家庭要先有兩個人出來代表。

皇帝和皇后身分高貴，所以是坐在主位觀賞，因此通常是皇太子來進行，若有已婚伴侶那就是夫妻為優先，如果都是未婚，那便是長子帶著他的舞伴，不過莫維一直以來從未找過女伴出席各種場合，所以就是第一皇女來代替。

米莉安將手搭在莫維的肩上。她訝異地發現，一陣子不見，她的異母哥哥更加挺拔了。

莫維沒有講話，樂曲開始後，領著她在舞池中開始起舞。這是所有貴族從小就得要學會的，是禮儀的一種。

即使莫維總是給人一種不大妙的氣質，至少領舞還是做得挺好的，畢竟皇室培養的儀態就擺在那裡，比她自己的親生哥哥強多了。米莉安和莫維並無太多交情，他們沒有一起長大，沒有一起上學，就重要場合裡會見上一次，平常鮮少有接觸的機會，和就是知道有這麼一個人的程度沒相差多少。

不過，她和親哥哥科托斯，其實也不是想像中的親近。

這或許就是她能客觀地評價兩位兄長的緣故。母親非常重男輕女，成日想著讓科托斯能夠取代莫維當上皇帝，雖然不曾虧待她，卻近乎忽視她，她的存在可有可無。

但是最近，她總算受到母親關注了。

米莉安轉了個圈，裙襬劃出美麗的圓弧線。再重新搭上莫維肩膀時，她忽然開口道：

「我認爲科托斯哥哥不是一個好的皇帝人選。」這或許是一時衝動脫口的，但是說出來後，米莉安卻覺得自己沒什麼不對。

她是一個沒有魔力的公主，在皇室裡面，她就是僅能靠婚姻對象產生價值的存在。父親從未正眼瞧過她，她對母親亦不抱存任何盼望，所以要爲自己做打算。

聞言，莫維垂下眼眸，允許她進到自己視野。這個與他血緣上稱爲異母妹妹的人，向來只有必要的時候才會跟他說話。

「妳如果是期待我去做什麼，能夠造成妳所希望的走向，我沒有興趣。」莫維冷冰冰地對她微笑。他準確猜測米莉安此舉的心思，直接道出。

米莉安多半是想拖延她的婚事，不過與他無關。即使東邊堅實的軍力會因這樁婚姻買賣更堅固地站隊皇后，那也無所謂。

那些都是沒用的。阻擋不了他想做的事情。

眞是張漂亮的臉，不過笑容教人頭皮發麻。被莫維猜到她的想法，米莉安心臟一跳一跳的，像是樂曲鼓聲的節奏，敲擊在胸腔，她緊張地出了點汗。

「不是的。我可以結婚。」就她觀察，莫維和父親兩人間的矛盾，總有一天會浮上檯面，只看莫維什麼時候開始挑起這場戰爭。屆時母親爲了要盡早獲得東部支持，反而會加速行動，婚禮會更快舉行。她抬起眼睛，對上莫維那雙不平凡的紫色眼眸。「我知道你和父親不像表面上那樣和平，所以，我要的是，你成爲新皇帝後解放我。」她說。

她是帝國的皇女，從小便深知自己的婚事只能任人擺布，她是有所覺悟的。

所以，她想爭取的是未來。

雖然母親急著讓科托斯取代莫維，總是焦慮著莫維擁有的皇太子地位，可是在她眼裡，她的這位異母大哥，和父親之間，並不是母親以爲的那個樣子。

父親終有一天會走下帝座，她要的是這以後。

自始至終，莫維都一副與他無關的表情。音樂剛好結束了，兩人因此停下動作。

場外的貴族響起掌聲，讚美這對兄妹的舞姿高雅優美。米莉安雙手拉起裙襬，先向觀眾致意後，再次朝莫維行禮。

莫維眼睛已經移開，不再看她。米莉安相當習慣他如此態度，畢竟他們可不是什麼感情多好的手足。但即使僅有萬分之一的機會，她也要嘗試。

若成功了，那就是突破口。如果失敗，那也只是回到原點，不會有損失。

在步出舞池時，她聽見莫維啓唇道：

「我不需要妳。而妳，也不需要我。」

「咦？」米莉安轉過臉，莫維就已先一步離開。「什……」這是什麼意思？她注視著莫維的背影。

將晚宴規矩履行結束，莫維首先就是在人群裡尋找格提亞。

剛才，樂曲即將休止的那一刻，他在舞池裡瞥見科托斯將格提亞帶走，往左邊的落地窗那裡去了。

——站在二樓落地窗外的露臺，被突如其來推進此處的格提亞，情緒平靜地產生疑問。

看著自己面前的年輕人，他知道對方名爲科托斯．雷蒙格頓，也就是帝國二皇子，但是他不明白，二皇子找他何事。

「你是那位大魔法師，對吧？」科托斯問道。他僅見過格提亞幾次，每一次都還間隔好長時間，他又記性不好，所以他不是憑長相認出來的，而是靠衣著與那枚胸針。

「是的，殿下。」格提亞在科托斯的打量下，好不容易反應過來，他應該要對皇子行禮的。在那已經成為回憶的過去，莫維不知從何時開始完全不在意他的禮儀，也不會向二皇子這樣用眼神提醒他，久而久之他就忘了該這麼做。

這麼說起來，現在也是。就算是在如今的莫維面前，他也習慣省略了。

科托斯見他像在想其餘的事，便清咳兩聲，道：

「我想要你。」

他說出來的話，簡單粗暴。格提亞安靜了下，總算記起曾經也有過的事了。

沒錯，這位二皇子，似乎想要他。

他對二皇子不熟悉，可是在以前，二皇子也像這樣，似乎是要拉攏他，不只一次。

但是，大魔法師是屬於皇帝的，不是皇室。

是僅專屬皇帝一人的。

莫維也曾經因此，在登上帝位後對他說過「終於得到你」，這樣一句話。

他想不起莫維當時的表情了。是在調侃，還是什麼？格提亞有點出神。

科托斯見他沒有回答，覺得他是不想答應。

「你先別急著拒絕。」科托斯圓潤的雙層下巴抬得老高，一副上對下的尊貴模樣。「我現在，不對，我以後，那個……也是有成為皇帝的機會，如果大魔法師能夠和我站在一起，那我可喜歡了。」欲言又止的，是由於有點醉了，更是因為總覺得講出來不大妥當，但還是非常想說出口。

魔法師已經式微，遲早也會滅絕，母后認為魔法師這種生物是怪物，他才不那麼覺得呢！從以前到現在，皇帝身邊都有魔法師，那麼，若是魔法師能在他這裡，他當皇帝的可能不就大大提升了？

而且，他真的很想要擺一個魔法師在他的宮殿裡，據說，他們的瞳眸，在夜晚時看上去會是彩虹般的顏色。科托斯兩眼發光，像是對格提亞感到極濃厚的興趣。

東部公爵定期會過來首都一趟，他則經常和同行的薩堤爾叔叔一起玩，那個人非常會玩樂，還有些又酷又少見的祕密玩法。其實他自己有個喜歡收集的癖好，最喜歡特別的玩意兒，不論是無生命的物體，還是有生命的動物。

或者是人。

他也能夠成為很會玩，很有眼光的皇子。

格提亞從小在魔塔成長，所接觸的人數有限，成長後去到學院，也沒有什麼交流的對象，他成為大魔法師，皇帝命令他接近莫維，這一下，就過去十年。

儘管他的生活圈子小得不能再小，所以使得他對於待人處事方面相對遲鈍，此刻他也能夠看出，二皇子那種不妙的眼神。

就和以前一樣。

他聽說過，二皇子的興趣是收集新奇的玩具。

貴族經常都有嗜好，有的是單純的好玩，有的則是可怕。

他並無機會能搞清楚二皇子究竟是哪一邊，因為二皇子想要與他建立起的連繫，始終未曾成功。

格提亞安靜沒有動作，他在謹慎地思考，該怎麼婉拒二皇子，最好說得清楚明白，讓二皇子別再找上他。過去他大概就是沒能確實表明態度，二皇子才會都不放棄。

可是，到底要怎麼講？面對的是皇帝之子，他又身爲人臣。格提亞最近經常認知到，自己眞的不是一個很懂得說話技巧的人。

「喂。」科托斯看他始終沉默不語，遂變得不大開心。「你都不講話，是不打算理會我嗎？我可是這個國家的——」他邊說，邊朝格提亞伸出手。

他想推格提亞的肩膀，他對待宮裡的下僕都是這樣的，一不高興就動手。

然而，他的指尖都還沒能碰到披風上的毛絮，就從旁被什麼給揮開了。

「欸？」科托斯表情愚鈍，呆望著自己紅腫的手背。他是被打了？被踢了？被什麼東西弄的？好半晌，才回過頭罵道：「是哪個大膽的畜——」

當莫維無比英俊的面容映在眼球上時，他戛然而止。

莫維用高人一等的體態，斜視著科托斯。

「嗯？」他微微一笑。夜色裡，俊美得不可方物。

「你……你怎麼會在這裡？」終於反應過來，科托斯錯愕地指著莫維，驚聲問道。

科托斯不怎麼喜歡單獨面對莫維。莫維僅年長他幾個月，他甚至沒有把莫維當作兄長來看待，但是，在莫維面前，他會有種劣等感。

當然，即使他不願意承認，莫維那般的外表，哪個男人在莫維面前都是抬不起頭的，不過反正大家都一樣，所以這不是使他自卑的原因。

問題在於，莫維的氣質。明明是相同的年紀，莫維的眼神以及態度，或者舉手投足，都給人一種難以形容的魄力。

就彷彿，莫維生來就是極其高貴的，與眾不同的，是世上最特別的存在。

貴族要能優雅，要能高尙，那是從小接觸的環境，交流的人，潛移默化養成的。但莫維所散發的，不是屬於那類簡單的東西。

不管在誰的眼裡，他一定都比不上莫維吧。

可是這絕非他不好，而是莫維生來就異常，因爲莫維天生擁有魔力，是這個國家稀有的存在。科托斯抿緊嘴唇，他一直將這種低劣感，歸咎於自己出生太過平凡。

或許就是由於這樣，他自己沒有魔力，他就想要得到一位魔法師。

莫維不理會科托斯，僅是將視線放在格提亞臉上。今晚是個冷夜，只差水氣不夠沒有下雪，格提亞雙頰被凍得泛紅，還是那樣淡然的表情，不過圓睜的雙眼裡，有一絲訝異。

整個人都是一副什麼都來不及反應的模樣。

「你在做什麼？用力甩開他不會嗎？」莫維瞪視著他，隱隱地覺得煩躁。居然被這種傢伙抓著手帶出場外。

當初在學院裡是怎麼對待他的？說著不喜歡被別人碰，還把他推開了。

科托斯站在一旁，惱怒自己又被莫維無視，儘管有點畏忌，仍舊開口道：

「喂……你！回答我！你爲什麼會在這裡？」

莫維總算轉過眼眸，瞥向科托斯。夜晚，那紫羅蘭般的雙目，漂亮得不像是人間會有的東西。

「閉嘴。」他啓唇說出這兩個字，甚至都沒有將臉撇過去，只是一個斜視。

那十足的威嚴性，幾乎要壓倒科托斯。

科托斯向格提亞說的話，莫維全部都聽見了。對他而言，科拖托斯不是什麼需要在意的存在，完全算不上威脅，但是，一個他根本沒放在眼裡的異母弟弟，如今竟膽敢覬覦他身邊的人，這令他極度不悅。

因爲那是他的。

就算是他不要的東西，丟在路邊，也不允許別人隨意撿走。

所以，格提亞這種隨便就被帶走不反抗的行爲，也是不應該的。

格提亞應付他與科托斯的差別待遇，同樣令他十分不愉快。

忽然，他聽見格提亞的聲音說道：

「不要生氣。」

於是他重新看向格提亞。

這是莫維的生日宴會，如果留下不開心的記憶，那太可惜了。格提亞注視著他，覺得眼下這個狀況，以及這樣的氣氛，感覺有點熟悉。

科托斯的行爲，在他曾經歷的回憶裡也不是一次兩次，這麼說起來，以前不知從什麼時候開始，莫維若是知道科托斯又來接觸，就是會像這般，說些他聽不明白，可是能感覺出不是太好的話語。格提亞不大清楚莫維此時在想什麼，單純地希望至少在這晚，莫維能夠開心度過。

總是一副不懂得防備的模樣，不論是對魔獸，還是對人。莫維伸出手抓住格提亞的膀臂，道：「走了。」毫不猶豫便要帶人走。

科托斯見狀又忍不住激動了。

「你、你這是做什麼！我還在跟他講話！」簡直把他當透明人。莫維從頭到尾沒正眼瞧他，令他十足惱火。

莫維稍微停住動作。他覺得科托斯連站在格提亞面前的資格都沒有。

在科托斯再次阻攔前，莫維揚臂攬住格提亞的肩膀，居高臨下地蔑視科托斯。因爲他深知如何讓科托斯感覺挫敗。

「毫無意義。」指的是科托斯的行爲。無論科托斯怎麼做，都無法從他這裡拿走任何屬於他的東西。

科托斯聞言呆住，其實他沒有完全明白莫維的意思，不過那雙紫色眼睛裡極其明顯的輕蔑他倒是看出來了。

這種勾肩搭背的動作，格提亞不習慣。可是，他明明鮮少和他人身體親近，卻莫名感到靠著的胸懷並不陌生。從風鳴谷回來首都，那段他昏迷的路程，都是莫維像這樣帶著他移動。

雖然他當時沒有意識，原來身體是記得的。

以前，他好像從沒有和莫維接近到肢體接觸的地步。

科托斯這邊還在醞釀發作。他的臉漲成豬肝色，大聲道：

「你——」正欲發洩脾氣，忽然又有人來到露臺。

「失禮了。」一名騎士，在莫維和科托斯面前禮貌地低下頭，道：「陛下要發表祝酒詞了，請諸位回到大廳。」他肩上的披風繡著國徽。

是直屬皇帝的騎士團。只要莫維進入中央皇宮，皇家騎士會無時無刻地監視著他，所以才理所當然地知道他人在哪裡。

在晚宴時說祝酒詞不奇怪，奇怪的是皇帝竟在他的成年生日宴會這麼做。皇室自他十歲起才按照傳統舉辦宴會，在那之前對外都稱他身體不好，卻從來沒說過祝酒詞。

因為那沒什麼好祝福的。莫維笑了一下。

「……那就去看看，是不是你說的北部。」他垂眸對格提亞道。

在格提亞曾經的記憶裡，雖然沒有露臺這段插曲，不過就是在這個晚餐的時間點，皇帝發言了。他跟著莫維回到大廳，儘管這個宴會的主角是莫維，可是站在高處，萬眾矚目的卻僅有皇帝一人。

就見皇帝舉高酒杯，在確認莫維已回到場中時，對著底下賓客朗聲道：

「朕是帝國的皇帝，克洛諾斯·雷蒙格頓！」語畢，底下的貴族響起如雷般的掌聲，連綿不絕。好不容易終於待歡呼告一段落，皇帝接著說：「諸位，歡迎在今日這個特別的日子來此，天上的神明也能聽到你們的喜悅之聲。帝國的皇太子如今已年滿二十歲，即一位能夠為自己負責的成年人，並將獲得他應該有的軍階。」他揚起手，朝向站在大廳人群中的莫維。

莫維抬著眼眸，與克洛諾斯，他血緣上的父親四目相對。

皇帝將酒杯舉得更高，激昂地喊道：

「莫維·貝利爾·雷蒙格頓！將出發至北方領地佛瑞森進行他初次的任務，和那邊的人民，一起征服難關！」

聽見皇帝大聲唸出自己的全名，莫維的眼神一下子變得陰狠。

察覺此事的格提亞，不覺稍微站在莫維身前。

那是一種下意識的保護行爲。

皇子在二十歲後，視爲完全獨立的個體，同時授予軍階，也必須履行義務。但是，莫維在此前已有數回討伐魔獸凱旋的經驗，雖然從未公開表揚過，可確實不是「初次的任務」；再者，在慣例上，正式獲得軍階時指派的使命，一般都相當明確且有目標性質，不應該以籠統的征服難關如此形容帶過。

還有，地點通常不會那麼遙遠。

分明和傳統有異，但是現場的貴族，泰半以上都正忙著在飲酒作樂享用美食，沒有人深究。

「雷蒙格頓帝國萬歲！雷蒙格頓帝國萬歲！」

突然有人大喝了這一聲，接著就是此起彼落的歡呼：

「萬歲！」

「萬萬歲！」

因酒意而臉色潮紅，酒精點燃高亢的情緒，貴族們手持高腳玻璃杯，昂首將杯中瓊漿玉液大口灌下。

珠光寶氣的宮殿，不能再更華麗的服飾，難以再更珍稀的佳餚，他們嘴角殘留紫紅色的酒液，咧開雙唇笑著咬下鮮紅的肉塊。

無論皇帝說的是什麼，附和著歡呼就對了。

貴族似乎就是這樣。享受著，揮霍著，每個人都深深認爲這些是他們身分應得的。

在這有些荒誕的氣氛中，格提亞凝視著皇帝克洛諾斯。

說不出是哪裡，皇帝的狀態，和之前見面時又有些不同了。

莫維就站在格提亞旁邊，發現從皇帝開始說話前，格提亞的目線就已經執著地纏繞在皇帝的身上。

莫維微前傾，稍微擋住格提亞的視野。同時在格提亞的耳邊低聲道：

「和你講的，完全一樣。」

格提亞感覺莫維溫熱的氣息拂過耳際，因此轉眸望向他。

「……是。」

莫維與格提亞那張淡然的臉孔對視。

「你說，不是皇帝讓你告訴我的。」他用一種命令的語氣，要格提亞給出諾言。

這個距離，格提亞可以看見映在他眼中的自己。

「不是。」他平靜且清楚地回答。

莫維低低地笑出聲音。

「那麼，這又是『以後』會發生的事。」

格提亞無法從那雙紫羅蘭般的瞳眸裡，看出莫維究竟相信他到什麼程度。

儘管他笑著說出這般話語，也有可能是完全不信的。

因爲他就是那樣的人。

莫維僅是唇邊帶著笑意。

人生以來，還沒覺得這麼期待往後的日子過。

至今發生在格提亞身上的，以及格提亞那些奇特的表現，所能得到只有一個的結論。

即使再不可能，再癲狂，也是唯一符合解釋的。
就算或許是一個陷阱，他奉陪到底。
不管發生什麼，他的目標都不會改變。
總有一天。
他要把一切，弄得面目全非。

貴族的盛宴，就在狂歡中結束了。
巴力．沃克，也選擇在隔天晚上離開。皇太子天資驚人，短短時間，就讓他沒有什麼能夠教的了。
不過他也的確待在一個地方太久了，原本來到首都，就是很大的風險。昨日他已道別過了，皇太子一副他要走就走的隨便態度。
頂著和美狄亞前皇后相似的臉，對長輩一點也不尊敬，不過那個毫不畏懼的眼神倒是非常好。
雖然跟瘋子一樣。
還有將他帶進宮中的魔法師青年，與他道別時，臉上淡薄的表情，居然可以從小時候持續到長大，「那個人」到底是怎麼撫養他的，是個性本來就如此嗎？

因為歷史的書本裡寫，最初的艾爾弗，總是與世無爭。

巴力用力地思考了一下。但是或許，魔塔出身的大魔法師，就是得表現出對一切都不感興趣才可以。

他停下腳步，已經離開城鎮，來到人煙稀少的邊陲地帶了。

忽然，他抬起臉，對著空氣說道：

「好了，還不現身嗎？難道要等我走到森林？這可不是謹慎，只是膽小而已。哈哈！」

隨著他的笑聲，數名蒙臉的黑衣人倏地出現，將他包圍住。

巴力僅是瞧了一眼。

「就這些人？都不夠我熱身呢。」

「抱歉，您今天必須在這裡結束。」為首的黑衣人這麼說道。他們當然還有同伴隱蔽在四周，是準備萬全才敢挑戰帝國第一劍士。

巴力抽出腰間長劍。

「還挺有禮貌。」畢竟他們也不是什麼土匪組織。他笑道：「對了，我從來沒有隱藏我的行蹤，是你們自己找不到而已，不要再說我失蹤了啊。」明明就是一個去旅行的愜意老人，把他說得像失智。

這次，大概是在市集中亮出了劍才被找到的。

他其實有點不願意呢。這些精銳，如果活著，對帝國大有幫助。

巴力抬起眼，注視著眾人。像是獅子盯上獵物，準備用利爪撕裂他們。

「來吧。我們都不要留情。」

他道，收起笑容。

這個夜裡，在此處發生一場激鬥。天亮以後，居民只看見地面的血跡，而在不遠處的運河裡，則被目擊到漂浮著屍體。

首都近郊發生如此案件，儘管上頭希望能壓住消息，數個星期後，還是以號外的形式，被傳播出去了。

「看哪！運河裡無名的浮屍！」

報童抱著一疊紙張，邊喊邊灑向天空。

經過的一個商販，接著了這份報導，一邊驅使馬車往前，一邊津津有味地閱讀。商販來到皇太子宮的側門外，將約定好的商貨卸下車子，交給府裡優雅的老管家點收。

風和日麗。帶隊出發前往北方領地的日子，就是今天。

「這些是什麼？」

「是追加的大衣毛毯，沙克斯大人囑咐的，說是那邊的天氣比首都這裡冷多了，得做好準備。」忙著搬貨的侍從，一邊將箱子擺上要載往北方的馬車，一邊和年輕的騎士們對話。

「別打擾他們做事了。」穿著騎士服裝的歐里亞斯出現在一旁，讓騎士們先去列隊。

他已經是第四次自願跟隨莫維的隊伍出征了。沃克家族不同普通貴族，所受的教育絕非貴族只會享樂，他們不怯戰也不能怯戰，必須親身在戰場上建立自己的位置，否則無法讓任何人信服，這是他們家族一直以來的作風。

風鳴谷一役，讓歐里亞斯認知到，跟隨莫維會是正確的決定，所以只要是莫維帶隊，他甚至是領在前方第一線衝鋒，也因此其他人把他視爲莫維的左右手，一定程度上地聽他的話。

歐里亞斯也會跟大家分享經驗。特別是在見識到魔法時，即使感覺身體不舒服，那也不用太驚慌。

而且，那表示，事情就要瞬間結束了。

莫維在風鳴谷所做過的事情，在他心裡留下極深的印象。這位帝國的下一任皇帝，強大到教人震驚。

這對國家是好事。

歐里亞斯．沃克，儘管家族保持中立，影響不了他崇拜強者。

眼睛稍微掃視周圍，歐里亞斯察看有沒有什麼還沒準備好的，畢竟這次要去的地方很遠，後勤補給可不能隨便，這不僅是爲整個隊伍，也是爲自己。

「你們，弄好了就去列隊了。」他提醒著幾個這次新加入的陌生臉孔。「啊，格提亞老師！」瞄到一個身影，他叫喚著上前。

經過幾次出征，現在他和格提亞也算是熟識了。

格提亞聞聲回頭，見到是歐里亞斯，便停下腳步。

「好久不見。」

歐里亞斯朝他走近。格提亞望著這張和巴力有些神似的臉孔，不禁想起巴力還在皇太子宮時與他的對話——

「歐里亞斯就要來了。」格提亞才從管家那裡聽見巴力準備離開的消息，正好在走廊遇見巴力背著已整理好的行裝。遠征隊伍即將集結，他們爺孫可以見上一面的，怎麼就要走了？

巴力一笑。

「沒事，我知道他健健康康的就夠了。」

格提亞對親人的回憶不多。成長過程，大部分是由師傅撫養的，不大清楚普通有血緣關係的家人應該如何相處。

「原來如此。」他以爲，巴力會想看看孫子。

「我待在首都太久了，已經超出我的預計了。」巴力在此之前從未提及這些。皇太子宮內部守密到位，不然應該早有麻煩找上門了，他沒想過自己留這麼久，不對，應該說比想像得還要更快離開嗎？因爲皇太子學習的速度超乎他的認知。「那孩子知道我在世上的某處活著。我們有一天還會見面的，只是不是現在。」他依然是笑著說，語氣也稍微透露出他是有理由這麼做的。

「……是。」格提亞能夠從他的態度理解，這一定是沒辦法的事。巴力原本就是行蹤不明的狀況。

巴力抬起頭，看了眼窗外天空的雲霞。

「我在這座宮殿，比想像中愉快，不過，還是到了該別離的時候了。」說完，他轉而望向格提亞，同時眼神極其認眞地道：「大魔法師閣下，我們兩個的立場，或者我們兩個和皇太子三人的立場，其實都是很相似的。所以，請你務必小心。」最後，又是和藹地笑了。

即使巴力不用說得清楚，現在的格提亞，也多少明白意思。

在上一次，他是很久之後才瞭解到。

他們三個，都是會對皇帝造成威脅的人。

格提亞不喜歡政治，他總是在研究著魔法，想要把這個即將失傳卻曾經發生過的事實，以記憶歷史的方式流傳下去，所以，他也沒有閒暇時間去參與那些政場上的紛擾。

就算他是皇帝任命的帝國大魔法師。

不過，待在莫維身邊的那段長久日子，他仍是被動地遭到捲入了。

若是讓他再一次細思，那時候失去孫子的巴力，爲什麼要傳授劍術給莫維，如果有其它更合理的原因的話，或許，也並非完全的貴族情操。

巴力，大概就是想看莫維和皇帝父子殘殺。

皇室必須爲犧牲他的孫子，付出代價。

至於現在的這位巴力，可能是覺得有趣，又或者，因爲他們三人的立場都相同，所以巴力覺得莫維必須增加自己的實力，直到有一天需要。

在以前經歷過的那段往事，巴力最終如何了？格提亞怎麼也想不起來，巴力之後的消息。

「老師！」

歐里亞斯忽然大聲叫喚，格提亞整個人像是從回憶裡被拉出來。

「……什麼事？」他問。

「你怎麼這麼容易出神？」歐里亞斯站在他身邊說道。先前他就發現了，這位帝國唯一的大魔法師，無論是吃飯，騎馬，大家聊天休息，不管何時！都會忽然陷入自己的思緒。

「……你也長高了。」格提亞僅是這麼說道。得稍微抬頭才能與他對視。

「是啊！這個夏天又長了幾吋呢！」歐里亞斯得意地笑道。他還在生長期尾巴，很期待自己身高最後能追上家族的男性。

格提亞安靜了一下，啓唇道：

「太好了。」原本，他和歐里亞斯完全沒有交集，這位年輕人也殞命在不到二十的年紀，現在能看到他的成長，心裡有種難以言喻的感受。

他是爲了莫維回來的。可是，他也改變了其他人的命運。

就算如此，他現在依然不認爲自己是正確的。只是即使錯了，他也會這麼做而已。

歐里亞斯當然不會曉得格提亞此時內心的情緒，高興地道：

「對了，老師這次也是跟我一起吧，那……」

「他不和你一起。」

隨著話聲，黑色的披風飄揚，如流星般劃過兩人頭上。格提亞的髮梢被身後帶起的一陣風拂亂了，他回過頭，見到身著正式軍裝的莫維，英姿筆挺地坐在馬上。

「殿下。」歐里亞斯立刻將左手橫在胸前，同時低頭行禮。

莫維垂著眼眸，睇向格提亞昂起的臉。

「你這次要跟著我。」

格提亞睜著眼睛。

「什麼？」他沒能問清楚，莫維已經策馬前進了。

每次出征，至少也要雙人爲一組。無論是用餐休息或者移動，不管什麼行動最少都要兩個人一組，以上當然更可以，就是不得單獨一人。

主要原因是爲確保安全，若發生什麼意外或事故，身邊都還能有同伴幫忙或者尋求救援。另外就是路途中雖會在野外就寢，進到村鎮以後則會去旅店休息整理，這時幾人一個房間會更順利些，畢竟空間有限。

先前出任務，在莫維特意冷落格提亞的那段時間，是歐里亞斯見他落單，所以主動與他共同行動，無論吃睡兩人都是一起的，進到旅店也是歐里亞斯拉著他和其他人擠一下，否則憑他自己，是絕無可能找到同伴的。

他以爲這次也是一樣的，所以他不懂莫維的話是什麼意思。格提亞只能佇立在原地。

「還不過來？」莫維頭也沒回，出聲提醒著。

格提亞也不知道自己要講什麼。最後僅能道：

「是。」

「老師快去吧。」歐里亞斯用眼神和他暫別。

歐里亞斯雖然年紀輕輕，卻由於家族環境與教育的緣故，相當懂得分寸。他明白自己作爲隊伍的前輩，應該有的責任。

同時也瞭解，那些不能越線的言行。

遠征隊的指揮官，是皇太子殿下。所以儘管他有時不理解殿下的用意，或者也感到奇怪，但是殿下的命令就得遵從。

對於一支有著重要任務的軍隊來說，有二心是最忌諱的。

歐里亞斯離開去做自己的事了，格提亞一個人留在原地，望著前方莫維的背影，最後慢慢地跟了上去。

「你喜歡注意別人有沒有長大？」

才剛到馬旁，就聽見莫維冷淡地說了一句。

格提亞因此一頓。原來莫維聽到他們的對話了。

「……就是發現了。」說出來而已。

這是在不高興？是不可以聊的事？格提亞的角度，看不清楚莫維的表情。

莫維直視前方，持繩控制馬兒的腳步，慢騰騰地往前。

「你不反抗，只會被別人拉著走。」

「什麼？」現在是在說什麼？格提亞難以理解話題。

不過比起談話內容模糊不清，他在和莫維普通地進行交談這件事，還是更讓他在意一點。

莫維瞇起眼睛。別人在他面前都是緊扯神經，格提亞卻從來不是那樣。他分明在訓話，格提亞依舊一副平淡的表情。

「沒有我的允許，你不可以再跟著別人走。」他說。

格提亞整理一下這個對話。如果，他是指二皇子那次的事。

「我不會跟著二皇子。」那時是太突然了，自己來不及反應。

他正在努力改善與莫維之間的關係，因爲皇帝的緣故，他處於備受懷疑的立場，不想要再有摻雜進來的角色，他沒辦法應付。

在皇宮裡，與皇室的接觸，一直都是必須複雜和謹慎的。當時，他是在思考要怎麼拒絕才妥當，沒能立刻做出應對。

「不只是他。」莫維說道。

好像還是不大高興的樣子。格提亞又是認眞地想了一想。

「……那是所有人？」他問，莫維沒有回應。於是他自己接下去道：「我知道了。」這樣答覆，應該可以了。

溫室那一夜過後，格提亞認爲積極對話一定是會有幫助的。他不執著要回到被皇帝召見前的關係，雖然那時莫維和他之間也沒有多熟悉，不過大概還是比現在好一點的。

格提亞的回答，其實不能使莫維滿意。因爲格提亞已經出乎他意料好幾次了。

「最好是如此。」莫維冷嘲一句，始終策馬緩慢向前。

格提亞也一直在他的馬旁跟著走。待他發現時，他和莫維已經越過整個列隊，來到集合廣場的最前方了。

格提亞因此不再出聲。

這絕非能夠任意言行的場面。他繼續隨著莫維的馬，直到莫維停下。

展現在格提亞面前的，是支整齊劃一的挺拔隊伍。十數人排列整齊，身上穿著正規的騎士服裝，那是皇帝爲這次遠征特別賜給他們的制服，氣質優雅的深色，俐落的版型，看起來莊嚴端正。他們全都立正站好等候他們的指揮官，也就是莫維下達命令。

格提亞遲鈍認知到自己所站的位置，看起來就像是莫維的心腹一樣。

他對閱兵的規矩，比人際關係熟悉，畢竟常在旁邊看著莫維。他意識到這不是一個可以隨便走開的場合，莫維同樣沒有示意他迴避，反倒像是故意把他帶到隊伍的最前方，讓眾人誤解他的地位僅次於指揮官。

其實，也不是錯誤。因爲在宮廷裡，大魔法師這個稱號，確實差不多等同於公爵。在場的人裡，的確只有莫維的身分比他更高。

格提亞儘管內心有點疑惑，不過他畢竟在皇宮擔任高位，以前跟在莫維旁邊多年，不會對這種場景慌亂，而是自然地流露出一種有別於貴族，卻類似上位者的氛圍。

莫維不著痕跡朝他平靜的側面睇一眼，從腰間唰地一聲抽出長劍，隨即揚起手，將劍尖指向天空。

「出發！」

莫維清澈的聲音，穿透整個集合場。

這是一個儀式。

在宣示啓程的同時，也昭告所有人，面前的就是必須服從的長官。

「是！」眾人齊聲喊道。

響徹雲霄。

格提亞微昂起臉，看著坐在馬上的莫維。陽光從莫維身後照下，那刺眼的光芒彷彿從他本身散發出來的一般，無論是神態還是氣質，都無比英偉出眾。

手中的那把劍，還是自己在學院給他的那把。

格提亞感到有點恍惚。

還，稍微年輕了些。

但是，愈來愈接近他曾經認識的那個樣子。

整個遠征隊都騎上馬，以莫維爲首，從中央皇宮的集合場出發了。和以往不一樣，過去幾次的任務，啓程與回程，都是在皇太子宮，然而這回，卻是由中央皇宮出行。

這當然是皇帝安排的。之前除任務命令以外，皇帝都不曾插手過，很顯然的，現在，皇帝想藉此做些什麼。

包括夾道歡送他們的民眾。

「小心啊！」

「一定要凱旋回來！」

「我們會幫各位大人們祈禱的！」

格提亞坐在馬上，看見一排民眾跪在地上，雙手交叉結一個手印，低頭爲他們禱告。

那是聖神教的默禱手勢。

「好好跟著我，不要東張西望。」

耳邊掠過莫維的聲音，正在注意眾人結印的格提亞轉過頭，莫維雖然和他說話，卻仍是直視著前方。

「……是。」格提亞低聲應道，輕擺韁繩讓自己的馬跟好。

一直到出城，百姓的祈願沒有停過。

「看看那些人，我感覺自己好像能做成什麼大事！」

「是啊！我沒這麼受人景仰過。」

幾個騎士小聲聊著，歐里亞斯轉過頭，提醒道：

「安靜！」這又不是在郊遊。

「對不起！」幾人一嚇，趕快道歉，正經挺直腰背。

歐里亞斯重新向前目視。其實他的心裡感覺有點奇怪，以往出征都不是這樣聲勢浩大的，甚至即使凱旋而歸也是非常低調，爲什麼忽然改變了？他能想到的，僅有這是皇太子被授與軍階後第一次的使命，所以形式上也更加隆重了。

同樣的疑問，格提亞也正在思考。

不過他卻是完全不同的看法。

會這麼大張旗鼓的，足以表示皇帝想讓所有人都知道這次的北行，但絕不是爲提升莫維得到軍階後的首次榮耀，那個人不會這麼做。

那麼，答案就只可能在北行的目的裡。

可是他們不知道。皇帝下令他們前往北方的佛瑞森至今，依舊沒有說明是要到那裡做什麼，出發前他先查過了，佛瑞森領地是個相當寒冷的地方，一直以來都挺平靜的，直到莫維出現在那裡爲止。

「你去過佛瑞森？」

莫維的聲音令他醒神過來。格提亞抬起臉，結果見到莫維早就脫去外套，身上穿著襯衫及長褲。

遠征隊伍已經來到第一夜紮營的地點，侍從們很快就搭起莫維的營帳，然後，莫維要他也一起進來。

所以他現在，就是在莫維的帳篷裡。角落的木盆，裡面已經裝滿乾淨的熱水，格提亞心裡單純地覺得，侍從的手腳總是如此伶俐。

先前和歐里亞斯一起的時候，他裹毯睡過好幾個晚上的草地，跟如今的這個空間，眞是不能比較。

「沒有。」格提亞搖頭。回憶裡，他是在莫維滿二十歲過大半年才進到皇太子宮的，所以在那個時間前，關於莫維的事情，他都是聽說而已。

所以是雖然知道，卻沒有去過。這個「以後」可真是不清不楚。莫維緩慢解開自己的袖釦，隨意的舉手投足都優雅好看極了。

「今晚你就待在這裡。」他道。

格提亞總是淡靜無波的表情，凝滯了一下。

「……什麼？」他以爲，進來討論一下佛瑞森的任務就好。

莫維繼續寬衣，同時側目瞥視他。原來他也會出現這種反應。

「不只是今天，這一路，每晚你都要和我一起。」

那好像會非常不舒服，心境上。格提亞閉了閉眼，儘管依然平靜，心緒又不如日常那般完全安適。

腦海裡，隱約開始出現以前的記憶片段。

莫維總說他，像是只有一種表情。

因爲皇帝命令，那時他跟在莫維身邊，在外執行任務，莫維會用小事刁難他，譬如給他過多的食物，讓他吃完，這種不特別嚴重，可是卻有點辛苦的生活瑣碎。若是他日子變得難過，莫維就會感到有趣笑得開心，他讓自己去習慣，全都接受下來，如果不這樣，那會更累。

到莫維終於覺得夠了停下爲止，那花了三年時間。

「爲什麼？」格提亞調整好情緒以後，開口問道。他比較想要出去睡在草地上。

莫維對他愉悅地一笑。

「因爲我高興。」他自在地將衣服下襬拉出褲腰。

若是像之前那樣，將格提亞任意丟在路邊，又要隨便被撿走了。

而且在外面，格提亞明顯更自在舒心一點。那他當然要讓格提亞難受，畢竟他經常因爲格提亞感到心情不爽快，這樣才公平。

莫維不想讓他好過，這件事他倒是曉得了。格提亞沉思，要如何擺脫這個局面。

「你知道如果這麼做的話，別人怎麼看待我們？」

莫維聞言，手上的動作停住了。

「怎麼看？」作爲一個皇室成員，他理所當然知曉許多貴族私下的喜好與遊戲，能想像的以及無法想像的。不過，對他來說，都是無聊至極，引不起他半點興趣。

莫維垂著眼睫，居高臨下盯著格提亞由於水蒸氣熱度，略微泛紅的雙頰。

就聽格提亞正經八百，用那一貫的緩慢語調說道：

「會覺得我們是彼此信賴的君臣，且有著深刻的戰友情感。」他不是很熟悉人與人之間的關係，不過要能睡同一個帳篷，應該至少也要到這個程度。「如果你不想被大家誤會，還是不要這麼做了。」那樣的傳聞，莫維一定很厭惡。

全都是假的，他和莫維之間，僅是單方面被猜忌的關係罷了。

聞言，莫維注視著他，也不講話。

過了片刻，依舊沒有開口。

應該不是錯覺，氣氛變得怪異了。格提亞覺得自己並未講錯什麼，不懂莫維的反應。

總算，莫維移開視線，同時毫不遲疑地脫掉上衣。

隊伍裡全是男性，時常可以看到那些年輕騎士打著赤膊，不是特別稀奇的事情，所以格提亞沒什麼反應。直到他察覺光裸著膀子的莫維開始在解褲帶了，才覺得自己應該迴避。

儘管莫維極具邊界感，非常難以親近，不過貴爲皇太子，似乎相當習慣讓人伺候。貴族換衣沐浴時都會由隨從協助，有人在旁走來走去也不會在意。因爲那就是他們的日常。

但他和莫維不同，他不是貴族，只是一個平民。而且魔塔的人，因爲在寒冷地區生活，習慣用長袍裹住和遮掩自己。

「我還是出去了。」他撇過臉。

「不行。」莫維的語氣一點猶豫也沒有。「你就待在這裡。」他道，走到屏風的後面。

格提亞站在原地，水的聲音離他好近。

沒辦法了。如果不聽話，莫維可能會加倍地爲難他，就像以前那樣。他最好也不要再引起莫維疑慮。

格提亞佇立著不動半晌，最後找個不會妨礙的角落坐下。他累了。

將雙肘交疊靠在立起的膝蓋上，他把頭靠在肘彎，水的聲音讓他想起，野營的時候，他也會在溪裡沐浴，當然都是避開大家去的，原因是不能讓別人看見他胸前那個難以說明的魔法陣，他本來也沒辦法自然地和其他人裸裎相對。除去身分與生活的差異，和個性也有關係。

半夜，他得找時間擦下身體。格提亞輕輕地閉上眼睛。

太好了。莫維沒有再不理會他。

這麼想就好。

去北方的隊伍，好多熟悉面孔，大家都平安地長大了。格提亞總是以一種長輩的心情在感慨。

原本，他們會全部死亡的。還好這一次沒有變成那樣。

不曉得莫維要花多久的時間，才會成長到他所認識的樣子。在他獨自擁有的回憶裡，莫維一直是身材修長，體格結實，肌理線條優美的模樣。因爲他和莫維熟悉的時候，莫維已經沒有什麼少年的樣子了。

在久遠的那個以前，他對還是學生的莫維沒有太詳細的印象。後來，重新又在學院見到莫維的時候，莫維原來沒有那麼高這件事曾經讓他稍微驚訝了一下。不過接下來，莫維會加速地成長。

身高，肌肉，臉部的輪廓，都會完全不同。

和平常人相比，莫維是較晚發育的，這跟他失衡的魔力有關係，年紀增長以後，體力變好，身體就會有餘力跟上。

快一點。變成他熟悉的模樣。

不然，他就要忘記了。

當莫維穿好衣服，頂著濕漉漉的頭髮步出屏風時，看見的就是格提亞已經靠牆睡著的畫面。

他低垂眼眸，睇著格提亞那毫無緊張感的臉龐。

帳篷內，僅有熟睡以後，細微的呼吸聲。

一點防備都沒有。

明知自己不信任他。格提亞在他面前，從不恐懼，也不警戒，即使他明顯表現出有朝一日會處理掉格提亞的殺意。

所以此時此刻，他動手了，格提亞也不該有怨言。

他現在就可以毫不費力地讓格提亞消失。

若是眞如格提亞自己所說的，已經失去大部分的魔力，那麼，不論他對格提亞做什麼，格提亞都無法抵抗。莫維的黑髮末稍，安靜地落下水珠，被地墊無聲吸收，留下一個深色的漬印。

……眞惱人。

想除掉這個人，這個人卻又還有存在的必要。

莫維的右手垂在身側，拇指按壓著其它的指節，發出凹折骨頭的聲響，在安靜的夜裡，顯得格外詭異。

不急，還不到時候。莫維移動腳步，終於從格提亞身邊離開。

只要他是皇帝派來的，那麼總有一天，自己會殺掉他。莫維抬手耙了下濕髮，微皺著漂亮的眉毛。最後，走到油燈旁邊，吹滅了火。

首日夜晚，格提亞睡得安詳又和平。

接下來的路程，莫維就眞都是和格提亞共用空間。結果在年輕騎士的眼裡，這樣反而更正確一點。

本來大魔法師就不應和大家一起睡在泥土上，雖然覺得皇太子不是那種會分享房間的性格，不過也許是他們想錯了。大家晚上隨便聊了下，沒有如格提亞預料的誤解什麼，倒是很快就接受了。

原本，格提亞還希望能和騎士們一起，因爲和莫維獨處，實在太疲倦了。而且，若是莫維想要質問關於胸口魔法陣的細節，他眞的回答不出來。

因此，精神上比平常緊繃。

還好用餐時是和大家一起。望著眾人吃飽後跳進旁邊的小溪，他想，那一定很舒服。

「老師也進去泡一泡啊。」歐里亞斯過來跟他聊天。

格提亞搖頭。

「不用。」

「到底爲什麼啊？」歐里亞斯眞的不明白。

格提亞絕不在人前更衣和裸露，任務一次不落的歐里亞斯是最清楚。他們正處於行軍期間，同性間互相裸裎是相當常見的事。

「我不習慣。」格提亞僅能這麼道。先前就有別的隊員笑話過他了，因爲每次他都是自己一個人半夜跑去水邊。

不能被看到魔法陣是理由，不過，人總是有不習慣的事情也是原因。

歐里亞斯有聽說過。魔塔是相對封閉的區域，那裡大概有很多不爲人知的規矩吧。明明可以和貴族平起平坐，甚至更高一等，站在皇室旁邊，穿著帥氣華麗的衣服，卻總是一件披風。

他不勉強格提亞，只是叫喚著其他人有水的時候盡情享受。

因爲一路往北以後，天氣會漸漸變涼，溪流也少了。

要從首都到達北部，礙於地形的緣故，沒辦法像去西邊時，以直線距離前進。途中必須要繞一大段路，避開馬車過不去的山區，還好大部分是平路，跨過那些山以後，前進速度也無法加快，因爲愈來愈冷。

因此，花了整整十九天才到達。

「呼。」在馬匹踏上佛瑞森領地的這一刻，格提亞昂首吁出口氣。

那溫熱的氣息，在寒冷的天氣裡，變成一道裊裊白煙，緩慢地往天空散去。

「嗚哇！好冷！」

後方傳來騎士們的聲音，大家都已經在七天前的路上換穿厚毛外套了，這次的馬車物資充足，就是應付北部寒冷的。不過即使聽說過，真的來到這裡，還是對這溫度差異稍嫌不適應。

佛瑞森是帝國最北邊的領地，也是最冷的地區。一年僅有兩個月能算得上是氣候宜人，雪季特別地長，大概九月下旬就會開始下雪，直到隔年四月底才會完全雪融。

這裡和首都，完全是兩個世界。

領主早就已經收到通知，因此遠征隊沒有受到阻礙，順利地魚貫穿過城門。莫維最前，格提亞殿後，旁邊則是歐里亞斯，領著十數名騎士進城。

或許是這裡和鄰國接壤的緣故，也可能是氣候因素，格提亞首先發現到的是建物外觀和一般常見的樣式不同，房子有木造也有不算稀有的磚造，不過並非全是尖頂造型，有些房頂是圓弧的形狀，帶著與首都別異的風格。

可能是比較能夠聚集暖氣。格提亞忖著，以前他都沒想過。

這裡，他熟悉也陌生。

佛瑞森既是最北領地，也是最靠近魔塔之地。

對於自幼在魔塔生活的格提亞來說，他在遠處眺望過這個地方，卻從未來過。

住在魔塔的人，不被允許擅自離開及接觸村鎮。

「我們……是受到歡迎的吧？」

有人低聲這麼問了一句。因爲經過的街道，民眾紛紛對他們投以目光，可卻不是什麼熱烈的反應，而是帶著困惑質疑，以及些許的憂慮。

「噓。」歐里亞斯抬手示意安靜，他們要抵達佛瑞森領主的莊園了。

不遠處，領主諾耳任．西紐爾，率領著妻兒與一幫家臣，已經在府邸前準備迎接。

「竭誠歡迎帝國尊貴的皇太子，及其領軍的遠征隊到來，我是領主，佛瑞森伯爵諾耳任．西紐爾。在領地的期間，敝府會安排所有需要的一切，這是佛瑞森無上的光榮。」

莫維一拉繩停住馬步，諾耳任便立刻將手橫在胸前，恭敬行禮。

諾耳任是個四十來歲的男子，樣貌斯文，身材高大；他的妻子優雅美麗，兩男兩女四個孩子看起來乖巧可愛。

無論是伯爵一家，以及身後的家臣們，穿著打扮都是合乎身分，且整潔得體。僅此而已。沒有首都貴族慣有的華麗鮮豔，或炫耀著走在社交界尖端的流行，就連歡迎的形式，也僅是適度禮貌，無半分鋪張浪費。

格提亞對此倒是安心了。先前清理巢穴回程經過領地時，曾有領主自動出來招待，還在城鎮道路鋪上長長紅毯恭迎莫維，不僅弄得非常喜慶，還極其高調浮誇，當時莫維的臉上笑容之愉快，他印象極為深刻。

莫維從以前就非常討厭俗氣的風格，那對他而言是相當不入流的格調。

當時不需要趕路，莫維特地繞道前往那位領主府邸作客，領主喜不自勝感到蓬華生輝，結果莫維一整個下午，都在人家宅裡折磨他們整間屋子的人。

反正無論對方做什麼都不滿意，就像個刁鑽高貴的皇太子那樣。

還好，佛瑞森的領主看起來不是誇張的人。

諾耳任很快地帶領他們進入莊園，管家早就分配好工作，家裡的傭人依序引導士兵們將馬匹綁在馬廄，接著前往至休息的場所。

莫維理所當然是主宅的房間。格提亞也是，即使他想跟著部隊。

「給他與我相鄰的房間。」莫維對著管家說道。

「是。那麼午餐的時候我會再來告知，請殿下和閣下休息。」管家答應後退下了。

格提亞覺得自己只要有張床能躺平睡覺就夠了。不過，經過這一路上的無形壓力，能夠有自己的空間，他還是鬆口氣。

格提亞在這段路程，深刻思考過了。莫維習慣控制他人，而且完全不去掌握那個界線，他是不是該適度地拉開距離？

「你過來。」

莫維的聲音將他喚回現實。格提亞定神，就見莫維已經站在窗邊。在他沉浸在心緒裡的時候，莫維已經將房間檢查了一遍。

莫維用手挑起窗簾邊緣，瞥視著牆面的某個地方。

在格提亞也上前後，莫維讓他看著被窗簾掩蓋的那塊角落。

緊鄰窗框的乳白色牆壁，印有菱形的紋章。

聖神教。

「村莊裡也有。」格提亞想起來了。從城門進入，所見到的每一間村民房子門上，幾乎都有這個菱形紋章。

……不對，並不是每一間。他只看到了一眼，就在進入城門後中段的位置，轉角處的磚造小屋，門上乾乾淨淨的，沒有任何圖案。

莫維對他注意到村鎮裡的狀況，感覺有一點意外。在他眼裡，格提亞外表比實際年齡更為稚嫩，所以也給人不怎麼可靠的樣子。到寒冷地帶過後，大家開始戴起毛帽禦寒，格提亞因為那頂帽子，看起來像是十幾歲的孩子。

尤其他直到現在，也沒有施展過大魔法師擁有的實力。不過，即使體能部分完全不行，但是格提亞確實直接或間接解決過不少事情。

叩叩。

響起的敲門聲，教兩人同時往門口看去。只見管家恭敬地道：

「尊貴的皇太子殿下以及閣下，午餐馬上就要準備好了。請讓我們協助殿下與閣下梳洗更衣。」

用餐前，要將自己好好整理，這是帝國上層社會的禮儀。

格提亞相當簡潔地就結束這些繁瑣之事。因為他婉拒給人服侍，而且他的著裝也很簡單。他先在自己房間內，仔細地清洗乾淨，馬車上的行李已經提前送進來了，他很快就從自己的箱子裡找到可以用餐的正裝。他的衣服不多，幾乎都是日常便衣，為出入皇宮，冊封大魔法師時皇宮派來的裁縫替他訂做過一套，不然根本沒有正式服裝，便服也是就幾件輪流著穿。

整理好儀容，他在走廊上等著莫維。不知經過多久，侍從由裡面將門打開，莫維走了出來。

他穿著雙排釦的黑色外套，以及同色的長褲，裡面則是白色襯衫，衣領繡著的深藍藤蔓紋路十分別緻，是畫龍點睛的設計。大概是平常鍛鍊的緣故，他的成長不僅是身高，連身板也變得結實許多，撐起的衣裝底下是線條優美的肌肉，修長的雙腿則讓他看起來儀態更為高雅。

他正在拉整袖子，因為短短幾十日，似乎又稍微變短了。格提亞記憶裡，莫維今後會一路長到六呎三吋左右，所以現在根本還不算什麼。

……眞寒酸。莫維睇著格提亞。

從小生長在皇宮，身邊又都是些大貴族，格提亞的衣著他不滿意。

會讓他想起很久以前的自己。那忘也忘不了的過去。

「我好了。」格提亞這麼說，原本站在窗邊，朝他接近。

莫維感覺到格提亞身上飄來一股香皂的香氣，衣服上也是清潔的氣味。那種寒磣的感覺一下子消散了。

心裡的狀態有點莫名其妙，他不禁微微皺眉，沒有講話，領在格提亞前頭，邁出長腿。

佛瑞森伯爵宅不特別豪華，雖然空間寬敞，最多也就是普通的貴族宅邸，比皇太子宮裡的別宮來得大上一些。也因此從房間到餐廳的路途不怎麼遠，格提亞跟在莫維身後，看見歐里亞斯等人也在餐廳門口等待。

這場午宴，邀請的有莫維和格提亞，以及家族歷史悠久的幾位貴族子弟。歐里亞斯是其一，另外還有迪森等家世地位不低的三人，換上正裝以後，他們的貴族氣質整個提升了。

格提亞其實不怎麼擅長這種場合，莫維理所當然的不是那種能夠幫忙放鬆的對象，有其他認識的人一起他安心了。

一般招待貴客，晚宴會更妥當些，尤其又是遠道而來的皇族，不過因爲皇太子指示想要盡快瞭解當地狀況，因此佛瑞森伯爵趕緊讓全府上下將所有準備提前。又由於是午餐，所以禮儀也從簡。

佛瑞森伯爵及其一家早就在等候著，他抬起手示意隨從拉開椅子，待皇太子莫維入座，其他人也從長桌的兩側坐下。

雖然這是伯爵的宅邸，不過根據帝國的禮法，莫維必須坐在主位。一般宴客，主客的位子是相對簡單的，按照平常的禮儀即可，不過莫維是皇太子，倘若皇室蒞臨的話，那就不一樣了。

因此諾耳任坐在最右方次要的位置。伯爵妻兒，格提亞與歐里亞斯幾個人，按照普通的順序落座。

不過諾耳任發現，似乎有一位面生的客人。

「請問這個孩子是？」在準備上餐的空檔，諾耳任禮貌地請教。席間幾位貴族後代他都是聽說過且認識的，剛才在客廳接待時也都確認過身分，唯獨面前座位比公子們都還要接近皇太子的年輕人，還沒有機會介紹。

他心裡猜測，會不會是微服出巡的三皇子殿下。二皇子科托斯體型圓潤，那麼就不會是眼前這位，而且二皇子在社交界很多風評，即使遠在佛瑞森也能夠聽說，二皇子不是個能夠離開首都長途跋涉之人。所以諾耳任突然想起，皇帝陛下除皇后外還有位在異地療養身體的夫人，那位夫人生有一對雙胞胎姊弟。

那對龍鳳胎至今都沒有在人前暴露過。雖然面生的年輕客人穿著不怎麼貴氣，他的揣度其實不算合理，但如果是想要隱瞞身分的話，一切就都說得通了。這也是諾耳任用「孩子」二字試探的原因。

從肢體語言和眼神瞧來，皇太子對這位年輕人相當熟悉的樣子，連房間也都安排在隔壁。那眞不是誰都可以接近的皇太子，諾耳任才做出如此大膽的推測。

貴族在面對皇室時，要注意的細節實在是太多了啊。

「孩子？」歐里亞斯等其他三人呆愣住，跟著都看向格提亞。

格提亞原本安靜地坐著沒反應，甚至在想念湯姆大叔的麵包和肉湯，貴族的宴會還沒正式開始他就疲憊了。直到察覺到好幾道視線停留在自己身上，他才反應過來。

原來伯爵口中的孩子是在講自己。

「我是格提亞．烏西爾。」他簡單地說出姓名。「我不是孩子，是成年人。」然後簡短地解釋。

儘管他意識到大家的成長，卻沒察覺到自己不僅是在身材上，連給人的第一印象，在被比較過後都變得離譜了。在座的幾位男性，歷經幾次出征，又處於生長期，於外貌上皆有明顯的成熟改變，唯獨他不管是長相還是體型都偏小，有了這樣的對比，旁人的結論更加遭到誤導。

在那久遠的以前，好像也曾發生過幾次，有人誤把他當做少年的事情，不過他當時都以為對方是在開玩笑，雖然他並沒有笑。那時候，莫維會在一旁看著也不幫忙解釋。

就像現在這樣。

如此失誤，教諾耳任感到有些抱歉。看來是真的猜錯了。

「啊，是我太失禮了。請容我在此誠摯道歉，格提亞閣下……烏西爾？」他突然停住，並且無聲默唸幾次。「——你是格提亞．烏西爾？」他想起來這個名字是誰，同時瞠大雙目。

「是的！他可是我們的大魔法師呢！」歐里亞斯沒有察覺，得意地炫耀著。

「魔法師？」諾耳任飛快看向自己的妻子，伯爵夫人也是一臉錯愕。

「……怎麼了？」莫維當然沒有漏過任何一個細節。

「啊！不、不……沒事。」諾耳任很快鎮定，但是表情仍舊透露著些許不安。他道：「我們……佛瑞森遭逢變故以來，因為難以解決，於是向帝國尋求幫助，帝國派遣聖神教傳使來過幾次，佛瑞森也依照聖神教的指引，做了所有該做的。所以，我們以為，下次應該會是聖神教的祭司過來……」

他的這段話，沒有說明為什麼魔法師會使他產生那樣的反應。不過，倒是終於提到莫維想知道的事情。

「佛瑞森怎麼了？」莫維啓唇問。

諾耳任先是和夫人互看一眼，隨即深吸口氣，道：

「佛瑞森的土地……逐漸地死去了。」

位在寒冷北方的佛瑞森，雖然處於邊境，不過因為地形和氣候的關係，形成天然屏障，自古以來算是相當和平。

而且出乎意料的，是個農業發達的地區。

儘管較為脆弱的植物沒辦法在此地順利生長，但是佛瑞森的人民沒有放棄，在領主西紐爾家族幾代的支援下，經過長久的摸索與嘗試，找到了最適合這片土地的農產模式。

那就是酪農業。由於佛瑞森人口不多，相對的，土地較為寬闊，因此有足夠的地域作為牧場以及牧草田，寒冷的氣候也利於乳牛產乳，從牛奶衍生的各項農產品，像是起士或奶油等，經由佛瑞森的改良，比其它地方所出產的都還要美味。

首都所販售的，最昂貴的起士，就是出自於佛瑞森。

除了這些，佛瑞森土壤肥沃，也能種植耐寒的根莖類食材或者水果，這方面的研究與培育非常積極，持續不懈致力提升作物品質。

佛瑞森一直是個能夠自給自足，產品甚至能銷往首都，稱得上富裕的領地。

然而，不知什麼緣故，他們引以爲傲的土地，忽然間發生問題了。

誰也不曉得是什麼時候開始的，最初，只是一小塊農地枯萎了，接下來是一大片，然後是一整區。直到一年後的現在，佛瑞森的西北面，將近一半的土地呈現死亡狀態，已經再也無法種出任何東西。

不管這是什麼，它在不斷擴大。

今年的初雪也遲遲未見，也許是巧合，或是死土眞的影響氣候，種種和過去不同的狀況，使得人心惶惶。

由於死土區域無法住人，居民別無選擇，被迫往內遷徙。然而這也不是長久之計，因爲每隔一段時間，所要遷徙的人就愈多。

佛瑞森的人民都非常擔心，遲早有一天，整個佛瑞森都會如此。

「嗯。」

一陣冷風迎面襲來，格提亞不禁屛住呼吸，減少那霜寒的空氣進入肺部。大概在溫暖的地方生活太久了，有點遺忘這種天氣。

他望著面前一望無際的不毛之地。無論這裡曾經有過什麼，現在都是極其荒蕪的。

屈膝蹲下身體，他用手稍微撥開地面。薄薄的棕色泥層底下，是彷彿遭到烈焰燃燒過後的漆黑焦土。

這裡是伯爵告訴他們的，目前已知最靠近村鎮的死土範圍。以此處爲基點，整個西北方都已淪陷。格提亞將那土放近鼻間嗅聞，居然有焦臭味，於是又脫掉自己的手套，用指尖琢磨，稍微一搓揉，黑色的土屑就像灰燼一般散去。

據伯爵所說，這種土不具有毒性，但是再也不能種植作物；然而，他們也嘗試將土地作爲別的用途，結果也因過於鬆軟無法建造任何建物。

就是，死了。

至今也找不出是什麼原因。

格提亞稍微張開手，冷風就帶走掌心裡的黑灰，散落在空氣中，無影無蹤。

「所以是什麼原因？」

莫維的聲音從他的上方傳來。格提亞看著前方這一大片的荒涼貧瘠，道：

「雖然不曉得你是怎麼想我的，不過，我並不是知道一切。」

前一次，莫維確實也來過佛瑞森，當時他尚未入住皇太子宮。在莫維二十歲過半以後，他才離開學院成爲皇太子專屬的魔法老師，不過就算如此，莫維也經常獨自一人進行任務，不是都會讓他跟著，因爲他是皇帝派來的，討厭的存在。

那造成他們之間巨大的鴻溝。

莫維當時也不是帶領一支隊伍，因爲風鳴谷全軍覆沒，沒什麼人願意再跟隨他，就僅有兩三名侍從照顧路上所需。

所以可以更快更早地抵達佛瑞森，整個過程到底發生何事，格提亞沒有聽說過。但是和風嗚谷不同，莫維和那幾個侍從順利回來了。

然而，過不久，就傳來佛瑞森必須遷移的消息。

佛瑞森有約莫四分之三的區域，再也不能住人了。

他想，莫維還是在一定程度上做到了阻止死土蔓延，因爲在往後的十年，佛瑞森土地再無任何問題傳出。只是，曾經那麼廣闊豐沃的佛瑞森，也等於在地圖上消失了。

那時候的他，並不關心莫維做過什麼，怎麼做，又爲何是這種結果。

「……回去了。」莫維沉默了下後說道。他派出數人，分別前往不同的方位調查死土，要在伯爵府彙整情況。

聽到他這麼說，格提亞衡量著應該可以開口了。

「我想自己去一趟村鎮。」

「怎麼？」莫維斜眼瞥著他。

格提亞抿了抿乾冷的嘴唇。

「我看到一戶沒有聖神教紋章的房子，想去拜訪。」他目前是被限制行動的狀態，不過，對莫維誠實報告，應該可以被允許。

直視著對方雙目說話，就是格提亞在表達自己的懇切。經過這段時間的相處，莫維多少看出來了。因爲他表情不多，本就淺淡的情緒都在眼睛裡。

這裡沒有科托斯，或者皇后的陣營，不會有人又來籠絡。莫維直到這時方才承認，他的確對有人覬覦他的東西感到深沉的不悅。就算那不是科托斯。

但是，他就是沒有那麼想順格提亞的意。

「先回去再說。」莫維輕吹聲口哨，本停在樹下的馬兒就聞聲過來。

雖然並非第一次見識，格提亞仍是在心裡覺得有點神奇。什麼時候自己的馬也能這麼聽話？他見到莫維已俐落地翻身上馬，於是也去樹下騎自己的馬了。

回到佛瑞森伯爵府，沒過多久，其他人也歸來了。

在諾耳任提供的領地會議室裡，歐里亞斯把地圖攤開在桌面上。

「我一直往東騎到黑色的土沒有爲止，大概在這邊。」他用手指圈出地圖西北面的某處。

「我那邊的話，是在這裡。」另外一位名爲保羅的騎士，也指著圖面如實告知自己所見。

接著，迪森與這次同隊最年輕的海頓亦同樣報告。他們皆爲伯爵午宴的座上賓，也都是歐里亞斯的朋友，保羅更是由於聽過歐里亞斯對討伐魔獸的敘述，才加入莫維隊伍的。

諾耳任看著地圖上的標示，一時間站不穩，搖晃著身體，按住椅子扶手坐了下去。

「又……又擴大了。而且速度更快了，再這樣下去……」他喃喃自語著，顯然遭受不小打擊。

莫維問道：

「什麼理由造成的？你是否有頭緒？」若這是現在進行式，那麼就表示原因還持續存在著。

諾耳任必須緩一下氣，調適好心情，才能把話講得清楚：

「聖……神教的傳使，有和我說過。這不是正常的現象，所以一定是不自然的東西所影響的，最有可能的就是……啊。」他忽然看到格提亞站在桌邊，於是住了口。「殿下，我能否和您單獨私下說明？」他禮貌地請求。

莫維聞言，毫不遲疑地示意其他幾人離開書房。包括格提亞。

因為，他注意到諾耳任是由於格提亞才沒能說出口。跟在歐里亞斯身後，格提亞在要步出會議室門口前，朝莫維和諾耳任那邊看了一眼，然後走了出去。

書房門被關上。格提亞僅是安靜地注視著面前緊閉的門扉。

無論佛瑞森伯爵，是為顧及他，還是對他有所質疑，就算不這樣支開他，他也非常明白，談話的內容，一定是魔法所造成的汙染。

帝國境內，目前所有產生問題的地方，都是因為魔法。

是魔法，給那些地方帶來不安定的狀態；是魔法，讓那些地方的居民感到忐忑與恐懼。

但是有很長一段日子，魔法曾經是被大家無比信賴，並且景仰喜歡著的。

曾經。

「怎麼又發呆了？老師。」歐里亞斯見狀，在一旁問他道。

「發呆？」格提亞還是第一次聽人這麼說他。他這才發現其他人都還站在走廊，共同出征過的迪森和海頓正在對話，這次才新加入的保羅則是略帶好奇地看著他。

原本年紀最小的愛德華，由於風鳴谷的懲處，被灰頭土臉地趕回領地，已經再也無法加入莫維的隊伍了。

迪森道：

「真的好久沒這麼舒適了。」他們都被安頓在西側的別屋。

「是啊。伯爵大人非常用心，大家都很滿意。」海頓道。他和歐里亞斯與迪森相同，都是從風鳴谷就參與討伐隊的，他比愛德華大幾個月。

曾經在風鳴谷因爲愛德華的發言感到恐懼，之後卻怎麼也忘不了當時神奇的場景，那次平安回去以後，他竟生出勇氣想要再次參加任務。

「空間夠大，床也柔軟，重要的是，食物超級美味。」保羅也發表自己的感想。「我可以在床上打滾一整天。」他說。

歐里亞斯道：

「那你們去休息吧。我還想到處走一下。」他現在沒有感到疲倦。

格提亞聽他這麼說，脫口道：

「我想去鎮上。」

歐里亞斯跟格提亞相處一陣子了，也大概明白格提亞的性格，這位老師並不喜歡人群聚集的地方，儘管有點困惑，不過歐里亞斯還是確認道：

「老師也去？」

「是。」格提亞道。他已經向莫維報備過，沒有拒絕那應該就是可以了。

歐里亞斯正想說話，旁邊三個年輕人互望一眼，立刻舉手道：

「還有我們！」

歐里亞斯其實不是他們之中最年長的，不過最近總有種，他是個大哥帶著小弟的感覺。在心裡嘆一口氣，他道：

「那走吧。」

「耶！」三人低調拉弓歡呼。

和他們觀光遊玩的高昂情緒不同，格提亞心裡只是想著，他要找到那間沒有紋章的房子。

一行人離開伯爵府，來到距離最近，也是佛瑞森最繁華的地方，名為克蘭羅賀的城鎮。

似乎剛好是市集正熱鬧的時間，載貨的馬車，叫賣的商家，以及走逛採買的民眾，街上到處都是人。不過也由於人潮洶湧的緣故，所以感覺比較溫暖，早先他們去探查時都是空曠地方，那可不是一般的冷。

「小心別被人群衝散了。」歐里亞斯提醒道。雖然不是年幼兒童，但是他們出來就得知分寸，可不能丟遠征隊的臉。

「哇！那個是什麼？」海頓根本沒在管，看到什麼新奇的攤子就靠過去，還拉著迪森一起。保羅則是聽話地沒動，儘管被周圍吸引一直在東張西望。

「嘿！小伙子，試吃看看這個！」

突然間，一個大嬸用竹籤插了切成方塊的磅蛋糕，塞進保羅的手裡。

「咦？喔、喔！謝謝。」看著好香，剛出爐還熱騰騰的，他忍不住馬上放進嘴裡。

「好吃吧？」大嬸笑咪咪地抓住他，道：「來來來，這裡有更多口味！」

「喂！」歐里亞斯來不及阻止。更讓他錯愕的，是當他轉過頭，發現格提亞也不見了。

「……老師！你不要走遠！」趕緊掃視一遍，好險在前方的攤子看見了，他側身通過人群接近。

格提亞拿著一小塊竹籤插著的起士，不知怎麼回事，一位大叔將他拉過來，還塞了這個給他。

「孩子，多吃點起士，就能長得和你身旁這位英挺的大人一樣高啦！」大叔繼續熱情推薦試吃，同時將另一塊起士放進歐里亞斯掌中。

比起自己又被誤認為少年，格提亞這時才意識到，除他之外的其餘四人都是穿著遠征隊大衣出來的，很容易就會被認出身分，如此積極的推銷多半也是因爲認定他們一定有錢，和這行人在一起的自己也不例外。

歐里亞斯一口吞掉起士，準備告訴身旁的格提亞走人，他才不想被當成老師的監護人。

格提亞一再被看成孩子是有原因的。愈往北方走，著裝就愈增加，連手套和帽子都得戴上，格提亞的身分是帝國魔法師，因此並未和他們穿相同的騎士服裝，帝國在這方面相當嚴謹。

所以格提亞僅有一件遠征隊的厚毛披風，到此地之後也一直穿著，由於裡外都不是軍裝，讓他看起來圓滾滾的。尤其那頂蓋耳的防風毛帽，更突顯他本就偏小的長相。

「我是成年人。」格提亞雙頰被天氣凍得發紅，不過還是認眞澄清。

遠征隊的大家，經過一次又一次的鍛鍊，外型都越發成熟了，但是他沒辦法像他們那樣，也不會再成長了。

「沒錯，他其實是老師呢！」歐里亞斯道。不過自己已經被看做成熟男性，他還是挺滿意的。

「老師？」大叔眞的震驚了。

「歐里亞斯！歐里亞斯！」海頓的聲音穿透過來，一下子，他和迪森就擠到格提亞與歐里亞斯面前。「你有帶錢嗎？借我好不好？我好想買回去跟大家一起吃啊！」他嚷嚷著。

「哈？」歐里亞斯原本不是想要逛街的，就是想踩踩點，觀察一下這座城，現在都搞不清楚目的了。他雖然無奈，不過還是掏了下懷裡。「啊，我也沒帶。」這不算什麼意外的事。

因爲，他們是貴族。平常出門逛街，身旁都會有隨從，所以沒有養成帶錢的習慣。

眼下任務在身，穿著軍裝，更不會想到。

忽然，有一個響著硬幣聲的囊袋在他們眼前從天而降。

格提亞拿出自己的錢袋，舉給他們看，然後道：

「買回去給大家，一起吃。」

即使外貌遭到誤會，不過這些年輕人在他的眼裡，才是小孩。本來應該已經死亡的這些孩子，現在就活生生地在他面前，他也會像個大人照顧他們。

「哇！謝謝！那可以買多少？我剛看到沒見過的水果，好想試試！」海頓是家中么子，總是不懂客氣爲何物。

「喂，你少得寸進尺了。」雖然歐里亞斯覺得帝國魔法師應該不至於阮囊羞澀，但感覺這樣還是不大好。

話才說完，海頓已經飛也似地從格提亞手中抄走錢袋，道：

「那我用借的！回去馬上還！」這次他不僅抓著迪森，還和保羅說：「眞的好多沒看過的，你也來瞧瞧！」一帶二又鑽回人群中了。

跟他們出來完全無法控制，歐里亞斯簡直無語。他回頭望向格提亞，實在很想跟他說，這樣處事容易被當成冤大頭。

可是見到格提亞一臉沒有哪裡不對勁的樣子，話到嘴邊又難以講出口。傳聞中，這位帝國魔法師幾乎不瞭解社交概念，是眞的。雖然現在僅是小錢，但是正確的價値觀要先建立啊！

歐里亞斯不知道的是，魔塔幾乎沒有金錢觀，所以格提亞也不在乎錢財，他只是很想照顧那些年輕人。

以前他還是老師的時候，應該也對學生這麼做的，或許所有事情結束以後，還會有其它機會。和那時候相比，現在的他，想試著多做一些。

片刻，海頓又跑回來，手裡拿著許多買來的東西，笑得像個孩童。

沒多久，市集的人更多了。逐漸變成摩肩擦踵的狀態。

「你們幾個，別再跑走了！尤其是你！」正當歐里亞斯抓著海頓後領的時候，一回首，卻不見格提亞了。

「……老師？」

視野之內，到處是人。再沒有格提亞的身影。

目睹著自己和他們之間的距離，被人潮衝得愈來愈遠的時候，格提亞一直想跟上。

只不過實施起來，有點無能爲力。佛瑞森是北方，北方人的體型相對高大一些，他很快就被淹沒了。

就僅能跟著人流，被推往自己都不曉得哪裡的方向。

好不容易，終於感覺到沒有那麼擁擠了，這才發現，他已經被排出市集了。

「……呼。」他吐出一口氣緩和，即便在這麼寒冷的天氣，他也在推擠的過程稍微出汗了。

也好，他本來就不是來逛市集的。格提亞不怎麼擔心其他人，他們都那麼大了，不會這樣走失。他想專注在自己的目的上。

就是找到那間沒有紋章的房子。

然而，他就瞧見一眼，從進城以後，有個大約的方位，不是非常清楚地確定在哪一處。那只能靠雙腳來搜尋了。

稍微觀察了下，他憑藉腦中的記憶，打算由城門到伯爵宅邸間走過一趟。

他已經在調查死土的同時，先看過佛瑞森的地圖。

克蘭羅賀，本身是個狀似半圓形的城市，因此是以伯爵府爲中心，散發出一條條道路的，而這些猶如半徑的道路，又相互接著許多巷弄，簡單來說，是沒有辦法順著直線來走的，很容易就拐進別的小路。

在無法確知詳細地點，僅能靠著大致方位的情況下，格提亞感覺自己似是稍微走偏了。不過因爲伯爵府相當顯眼，是個非常清楚的地標，所以還不至於迷路。可是，他要找到那間房子，沒有想像中的容易。

察覺到視線，他抬起臉，附近的幾個居民，目光都投射在他身上。

遠征隊的衣服都繡有皇室徽章，即便不是軍裝，他的披風也不例外。在市集時人多，沒有特別的感覺，現在走在街上才發現，原來他們引人注意的程度非比一般。

既然有人，就是一個很好的問路機會，不過，格提亞不打算那麼做。不知何故，總之是一種直覺，他覺得不應該問。

尤其是，沒有聖神教紋章的房子，這個問題。

格提亞知道得靠自己想辦法了。順沿道路，走著走著，忽然間，他穿出一條街道，面前開闊起來。

原來是個廣場。

他停住腳步，略微睜大了眼睛，注視著前方的物體，啓唇喃喃道：

「這是……」

只見廣場的正中央，有個大型的石頭雕塑，而雕塑的形狀，就是聖神教的菱形標誌。

聖神教不祭拜人形偶像。因爲教義裡，神和人類不一樣，所以不會是人形，神是一種至高無上的意念，以象徵性的菱形紋章代替。

遠處，鐘樓忽然響起聲音，噹、噹、噹地報時著。

周圍的路人，在聽到鐘聲後，一時間紛紛停住動作，並且往廣場中的菱形雕塑低頭虔誠祈禱。

彷彿是早就提前說好一般，所有人都做出相同的舉措。

格提亞看著這一幕。四周除鐘聲外，再沒有多餘動靜，氣氛格外微妙。

他知道，帝國民眾信奉聖神教，尤以首都信眾最多，信仰也最強烈，理由是神殿就在首都。

然而，就連偏遠的北方，居然也是如此。佛瑞森，曾經是最尊敬魔法師的城市，因爲是距離魔塔最近的領地。

「喂！你這啞巴！」

巷弄傳來孩子粗魯的叫喊聲，使得格提亞回神過來。

在鐘聲結束的同時，祈禱的人們也恢復走動；也由於鐘聲停下了，他才聽到小巷裡的人聲。

感覺離他很近。他轉過身，很快地在旁邊的巷子發現幾個小孩的身影。

「就算你是啞巴，也可以祈禱的吧！」

「你剛頭不夠低！」

「我媽說你們家就是不好好祈禱，所以你才是個啞巴！」

「啞巴！啞巴！」

四個年紀不到十歲的孩子，將一個也差不多同齡的小孩圍在角落，用言語欺凌。

格提亞見狀一愣，不禁上前道：

「你們——」

那四個孩子，聞聲轉過頭，看見格提亞後，相互交頭接耳說了幾句悄悄話，然後在格提亞走近前就立刻朝著反方向狂奔。

「快跑！」腳底抹油似的，吆喝著一溜煙逃光了。

格提亞愣了下，他向來體力很差，所以沒有想追過去。而且，他更在意的，是那個受到欺負的小男孩。

「怎麼了？」格提亞走至男孩旁，仔細一瞧，才發現他衣服都是灰塵，臉上也有傷痕。原來那些孩子們不只有動口。

因爲他們是背對著的，一時才沒看到。

格提亞抬起臉，那些孩子躲在遠處還繼續嘲笑著。於是他抬起手，立起食指與中指放在唇邊，低聲道：

「……壞孩子。」所以，要接受處罰。

尾音方落，小巷裡颳起一陣不自然的風，裹在那幾個孩子腳邊，範圍雖極小卻也足以使他們站立不穩，紛紛跌了個跤。

「哇！好痛！」

幾人摔疊成一團後，灰頭土臉地拐著走了。

雖然他的確失去大部分的魔力，不過這他還是辦得到的。他在學院裡，儘管和學生不曾私下往來，課堂上其實一直都是個賞罰分明的老師。

那對孩子不會造成什麼傷害，若能嚇他們一跳警惕就夠。

格提亞回過頭，面前的男孩對剛才發生的騷動恍若未覺，僅是低著頭拍掉自己身上的塵土。突然間，格提亞見到男孩袖口處有什麼東西在發光，正想看個清楚，一會兒就沒有了，他想著應該是男孩揮動的手勢造成什麼反光，便沒太在意。

格提亞問道：

「你要去哪裡？我帶你去。」如果那幾個孩子沒跑遠，路上又會碰到。「我是……我的披風上有帝國的標誌。」他想證實自己不是壞人，不知怎麼用言語說明並非心懷不軌，最簡單直接以實物表示。

格提亞沒有什麼和陌生小孩社交的經驗。就算他曾是一名老師，那還是欠缺交流的，更別提那些學生和眼前男孩的年紀有差距。

男孩沒有開口回應，思及剛才其他孩子的嘲笑，格提亞認為男孩應該是不能言語。在拍過衣服後，男孩先是將自己掉落在石板地的書本撿起來，然後轉身往前走去。

莫非他也聽不到？格提亞忖著，同時跟在男孩身後。

不管怎樣，還是送一趟。男孩既然步行，那麼即將前往的地方應該不遠，就到確認安全爲止。

跟著男孩，走過一條長長的道路，轉彎拐進右邊的小巷子，繼續往前行走一段，出口連接著的是附近最寬敞的道路。

男孩往路邊一處紅磚建築走去，格提亞看著，非常意外地發出聲音：

「啊。」

是那間房子。

他正在找尋的，沒有菱形紋章的獨棟小屋。

紅磚小屋和附近其它房子一樣，有著圓圓的屋頂，還有散發白色熱氣的方形煙囪，大門則是開啓的，可以自由進出，門口則擺有一塊手工木製招牌，上面寫著「麵包店」三個大字。

「卡多！你跑哪裡去了！」

男孩都還沒踏進去，一名紅髮的年輕婦女就從屋內跑出來喊道。

就見男孩依舊像是沒有聽見似地面無表情，至於年輕婦女則是在門口瞅住男孩的臉，繼續道：「你又去借書看了？不是跟媽媽約定好要早點回來嗎？哎呀，原來還沒超過時間。那你也不能一去整個下午，媽媽會擔心的，你……」總算察覺格提亞的視線，她停住嘮叨，轉而望向格提亞，道：「你……請問有事嗎？」說話的同時，她伸出手，警戒地將男孩稍微護在懷裡。

格提亞啓唇說：

「我……」睇著男孩的背影，遲疑了下，最後道：「我想買點麵包。」

「真的？」年輕婦女試探性地回問，有點懷疑的樣子。隨即在看清楚披風上的徽章後，啊了一聲，道：「原來是從首都過來的貴族大人！」

「不……」格提亞正想說明，自己不是貴族，就被那婦女熱情地邀請入店。

「快進來吧！我有一批剛剛出爐的呢！」年輕婦女帶著男孩進入店內，高興地向格提亞直招手。

格提亞確實聞到香氣了。

「……好的。」

接受對方的好意，他上前走進麵包店。店內如外觀那般，空間不算很大，麵包種類出乎意料地不少，每樣都擺在竹籃裡，放在木架或桌面方便客人挑選，雖然樸素但簡單乾淨。

「我沒想過貴族大人會想要來我家這種小店，畢竟你們什麼好吃的東西沒有吃過？啊……我講話是不是太沒禮貌了？不過我是因爲驚訝，沒有惡意！」年輕婦女連忙解釋道。

她的發言是有點耿直，可是語氣卻不會讓人感受差勁。而且格提亞不在意那些。

「我叫做格提亞，是平民出身的。」他只希望她能夠不要再使用貴族大人那個用詞了。

年輕婦女一愣，她沒有計較細節，僅是豪邁地笑道：

「我是安娜，那是我兒子卡多。」她比著坐在角落安靜看書的男孩。「那麼，格提亞小公子，你喜歡什麼口味的麵包呢？」她笑咪咪地問。

就像對待個孩子似的。

小公子？格提亞想了半晌，會意過來，道：

「我不是小公子，已經成年很久了。」來到北邊以後，就一直遭到誤認。

安娜正夾起剛出爐的麵包，那圓潤模樣看著就像面前這位小公子紅通通的臉頰。她正準備切開給格提亞試吃，聞言，訝異道：

「哇！我還以爲你就比我兒子大幾歲呢，那你看起來可眞是太年輕了。」她將切好的幾種麵包放在小盤子上，然後請格提亞坐在窗邊的座位，也是店內僅有的一張小桌。

應該是帽子和披風的緣故。自從來到北方，他被誤會好幾次了。

「謝謝。」格提亞解開帽繩，乾脆拿掉了。一抬起臉，就對上安娜直勾勾看著他的視線。

「我覺得不戴帽子其實也沒有差很多喔。」彷彿知道他在想什麼，安娜哈哈地笑了。

格提亞怔住，婦女親切的笑容，讓他表情溫和下來。

眞的要說起來，他的年紀甚至還要更多些。

因爲，這是他第二次經歷這個歲數。

安娜不再打擾，讓格提亞能有寧靜的享受時光。她轉身走到兒子身邊，講了幾句話，接著先是伸手摸他的頭，然後又一把將他摟進懷裡。即使那個叫做卡多的男孩，臉上始終都沒有明顯的情緒，安娜的眼神卻非常溫柔。

卡多這個名字，在古語中，是恩賜的意思。

安娜把懷裡的男孩揉過一陣後，遂又回到木架前整理竹籃。

「我想請問一件事。」格提亞並未忘記來此的原因。

「好啊！」安娜見他都沒動手開吃，於是指著擺在桌上的盤子，笑著道：「作爲交換，你先試吃我家的麵包，吃過了告訴我感想，什麼問題我都會回答你的。」

格提亞這才望向自己面前的麵包盤。

「是我失禮了。」忽略了別人的好意招待。

他直接用手，拿起麵包，然後稍微撕開。還留有餘溫的鬆軟麵包，夾帶著麥子的香味，化成冷天裡的白霧飄散出來，那股好聞的暖意，教格提亞不自覺想起皇太子宮裡的食物，接著放進嘴裡品嚐。

烤成淺棕色的表面，有著酥脆的口感，裡面的白色部分則是相當柔軟，在口腔裡釋放美味。盤子裡有最基本的白麵包，也有常見含堅果和果乾的種類，其實皆非特別的品項，卻每個都是不同的好吃。

格提亞不是相當在意食物的人，只要能吃就好。他在皇太子宮住過相當長的一段時間，廚房的湯姆大叔，雖然外表看起來平凡無奇，身分也是皇家廚師，廚藝自然不用多說，現在手裡的麵包絲毫不遜色。

安娜的這間小店，就是這樣的水準。

格提亞抬起臉，誠實道：

「非常好吃。」儘管都是基本口味，也沒有精緻的外表，不過那種質樸反而更能凸顯做麵包的人紮實的基礎。

「沒錯吧！」安娜聽到他這麼說，立刻眉飛色舞。「看起來雖然簡單，可是其實沒那麼簡單！加進去各種材料，出來的是完全不同的模樣。烘焙啊，就像魔法一樣啊！」她笑得好開心。

格提亞像是被感染似的，感情心情都變得更好了，也可能是因為吃了美味的麵包。

店面的大門是開著的，他坐在窗邊。於是，他忽然察覺到，在安娜說完話的時候，附近街上經過的路人，不約而同地都朝這裡看過來。

他們注視的人是安娜。即使安娜音量不算小聲，這個狀況還是令人感到莫名困惑。或許跟那些人臉上不怎麼好的表情有關係。

安娜笑笑的，只將目光放在格提亞身上，道：

「好了，所以你想要問我什麼呢？」

「我……」格提亞正欲開口，路人的視線卻讓他猶豫了。總之，就是有哪裡覺得不對勁。

「老師！」突然，外頭傳來呼喚。隨即歐里亞斯從一旁道路跑了進來。「原來你在這裡！我們在找你，該回去了！」還好格提亞穿著顯眼的遠征隊披風，到處稍微問了下，循著居民的目擊沒有花太多時間。

「好，不過等一下。」格提亞先是對他道，接著轉頭面向安娜，說：「我今天先離開了，謝謝妳。」眼下不是個好時機，他得找其它機會再來一趟。至少他已經知道這是在哪裡了。

安娜手腳俐落地裝了一大袋麵包，塞進格提亞懷裡。

「我才要謝謝你呢！你幫了卡多，對吧？」她看到兒子臉上的擦傷，馬上就猜到格提亞在入店前那躊躇的態度是什麼原因了。

格提亞停住動作。手中的紙袋，真的好溫暖。

「老師，真的得走了。」歐里亞斯再次提醒道。他們出來太久了。

「我現在身上沒有錢袋，但是，我會付這些麵包費用的。」格提亞對安娜這麼說道。

那表示他會再來。安娜倒是聽懂他的言下之意了。

「隨時歡迎。」她拉開裙襬，行了個淑女禮。

「走吧！」歐里亞斯催促，格提亞和他離開了店鋪。

安娜站在門口，目送他們的背影，始終都是一臉笑容。待兩人走遠到已無法看見，她收起笑意，對著在附近徘徊的幾人，大聲說道：

「有什麼事情要找我嗎？」

街上數人紛紛咋舌作聲，悻悻然地走開了。

安娜哼一聲，轉身甩著紅髮回到店裡。一直到夜深閉店，她的麵包鋪再無任何一個客人上門。

「你說，這些人是不是太小氣了？我們又沒怎麼樣，居然全部都不來了，對了，或許是受到誰的施壓？不然如果連平常我們熟悉的朋友們，也都是這般對待，那媽媽我可是很傷心的呢！」安娜一邊將竹籃裡沒賣掉的麵包蓋上乾淨紗布，一邊挑選狀態已經不好的商品，準備處理掉。

雖然本來每天就會有些報廢的數量，但是這陣子因爲幾乎沒有人過來購買，所以要丟掉的都是一大包。

那眞不是普通的心痛啊！賣不出去她是可以接受的，像這樣浪費糧食卻是良心不安。或者乾脆在品質還尙可時，拿去附近給收容院的小朋友好了。

安娜思忖著。

「你說好不好呢？」她將臉湊到兒子面前徵求意見。

儘管她明白，兒子很大可能不會理睬她。

卡多用湯匙喝著擺在自己面前的熱湯，桌上還放著書，他的視線完全在書頁裡面。

安娜笑了一下，有點無奈又寵溺地揉亂兒子的頭髮。

她一直都省吃儉用的，所以經濟方面短時間還撐得過去，那些存下來的錢，本來是打算讓卡多能夠去學校的。卡多已經過了入學年齡，她眞的不想要由於目前的困難而動用，那樣一來，上學的計畫就又得延後了。

「眞不知道你像誰，我和你爸爸，都不是很擅長讀書呢！」安娜笑語。

叩叩。

敲門聲，在寂靜夜裡顯得突兀。尤其，都已經這麼晚了，一般不會有人拜訪。

不過安娜還是開了門。因爲她從窗口看到是誰站在外面。

「什麼事？」她雙手扠腰，問著來人。

只見一名白鬍子的老者在門口，身旁是三到四名中年男女。老者是本地糧食公會的會長，另外幾人也都是類似身分，在產畜及發展等組織擔任要職。

「不請我們進去嗎？」老者道。口氣有點倚老賣老，感覺也像是不滿什麼許久。

安娜往屋內看一眼，兒子卡多剛喝完湯，坐到一旁看書去了。雖然心裡也不是很歡迎這幾個人，畢竟住在這裡，終究還是不想撕破臉。

「進來吧。」她讓開身。

幾人魚貫踏進。原本溫馨的屋子，氣氛一下子就變得嚴肅起來。

「那我就開門見山了。」老者也沒有拐彎抹角，道：「妳——」

「那個紋章，我之前不打算，現在不打算，以後也不打算畫在我家的門口！」彷彿知道老者要說的是什麼，安娜一口氣回答道。

老者和身後幾個人，臉色頓時沉下來。

「妳明明知道傳使大人交代大家該做什麼，唯有同心協力祈禱才能改善死土的惡化速度，為什麼就是這麼不配合？」老者責備般地說道。

他們已經忍耐很久了。自從死土開始擴散，領主大人向帝國請求幫助，聖神教派傳使過來察看，告知領主立起聖神教的雕塑，居民們則必須每日誠心祈禱，齊心凝聚的力量夠大，就能度過這次難關。

但是，安娜絕不是要故意唱反調。

「我說過了，我不是想對神不敬，我也每天都有幫忙祈禱，不過，我的家族曾經受過魔法師的幫助，我不能接受教裡視魔法師為對立面的想法。」她道。甚至，最近還出現了因為北方有魔塔，他們的土地才會被汙染的謠傳。

從小，大家都是信奉聖神教的。那時候信仰的風氣溫和，只要心裡有神的存在，即使不用嚴格地祭拜奉獻，神也會愛著每個人。然而，不知從什麼時候開始，變得不是那樣了，現在必須更深刻，必須更展現自己的虔誠，這種力道愈強，夾帶著魔法師不好的耳語愈多。她有她不能妥協的部分，就算如此，她也是一直都有對神乞求。

從格提亞的披風，她知道是從首都過來幫助他們的，她萬分期盼這些人能夠拯救領地，因為她覺得這樣謠言自然會被破除，一切都能恢復原狀。

「妳又提……那個東西，不是說好不要提了嗎？」老者旁邊的女人忌諱道。

「『那個東西』是什麼？抱歉我真的聽不懂，而且我也一點沒說好過。」安娜依舊表示明確的態度。現在就連說出魔法師三個字都不行了，像是一個禁語，這眞的太奇怪了！

魔法師，曾經是帝國最受尊敬的存在，是帝國的英雄，帝國的榮耀。

「那難道要因爲妳一個人就失去土地嗎！」老者身後的男人火氣上來了。

安娜一點也不害怕。

「如果！神只是因爲我沒有在家門口畫下紋章，因爲我提到魔法師三個字，就要降下懲罰給這片土地，那我們還有信仰的必要嗎？那也不是我所認識的神。」她不懂，到底是怎麼了？這一切明明是如此地不合道理，大家卻毫無感覺，好像都走火入魔了。

「妳就是這樣，觸怒神明，丈夫才會發生意外死了，小孩也像個啞巴不會講話。」老者冷冷地開口說道。

安娜聞言，握緊了雙拳。

「這跟萊恩的事情沒有關係！」她的丈夫萊恩，在三年前遭逢馬車意外身亡，那時候佛瑞森根本沒有死土。她和萊恩生下的兒子也不是啞巴。「卡多會說話，你們若是沒見過，那可能是他根本不想搭理你們。」最親愛的家人被拿出來汙辱，她毫不客氣地反擊。

「妳一句都不肯輸是嗎？」老者顯然對她的固執與堅持感到不悅。

「是你們先開始的。」麵包店沒有人上門，一定也是這個緣故。安娜不想再跟他們攪和下去了，道：「我想你們該走了，我就不送了。」

「不，是妳要跟我們走。」老者說道，同時向身旁其他人使眼色。

「……什麼？」安娜尚未會意過來，女人就一把抓住她的手。

「我們已經沒辦法再這樣縱容妳下去了。」女人拉著她，想要將她拖到外面。

「哈？」安娜簡直莫名其妙。另外一位婦女也過來幫忙，兩人直接就想將她架離。「別……別開玩笑了！」她用力反抗，將左右兩邊的女人都甩開。

「哇！」兩名中年婦人一個踉蹌，往前差點跌倒。

安娜有點錯愕她們會動粗，不過挑起眉頭沒有要屈服的樣子。彎起手臂，她拍著自己的二頭肌，自豪道：

「可不要小看每天揉麵包練出來的腕力啊！」豈料，話尾剛落，頭後就被硬物重重敲擊了一下。「呃！」她瞬間被擊倒在地，頭昏腦脹地見到男人拿著她放在壁爐邊的火棍。

她太大意了。沒想到連男人也對她如此粗暴。

「妳這寡婦！」男人像是盛怒下的衝動，眼神與動作都流露著不安，卻仍舊口出惡言。

「我們只是要把她關起來，你這樣有點做過頭了！」

朦朧中，聽見女聲緊張地這般說著。

「不敲昏她要怎麼帶走？」

「好了，現在講這些也沒有用了。快點將她抬走吧。」蒼老的聲音。

「小孩怎麼辦？」

「一起帶走！」

安娜倒在地板上，只能用最後一點力氣，費勁地說道：

「不……不要碰卡多……」

雜亂的腳步在耳邊踏踩，安娜感覺到兒子卡多跑了過來，就在她身旁。

「……媽媽。」

在她失去意識前，聽見的是兒子正在叫喚她的聲音。

格提亞和歐里亞斯趕回伯爵府時，已經超過晚餐時間了。

和其他同伴確認過後，今晚還好沒有收到邀請和指示，昨天他們已經出席過了，那大概就是以後不需要再上主餐桌。畢竟他們僅是陪襯，眞正的貴客是皇太子。

這樣一來，總算可以鬆口氣。對這些年輕人來說，平常在家就已經各種貴族規範了，現在出來執行任務，和自己的同僚在一起吃喝比較輕鬆些。遠征的路途中，經常需要將就，也早已習慣不同階層的風格。

此時此刻，比起坐在華麗的餐桌面對不怎麼熟悉的領主，還是跟出生入死的伙伴大口吃肉聊天來得有趣。

至於格提亞，看到他們的房間，不僅寬敞也方便個人沐浴，所以在大家用餐的時候，就先去將自己清洗乾淨，小型的浴室讓他感覺心安。海頓還借他衣服，因爲兩人身高勉強相近。

他一頭淺褐髮半乾，走過夜晚的長廊，回到自己位於莫維隔壁的房間。他打開門的那一刻，就看見莫維坐在裡面。

「啊。」格提亞眞的是沒有預料到。

他以爲莫維應該和伯爵在一起。

隨即，他發現桌上擺放著尚未用完的餐食，立刻明白過來莫維是待在房內的，今晚並未前去餐廳。

不過，這是他的房間。不是莫維的。這對莫維來說大概也不是重點。

「你去哪裡了？」

格提亞放輕動作關上門，聽見莫維這麼問道。於是他往莫維那裡望去。

伯爵府給他們的寢室空間寬闊，此時室內卻僅有一盞燈，莫維還坐在背光的位置，格提亞其實真的看不清楚他的表情。

「我去街上了。」他正要解釋清楚，莫維沒讓他說完。

「用這個樣子去？」莫維徐緩站起來。

然後，朝格提亞走近。格提亞隱約感覺到莫維的不快，於是站在原地。

莫維穿著柔軟的白色上衣，上好的絲質呈現好看的垂墜線條，配上黑色的長褲及靴子，本來就特別修長的體態一覽無遺。休息的時候，莫維經常都是像這樣稍微輕鬆的衣著，相較於正裝，此時舉手投足更有一種非常鬆弛的氣質。

如今注視著向自己走來的莫維，格提亞總算能夠看清楚他。

除了那一貫的慵懶外，還有危險。

「嗯？怎麼不說話了？」莫維停住在格提亞面前，以非常靠近的距離。他歪著頭低聲啓唇，前額披散著微亂黑髮。

雖然彼此沒有碰觸到，但是連呼吸都可以糾纏在一起。

格提亞的雙眸注視著莫維，道：

「我有說，我要去找那間沒有聖神教紋章的房子，我也找到了。」他清楚地說明，沒有隱瞞。還誠實補充道：「和我一起的，還有遠征隊的幾個孩子，我回來以後，先在遠征隊那邊清潔過身體了，所以才是現在這個樣子。」

把話講明白，是最能避開誤會的方法。

生日舞會後的這段時間，他和莫維之間，像是暴風雨的海浪一樣，不穩定地起起伏伏。

或許莫維只是心情不好想要折磨人，不過，也可能不僅是如此。總是陰晴不定，難以捉摸，背後或許有其目的，或許隨心所欲。

格提亞所認識的莫維，一直都是如此。

莫維低垂著眼眸睇視他。紫色的雙瞳，在夜晚美麗得詭異。

「奇怪，只是給你離開一會兒，你就跑得那麼遠。」最後，他笑了下說道。

那絕非是感到有趣的笑容，就是在嘲諷。

「沒有跑遠，是去街上。」格提亞認眞糾正他的說法，不給他任何扭曲的機會。

莫維語氣變得冷淡。

「我還以爲，你是想逃走。」畢竟，這裡是距離魔塔最近的領地。

原來讓他自由行動又是在試探。科托斯那時的言行，竟然會讓莫維如此在意，格提亞沒有移開自己的視線，儘管莫維看起來危險，但是他並不害怕。

「我不會走的。」

「因爲皇帝的命令？」莫維道，眼神陰沉。

格提亞平靜道：

「不是。」不管否認幾次，大概都是沒有用的。

但是，他也只能這麼回答。

突然地，他想起很久，很久的以前。莫維曾經對他說過會相信他。那一幕彷彿昨日發生般清晰，然而，在往後的幾年日子間，他逐漸曉得，莫維的那句話，是騙他的。

莫維自始至終都不曾眞心信任過他，一秒鐘也沒有。

直到最後。

一定是那樣，所以在他離開皇宮前，才在他的胸口上刻印魔法陣。

莫維聽到他這麼說，瞇起了紫眸。

格提亞總是平淡無波的表情，也讓他感覺有些礙眼。

「那我就拭目以待。」他一笑，退開逼壓的身體。「另外……你在外出時使用魔法了？」他像是先想了下才問。

格提亞不明白他提問的原因。不過他什麼都會據實以告。

「用了。」就一點。懲罰小孩的時候。

在格提亞外出期間，曾經有過一瞬間，彷彿某種感應，莫維感覺自己似乎可以領略到格提亞的所在位置。因爲只是很短的一剎那，以前並未發生過，所以他沒有掌握那是什麼情況。

他想起格提亞胸前，那個烙著他名字的魔法陣。可是先前格提亞也在他面前使用過魔法，當時他沒有任何感覺。

差別是在，他能看到，或看不到格提亞本人的地方？對於那個詭異的魔法陣，莫維已經在風鳴谷回程格提亞昏迷的那段時間，全部記在腦海裡了，他會自己研究。

不透過格提亞。

所以，他沒將這個話題進行下去。

「對了，把衣服換掉，我不喜歡那個味道。」轉身走開前，他道。

儘管突然，不過總算是結束這場對話，格提亞心裡鬆口氣。他拉起衣領嗅了下，這是乾淨的上衣，只有貴族常用的那種木質香味。

翌日。

格提亞起一個大早，直接前往安娜的麵包店。這次他是普通裝扮，沒穿遠征隊的披風，不引人注意。

只是，不知何故，麵包店沒開門。

可能店主有什麼事情，他想著。不過之後的第二天，第三天，格提亞都去了，甚至在附近等著，但是並未見到安娜和卡多母子。

格提亞也詢問旁邊的店家，不過無人知曉是怎麼了。

最奇怪的是，麵包店的門上，粗糙地畫著一個菱形。原本沒有。

就像是倉促地用石頭或什麼尖銳物劃出來的。

格提亞僅能佇立在門前，沉默地望著那布滿整個村鎮的紋章。

另一方面。

伯爵府裡在商議如何阻止死土的蔓延，請來對地質有所研究的專家，也讓幾位學者加入。

但是，這原本就不是自然會發生的狀況，用書本裡的知識以及學理方面的假設，根本無法再討論下去。

「不用再浪費時間了。」莫維單手撐在桌面站起身，一句話就結束這個無聊的會議。圓桌左右兩邊的與會人士臉上都顯得有些尷尬。可是難以得到結論也是鐵一般的事實。

莫維走出會議室，諾耳任連忙跟上去。

「殿下，我會盡快再找一批人，會是更加有學問的……」

「沒有用。」莫維目視前方，說道：「不管你找誰來都不會有用。」

「那……」諾耳任有些不知所措，身為領主，他一直都非常盡職，是眞心想解決眼前的重大難關。他不知道自己到底能怎麼做。

「你說這應該是魔法造成的。」莫維走到樓梯邊，停住腳步。「那麼，就只有魔法才能解決。」他往下看去。

那天的單獨對話，諾耳任將目前所歸納出來的原因稟告莫維。依照聖神教的說法，這是一種源自於魔法的汙染，所以生性溫和的諾耳任感覺在大魔法師面前講這件事是不妥的，才會請求包括格提亞在內的其他人迴避。

不過其實諾耳任不大清楚，莫維現在也能使用魔法。這不僅是由於莫維近期才在格提亞的幫助下掌握到方法，皇太子身上具有巨大魔力這件事，也不會人人都非常瞭解，佛瑞森是個偏遠地區，亦非什麼耳語都會流傳到此地，即使他曾經在首都聽說過皇太子身懷不祥魔力的傳聞，也沒人會在公開場合高聲議論細節。

而且莫維的身分是皇太子，不是魔法師，無論如何諾耳任的立場都不能有所隱瞞，因為莫維帶隊是來幫助他們的。

諾耳任順著莫維的目光，在樓下看到一個身材清瘦的年輕男子。那是格提亞．烏西爾。無論現今外界對魔法有什麼評價，那都是帝國唯一的大魔法師。

「我知道了。」諾耳任別無選擇。

重新回到桌前，這次沒有紙上談兵的學者，也沒有難以應付異常非自然狀態的專家。

「要盡快處理。死土的結構鬆散，若是繼續擴散，那麼很可能會導致大面積坍塌。」從鎮上回來伯爵府，終於被邀進會議，格提亞道出自己的意見。

那天勘查時他就發現了。遭受汙染的黑色土壤像沙子一般，除了不能種植作物，質地也非常疏鬆，根本沒有辦法承載重量。一旦那些死土蔓延到住人的地區，那麼整個土地都會下陷。

「是……專家也是這麼認爲的。」諾耳任點頭認同。

「雖然我能力有限，不過，我會想辦法。」格提亞認眞說道。

諾耳任沒有聽出什麼不對，單純以爲那是謙詞。畢竟，大魔法師怎麼會能力有限？但是因爲已有聖神教的定論，所以他還是擔心魔法會對土地造成更嚴重的破壞。

這也是一開始排除這位大魔法師的最主要原因。

魔法所造成的可怕影響，能再用魔法復原嗎？還是會變得更加糟糕？

不過現在的場面已經不是他所能主導的了。諾耳任看向莫維，無論自己在考慮什麼想做什麼決定，一旦皇太子說話，那自己就僅能是遵從的那方。

「我代替佛瑞森這個地方的所有人民請求，盼望大魔法師閣下能夠幫助我們度過災害。」諾耳任尊敬地行禮。

「你可以走了。」莫維讓他先出去。

「是。」諾耳任離去，並帶上門。

然後，莫維看向格提亞。

「你準備要怎麼做？」他是用質問的口氣。

格提亞沒有介意。

「我現有的殘存魔力，無法解決這麼大範圍的汙染。」他非常實際地說道，凝視著莫維。「所以，需要你。」他說。

莫維挑起眉角。

「我？」雖然這其實不在他意料之外。

格提亞始終都是表現出確實失去魔力的態度，那麼此刻唯一有能力對付這件事的，就唯有體內懷著強大魔力的他了。

「就像之前那樣，我會幫你控制好魔力軌跡，由你來實施淨化。」說到底，這和過去做的是一樣的，可是，都沒有這次範圍如此之大。

那表示需要更多的魔力，也表示更有可能失控。

即便已有過幾次成功的經歷，但是莫維必須釋放比先前都還要洶湧的能量，也意味著會處於脫離控制的危險邊緣。

所以，這並非最安全的做法。

卻是唯一的。

「我以爲，你還可以去魔塔找幫手。」莫維道。畢竟這裡離魔塔很近。

「不。」格提亞垂低眼，安靜了下，道：「師傅已不是能夠負荷這種強度任務的年紀了。」

就算可以，現在的師傅做不到。他沒有說得太清楚。師傅是不行的。魔塔裡擁有魔力的人已不多，也不夠強，隨著魔法師凋零，魔塔的衰退亦是顯而易見的。

那裡是眞的缺少可以幫助的力量，他沒有說謊。不過其實，他也沒有臉回去找師傅。

只要師傅見到他，立刻就會知道他用了不該使用的禁術。

莫維僅是睇視著他，沒有放過他眼神裡任何一個細微的變化。

既然做好決定，就不再耽擱。這天傍晚，從遠征隊裡挑選出幾名騎士陪同，他們來到距離伯爵府最靠近的死土區。

「你們就在這裡等著。」格提亞讓包括歐里亞斯的其他幾人，在綁著馬的樹下待命。

因爲接下來，他也不能保證任何事。

和莫維站在黑色的地面上，腳下的沙土鬆垮得驚人。稍微不動，鞋面就已半沉在黑土裡。拖的時間愈久，危害會愈大。必須在造成災難以前阻止。

「沒有信心？」

聽見莫維的問題，格提亞抬起臉來，對上那張涼薄的笑臉。

「不。如果我和你做不到的話，也沒有人能夠做到了。」他平靜地說。

即使格提亞始終表示失去魔力，這一瞬間，莫維卻感受到，無人能夠懷疑他身爲大魔法師的能力。

莫維也不再廢話，朝著地面伸出左手。

一道光芒由他掌心迸散，下一刻，周遭的氣流達到劇烈震盪的程度。

每次釋放魔力，體內總會有極度混亂的感覺。宛如有無數道力量，盲目地到處亂竄，攻擊身體的各個部分。他能夠很清楚地知道，一旦超過臨界值，就會徹底脫離他的掌控，而他本身也將遭受破壞。

莫維眼見著格提亞把手伸過來，置放在他的膀臂上。頃刻間，那些在軀殼裡面，四處奔騰的亂流，全部被收束與導引。

儘管這不是第一次了，他仍在驗證格提亞是否眞能操縱他的魔力軌跡，或者僅是製造錯覺。他當然不希望是前者，因爲那表示在他所不知道的時候，他的一部分被人所摸透了。然而每回這麼做時，身體又斬釘截鐵地告訴他，眼前的這個人，確實是能夠從最根本之處引導他自己都難以掌控的魔力。

他對格提亞的每一個懷疑，最後都證實格提亞說的是事實。

「喂！看哪！」保羅．帕特爾，個性雖然木訥，卻是騎術好手，出身的侯爵家族也曾是戰功彪炳，即使如今已有些沒落，不比過往的光輝，那也是懷有榮耀。身爲家中次子，他代替兄長遠征爭光，就算路途遙遠，任務艱險，他也會在所不辭。

可是，在他面前所呈現的，是普通人類絕不可能觸及的境地。

只見皇太子莫維手中發出的光芒，落在地上，宛如染色般往前蔓延，渲染整片黑色的土地。那範圍不停地在擴大，即將就要超出他們能見的視野。

站在他身旁的歐里亞斯，非常熟悉這個場面了。他緊盯著前方那兩人，因爲從風鳴谷一役他就明白，這絕對不是輕易能達成的。

格提亞輕閉雙眼，他必須全神貫注。現在的他和莫維魔力能量差距太過懸殊，所以在風鳴谷時他的肉體才會受到損害，即便他僅僅是在導引。但是，後來他發現只要適當地控制，逐次放出能量，那麼就可以很勉強地支持住。

雖然事後得要疲倦地睡上幾天，至少不會吐血昏迷了。

死土區域廣闊，需要時間；然而時間一旦拉長，魔力就容易變得不穩定。

明明是寒冷的天氣，格提亞卻全身汗濕。

莫維首先感到魔力流向忽然稍微扭曲，看向格提亞，見到格提亞鼻下流出一道血痕。

「喂。」莫維感覺不對勁。僅一眨眼間，體內的魔力整個大亂，「啪」的一個破空聲，反衝的激烈能量甚至憑空彈開他的手。

「——呃。」格提亞更像是被用力往後推離，踉蹌地單膝跪地。

「殿下！老師！」歐里亞斯見狀，立刻上前。

原本染上光輝的土地，一瞬間又變回原來的樣子。

「我……我……我沒事……」格提亞呼吸急促，不停地喘息著，手抓著胸口，彷彿心臟要炸開了。這種情況下，他昂首先察看莫維，確認莫維還站著應該沒事才放心。有幾滴液體掉落在鞋子上，他的雙眼有點抓不住焦距，花上片刻的時間，終於看清那是血跡。

「這裡。」歐里亞斯拿出手帕，幫他按住鼻子。

「謝……謝。」格提亞接過，由於雙腿無力，暫時起不了身。

「看來是失敗了。」莫維彷彿事不關己地說道。他同樣也感受到異常，體內氣血騰湧，不過在最後一刻，格提亞似乎將牽引收了回去，所以他的影響沒有那麼大。

格提亞總是如此，在進行這個行為時，始終謹細而慎重，極力降低反彈到他身上的力量；

相反的，格提亞對自己倒是毫不在意，總是用那瘦弱的軀體承接所有衝擊。莫維由高處往下，俯瞰著跪在地上喘息的格提亞。

再遲那麼一點，他就該砍下格提亞的手了。

所謂的引導魔力軌跡，他一直就是充滿戒備。但是一方面又想證實究竟是眞還假，所以他既默許格提亞，又在這種時候無比警戒。

只要他一感覺到不對勁，他就會毫不猶豫地下手。

格提亞低垂著臉，露出纖細潔白的頸項，脆弱地彷彿單手就可以折斷。

也許是感覺到視線，或者根本毫無理由。格提亞吃力地抬起頭，剛好對上莫維的雙眼。

「不能放棄。要試到成功爲止。」他輕喘著說，額上都是汗意。他完全沒有認爲一次就能夠達成目的，這都是意料之中的結果。

可是只有他能做，只有莫維能做。

他擔心莫維會因爲一次失敗就撒手不管了，畢竟莫維是憑心情在做事的。

莫維僅是睇著他一會兒，旋即轉身道：

「那要等你恢復。」他知格提亞淨化後不堪負荷需要休息的情形，這是瞞不了的。

還好，他沒拒絕。格提亞按住胸口，看著莫維走離的背影，重重地吐出一口氣。

接下來的數日，格提亞就反覆在嘗試與休息兩者間循環。他協助莫維淨化一次，就得要停止將近三天才能勉強再試，在重新試過兩回後，他的體力明顯地愈來愈衰落了。

明明該要盡快處理，可是失去魔力的他，卻有種嚴重的無力感。他總是會想，倘若是以前的他，那個擁有驚人魔力的他，一定可以俐落地處理好。

格提亞在伯爵府邸的長廊慢慢走著。他已經躺了大半天，從床上坐起來看到窗外即將夕陽，心裡有點無奈，感覺身體變得非常遲鈍，所以想要活動一下。若是狀況允許，他想要明日一早再進行一次淨化。

隨著次數增多，他也憂慮莫維的耐心會告罄，將不再配合他。

耳邊傳來一些聲響，他往前望去，原來是遠征隊的眾人在廣場操練。

「老師！」海頓首先發現他，舉高劍向他打了招呼。

因爲歐里亞斯的緣故，現在這些孩子都跟著喚他老師了。望著他們，格提亞覺得似乎精神好了一些。

「全員休息！」歐里亞斯隨即對所有隊員喊道。

格提亞見幾人朝他走過來，道：

「我打擾到你們了？」

「沒啊，本來就剛好要休息了。」海頓拿起皮制水壺，灌了口水。

「您怎麼下床了？」最細心的保羅問道，用的還是敬語。

「一直躺著也不行。」格提亞感到四肢愈來愈沉重了。

「爲什麼不行？」迪森道，很開朗地說：「我們也閒著好幾天了，就是因爲沒事做，所以才自行操練的。」這次不用上山下海對付魔獸，他們根本毫無用武之地。

可能是由於如此，明明任務規模更大，派來的人數沒有更多。

「比起之前，感覺現在好輕鬆啊。」海頓喝完水繼續聊天。

「不要大意了。」只有歐里亞斯一如以往地正經。

格提亞看著面前幾個年輕人。或許是他徹底改變他們的命運，他們又喊他老師的緣故，所以心裡總將每一個人都當成他的學生。

他道：

「我一定會解決的。」就像個眞正的老師那樣。

大家互看一眼，笑了。

「那當然了！你可是帝國唯一的大魔法師！」

這個稱號，歷史上自帝國開國，都唯有最厲害的人才能得到。淨化連續失敗，他們就算猜疑他的魔力不如以前也是正常的，結果居然這般信任他。格提亞心裡感到一絲溫暖。

就在氣氛如此和樂的這一刻，忽然間，整個地面搖動了起來。

只聽有人喊道：

「地震！」

即使這不是在帝國常見的現象，不過遠征隊訓練有素，反應過來以後飛快進入待命型態，整隊等候命令。

搖晃大概數十秒，在格提亞直奔伯爵府會議廳前便停止了，而他在裡面見到莫維和諾耳任。

在伯爵的號令下，佛瑞森的騎士團很快地上街巡視情況，同時統整領地的受損程度。這個時段，家臣和學者也趕到伯爵府。

「——你說什麼？」

在聽見屬下回來的粗略報告後，諾耳任無比震驚。

由於地震時間不長，也不算劇烈，所以僅是有數棟房屋裂開，有幾人因驚嚇或慌亂導致跌倒輕傷，都不算嚴重。糟糕的是，據回報所說，死土的範圍在短短數日內迅速擴張，已經接觸到克蘭羅賀了。

眾人騎馬出府，親自前往勘查。果然房屋底下看見死土的蹤跡，而這裡距離伯爵府邸也不過幾分鐘馬程。

「佛瑞森在歷史上，從來沒有過這麼大的地震！」地質學者提出質疑，這正是大家最擔心的一點。

那表示這個地震確實不是自然引起的，就是死土的緣故。

「為什麼擴散的速度會加快這麼多？」諾耳任不可置信地問道。在此之前，還有餘裕想方設法，現在太讓人措手不及了。

這個問題，地質學者是無法回答的。格提亞在觸摸腳下死土以後，臉色異常凝重，因為這僅有一個可能。他轉身對他們道：

「死土吸收了魔力，所以才會速度變快。一切都是我的失誤。」

「什麼？」此話一出，所有人都注視著他。

格提亞知道，這個事實會讓在場眾人更無法諒解魔法師，即使如此，他也不能隱瞞。

他是第一次遇見這種情形。這塊死土像是有生命一般，他和莫維淨化所釋放的能量，全部都被吞食，變成了養分。

這是從未發生過的。無論如何，都是他的責任，他應該要更早一點察覺。

「接下來還會有地震，而且程度會更大，請各位快點進行引導居民疏散的命令。我會承擔所有錯誤。」格提亞正色說道，儘管明快果決，雙手卻皆是冷汗。

「這……可惡！」

「眞是的！所以果然該聽神殿傳使的話！」

就算對格提亞有非常大的不滿，現在也不是發洩的好時機，理由是他們有更重要的任務，因此幾位官員們都跟諾耳任緊急回府。

格提亞也準備離開。

「你去哪裡？」

莫維一把抓住格提亞。他始終保持沉默，是想知道格提亞打算怎麼做，結果格提亞把所有責任都扛下了。就好像在袒護他一樣。

格提亞的行爲是他允許的，死士吸收的也是他的魔力，所以這令他相當不悅。

「你要交代遠征隊出來幫忙，一定要盡快。」格提亞囑咐道。

事態緊急，莫維清楚格提亞沒有時間能夠浪費，不過他還是想知道一件事。

「你要做什麼？」

格提亞掙脫莫維的手，宛如劃下一條界線。這讓莫維瞪住眼睛。

他對莫維道：

「我會處理。這已不是現在的你所能踏足的領域。」他一下子上了馬，頭也不回地駕馬離開。

以前，雖然他在莫維身邊，也僅是想辦法讓莫維能夠順利地使用魔法。

從不曾用魔法幫助過莫維什麼。因為他接收到的命令只有那樣。他沒有思考，麻木地聽從。

可是現在不同了。格提亞先是一路讓附近的居民疏散，要比伯爵的命令更快。民眾雖一頭霧水，不過見他穿著遠征隊的披風，加上地震嚇人，也都稍微整理家當聽話往安全的地區移動。就這樣由外圍開始告知，沒多久，伯爵府的騎士團以及主動跟著出來的遠征隊也迅速加入，加快撤退的動作。

要更快一點，他要盡快清出這個區域。

抓在手裡的死土，他從中感受到莫維的魔力，所以他才會知道莫維的魔力被吸收了，判斷是他們兩人加快了死土擴張的速度。即使再怎麼後悔自己的大意，他所要做的就是阻止這一切。

從吸收魔力這一點，可以得知，反過來從死土裡吸收魔力也能行。就像是一條通道，若是沒有人為設下的限制，那麼就一定會是雙向的。

所以他要做的，就是引取死土的魔力，為自己所用。

雙腳踩著的地面，又開始搖晃了。由於大家都在動作，所以沒有立刻就發現，直到晃動變大，甚至看見鞋邊的土地出現裂痕的時候，方才驚覺。

「又、又來了！」

路人大叫提醒。

「小心！」

格提亞順著聲音望過去，就見一塊商家招牌掉落，下面正好站著一個幼童。

穿著制服的遠征隊員衝過去抱住孩子，撲向地面打滾避開，附近的人正鬆口氣的同時，目睹著泥土地被撕裂開一道觸目驚心的長長痕跡。

「沒事吧？」那名隊員是迪森，他問著懷裡的小孩。

「謝謝！謝謝你！」母親連忙過來道謝。

迪森點點頭，讓她帶走孩子，繼續執行任務，喊道：

「快點！往這邊走！」

佛瑞森是沒有過大地震的，這都是領地民眾生平第一次體會這麼可怕的事。所以他們一開始就配合撤離，原本不聽勸的，也在第二次震動以後決定跟著大家走了。

有遠征隊員和騎士團，格提亞暫時放心了。

他先是讓自己受驚的馬兒離開，開始用雙腳往城鎮中心奔跑。這是他造成的，所以是他的責任，必須得由他解決。

從遭到汙染的死土，回收魔力來運用，他沒有做過這樣的事情，因爲以前，他的魔力一直都像是無窮無盡。現在，就算不曾有過經驗，由死土的範圍來看，那也會是非常浩大的過程。

莫維幾次進行的淨化都並未奏效，他就已經在思考，那種程度是不夠的。必須是一瞬間，必須是難以估計的魔力，唯有如此才能夠阻止。

所以，不能是莫維。

他無法讓莫維那麼做。

每次莫維使用魔力，他所進行的，就是從旁輔助不致失控。若是要在極短時間釋放巨大的能量，那會使得莫維陷入極端的危險。

甚至是所有人都危險。

格提亞一路朝著與居民撤離相反的方向奔去。他會自己從死土裡取得力量，就算，以他現在的狀況，要接收死土的力量，也絕不樂觀。

那還是遭受汙染的魔力。

但是無論如何，他必須做。

也只有他能做。

格提亞在街上，來回確認區域已淨空，眼角餘光瞄到那間麵包店，心裡想著那對母子不知是否平安。

豈料，就在此時，他突然被一雙細瘦的小孩手臂給攔腰抱住。

格提亞低下頭，看到對方後喚出名字：

「卡多？」

他在一個房間裡面，房間裡只有一扇窗戶。

那扇窗戶偶爾他會開著，偶爾他會關上。因爲他覺得窗戶外面那些人，很討厭很吵。

他喜歡安靜地，一個人待在自己的房間。

如果聽到爸爸媽媽的聲音，他就會把窗戶打開來，他會跟窗戶外頭的爸爸媽媽講話，除此之外，一切他都覺得很無聊。

所以他總是在看書，書裡的世界是有趣的。

有一天，外面的聲音，只剩下媽媽的。每到夜晚，媽媽就會哭，他知道爸爸不會再回來了，所以抱著媽媽說不要哭，媽媽眼淚流到他脖子上感覺溫溫熱熱的，或許是這個原因，他也哭了。

過了一陣子，媽媽又變成那個開朗的媽媽了。由於爸爸不在，所以媽媽更忙碌了，即使如此媽媽每天晚上還是會唱搖籃曲給他聽。

他喜歡媽媽的聲音，和那些很討厭的人不同，媽媽總是溫柔地對他說話。

雖然偶爾會凶他，那他也知道都是擔心他。

他很想讓媽媽明白，不用這麼擔憂，他真的覺得無所謂，他會把窗戶關上。只要關了窗就好了。

又是一群無聊的人來家裡了，所以他關上窗戶。那些人找的卻是媽媽。

甚至把他和媽媽抓起來了。

「我的寶貝，卡多……你還記得媽媽跟你講的那個……故事嗎？」

安娜說話有些不流暢。她感到身體很不舒服。

從麵包店被帶走，已經不曉得是第幾天了。糧食會長把他們關在一個村鎮邊緣廢棄的穀倉，由於死土的緣故今年農作物大幅減少，所以這個穀倉暫時不會使用。

穀倉內外都掛滿聖神教的木製菱形紋章，把他們當惡魔似的，會長要求他們母子倆在穀倉裡反省，遠征隊還待在領地時，也不允許她再胡言亂語。這期間，每天都會有人來送簡單的食物和水，雖不至於有生命危險，不過卻完全被限制人身的自由。

安娜靠坐在牆邊，凝視著身旁的兒子。

卡多的臉龐因多日未能清洗顯得有些髒汙，不過眼睛亮燦燦的，始終望著自己的母親。

安娜勉強抬起手，想用拇指抹去兒子臉蛋上的灰色痕跡，可是她拿不出更多的力氣，最後僅能輕輕撫摸卡多的臉頰。

「媽媽的奶奶的奶奶……的奶奶，是第幾代的奶奶呢？我也記不清了……」她像是想要開玩笑讓氣氛輕鬆，喘一口氣，繼續說下去：「曾經得到過魔法師的幫助。是救了命……的那種幫助。」

「……因為魔塔在北邊？」卡多由於母親的碰觸，開口說話了。

安娜微微一笑。兒子不是個會聊天的孩子，雖然願意和她與丈夫講話，可相較於別的小孩確實非常地沉默。但是他們夫妻並不在乎。

想講就講，不想講的時候，也不需要出聲。一切都是他舒服就好。

「是啊。因為這裡……是離魔塔最近的領地。」很久很久以前，傳說魔法師經常會到領地來，畢竟這是大家一起生活的地方。

可是，不曉得從什麼時候開始，魔法師成為了一個不受歡迎的存在。

「媽媽，妳的傷口在痛嗎？」卡多看出媽媽的臉色很差。

剛開始的幾天，她還會忿忿不平，也很有精神地安慰兒子。不知從第幾日起，她逐漸感到身體不適，導致如此的原因，似乎就是腦後遭受敲擊所造成的傷口。

那時候，那個男人手持壁爐的火棍攻擊她，所幸火棍已經放在旁邊一陣子，溫度不是特別高，不過仍是在她頸後留下燙傷和一道口子。原本安娜在穀倉醒來以後，還為此生氣抱怨許久，也沒特別難受，豈料一天一天過去，那傷口愈來愈疼，她讓兒子幫她察看一下，兒子告訴她那個傷痕顏色不但變深也開始化膿。

並且劇痛。就是從這時起，她的狀況一路往下。

安娜深呼吸一次，她沒有回答卡多的問題，僅是對著他露出笑容，道：

「那位幫助我們家曾曾曾……曾祖奶奶的魔法師，給了她一枚銀幣，並且告訴她，這是她的幸運符，可以保佑大家。那個銀幣，就這樣代代相傳下來，直到我給了你。」她用手輕輕地摸著卡多的袖口。

卡多的手腕掛著條紅線，紅線上則綁著一枚銀色硬幣。就垂在衣袖的邊緣。

「……艾爾弗的。」卡多說道。

「什麼？」安娜原本已經疲累地閉上眼睛，聞聲又張開，不過沒有聽清楚。

「硬幣上面寫著『艾爾弗』。」他道。

「啊……對，你跟我和你爸爸說過。」銀幣上面刻有古語，他們都沒能理解，可是卡多看得懂。糟糕，快撐不下去了，安娜努力地保持笑容，道：「不用擔心，魔法師的……幸運符……會保佑你的……」說到後面，她幾乎無法清醒了，最終昏迷了過去。

「媽媽！」卡多急忙扶住媽媽傾倒的上半身，辛苦地放在地板上放平。他滿頭大汗，不知是由於用了太多力氣，還是人生裡幾乎沒有發生過的恐懼與緊張。

他在書本上看過。傷口如果不好好照料，被髒東西碰到感染的話，就會患上嚴重的病症。

他們來此已數天，沒有辦法清洗，荒廢的穀倉到處都是灰塵，因爲不能離開，兩人的排泄都是在角落，再用找得到的乾草或木板蓋住，這裡絕對是一個糟糕的環境。

但是怎麼辦？他得要找人來幫忙？那些關著他們的人會來給予幫助嗎？即使他和媽媽會變成這樣都是因爲那些人？

卡多覺得自己的心臟跳得好快，他不曉得自己能做什麼。

他甚至都無法離開這裡。

忽然間，一股從未聽過的詭異聲音，從地板裡面傳來，像書中描寫的怪獸在低鳴，伴隨著哪裡裂開的聲響。

好可怕。才這麼想著，下一秒，整個空間都搖晃起來。

「啊。」從未經歷過的現實，教人腦袋一片空白。卡多抱著自己媽媽，用小小的身體護在媽媽上方。

晃動很短暫，沒一會兒停了。

也許這是他曾在書裡看過的，叫做地震的現象。等卡多抬起頭來時，進入眼簾的，是關著他和媽媽的木門，承受不住地震的緣故歪斜了。

變得脆弱，出現小孩足以擠過去的空隙。

卡多瞪著那個縫隙，聽到自己的心跳無比大聲。

他不喜歡從房間出去。他討厭外面。

但是……

低著頭，他看向自己的媽媽。媽媽緊閉著眼睛，渾身發燙。

「……等我。」

卡多低聲在安娜耳旁說出這兩個字，隨即站起身，走向已歪掉的木門。

他要想辦法，一定要想辦法！

因爲，只有他能夠救媽媽。

卡多穿著保暖的外套，難以穿過那個狹窄的破洞，於是他索性脫掉。他的名字叫做卡多，古語裡是恩賜的意思，是他的爸爸和媽媽查著字典，打從心裡歡迎他的降生而取的名字。

那本字典，也是他人生閱讀的第一本書。

瘦小的身體，終於順利地擠過窄縫。他沒有任何停留，拔腿就往前狂奔。

天氣很冷，從口裡呼出的氣霧茫茫的，可是此時此刻，他感覺不到絲毫寒意。他必須找到能夠幫忙他的人，鎮上的那些臉孔，總是對媽媽生氣，欺負他，又說壞話，從來也沒有站在他們這邊過，所以，能幫他的絕對不會是這群人。

他一把扯斷掛在手腕的紅線，將銀幣緊握在掌心裡乞求。

曾經救過他們家族的魔法師！幫幫他！幫幫他的媽媽！

如果媽媽說的故事是眞的，那麼艾爾弗的銀幣，媽媽給他的幸運符，一定能夠幫助他們！

卡多跑進城鎭，儘管好多人也在奔走，但都是和他相反的方向。

大家面露焦慮與恐慌，紛紛向外撤離，唯有他，不在乎那些人，始終與眾逆行。

這之中，又搖晃了一次，所以他跌倒了。擦傷的膝蓋沒讓他感覺到疼，他很快爬起來，只是一直一直往前跑，因爲他不知道要去哪裡求救，或許是本能，讓他一路往家的方向。然後，他忽然看見一張他曾經見過的臉孔。

不是那些無視他們的人，也不是看不順眼他們的人。

於是他用盡全力跑過去，一把抱住對方！

「卡多？」

格提亞睜大眼睛，很快發現孩子衣衫單薄，於是他脫掉自己披風，彎腰將年幼的身體包裹起來。

「媽、媽！救她！魔法……師！幸運符！」卡多在奔跑途中，吸入大量冷空氣，此時喉嚨乾澀，也喘得說不好話。他用力地抓住格提亞的膀臂想要表達。

「什麼？」格提亞察覺到他手裡有東西，於是低頭察看。

那是一枚銀幣。上面刻的字，他認識。

「艾爾弗的……銀幣！會幫助……我們！」卡多勉強說完，難受地咳嗽起來。

格提亞眼也不眨地注視那枚銀幣。

旋即，他抬起頭張望著，立刻找到正在附近檢查是否有人還沒撤退的歐里亞斯。

「歐里亞斯！」他很快喊道，並且牽起卡多的手。

「是。」歐里亞斯也發現他們。

格提亞帶著卡多，來到歐里亞斯面前，道：

「這個孩子的母親需要救助。」他沒有聽漏孩子的任何一個字。

「咳咳！嗯！」卡多連忙點頭。

「你能不能帶這位哥哥去找你媽媽？」格提亞向卡多確認。

「能……咳！」卡多即使講不出完整的話，也足以回答清楚了。

「很好。那麼，我要跟你借用這枚銀幣。」格提亞蹲著身子，平視著男孩。「我就是魔法師，我答應你，會用這個救下所有的人。」他堅定地說。

卡多看著他漆黑的雙眼。打從他懂事開始，媽媽就和他說過魔法師的故事，現在，就在他面前的人，也是唯一幫助過他的人。

於是，他信任地將銀幣放進格提亞手中。

格提亞微點頭，像在對孩子立誓。

「謝謝。快去，你媽媽在等你。」他站直身，交代歐里亞斯：「請務必幫忙這個孩子和他的母親安娜。」

「我知道了。」歐里亞斯領命後，向卡多說道：「我們騎馬比較快，告訴我要去哪裡吧！」

他沒有耽擱，迅速帶著卡多走了。

卡多有歐里亞斯陪著，他可以放心。

現在，他必須做好自己該做的事。格提亞握著銀幣，往之前見過的廣場奔去。

他需要一塊周圍不會有建築物干擾的空地。那裡就很好。

手裡的這枚銀幣，一定可以阻止即將而來的災難。

他清楚知道。

格提亞雙目清明，注視著前方。

艾爾弗，是一個，就算不是魔法師，也都聽說過的名字。

不知是名或者是姓，僅僅只有艾爾弗這三個字。他是在帝國建國前就存在的，最初的魔法師。

也是自人類書寫歷史以來，最強的魔法師。

同一時間。

民眾攜家帶眷，有的懷裡還抱著簡單家當，正依照遠征隊的指示朝安全區域撤離。絕大部分的人臉上都是恐慌，一些人則是不甘心離開自己的家園，唯有天真無邪的小孩子，困惑地不曉得大人為何如此著急。

莫維騎在馬上，他沒有協助避難，更並未指揮遠征隊，而是，什麼也不做地旁觀著這一切。

身為領主的伯爵一家，在瞭解所有狀況後，毅然決定善盡責任，所以帶著家族騎士團進行一切援助，也在最快的速度安排好那些百姓該何去何從，可以說整個伯爵府都動了起來。

其他的貴族，學者，專家們，有的留下幫忙，有的則是急忙跑回家，想能帶走更多財產。

莫維既不幫忙，也未隨著貴族避難，甚至連伯爵府請他到安全地方的勸言都沒有理會。

他就只是，漠然地睇視，完全置身事外。

就在這個時刻，第三次的地震來了。

晃動比先前都還要來得嚴重，也因此，所有人都驚慌失措。一時間，尖叫聲以及各種物體的崩裂聲此起彼落，房屋倒塌，地面裂開，猶如宗教描繪惡人墮入的地獄，如此災難的景況，卻令莫維笑了出來。

「哈！」跨下的馬匹，即使經過嚴格訓練也蒙住了眼睛，不過仍是感到危險有些躁動，莫維拉緊韁繩，不允許牠有任何違抗主人的意念。

那一個又一個急著逃難的帝國子民，在他眼裡，和馬沒有什麼不同。然而，他也不是把自己放在什麼至高無上的位置。

他僅是覺得，全都毀滅掉也不錯。就像現在這樣。

自他懂事起，他就想要摧毀這個以自己姓氏爲名的帝國。

他所做的一切，都是爲了這個目標的準備。他要掌控自己的魔力，然後用這個猶如詛咒般不祥的力量，燃起地獄的業火。

就從皇宮開始，最好整座宮殿都焚燒起來，看著皇后，還有他的手足，其他貴族，在裡面像是動物那般驚恐地竄逃，在成爲灰燼之前，他會用利劍刺穿皇帝的雙目，再砍掉四肢，並且笑著欣賞，絕不會讓那個人死得如此容易。

紫色的眼眸，逐漸變得瘋狂。

忽然間，他感覺到格提亞的存在。即來此的第一日，格提亞上街時，他在伯爵府裡的那種感受。

就是憑空出現一種看不見的指引，讓他知道格提亞的方位。

此時晃動已經停歇，莫維一踢馬腹，朝向他所感應到的位置騎去。他只是想要弄清楚，是爲什麼，又怎麼會這樣？

他尋著那種感覺，來到了廣場。

進入眼簾的，是格提亞獨自佇立在廣場中央的身影。

格提亞手握著銀幣，並未察覺莫維就在不遠處，因爲此時此刻，他已專注到不再能感知外界事物。

他將體內那所剩不多的魔力，傳送到握著銀幣的掌心。

片刻，啓唇低語道：

「以艾爾弗之名，展現你原本的樣子。」

在話落的那一瞬間，銀幣發出驚人的強烈光芒，就在他手中，幻化成爲了一支水晶權杖！彷彿沉睡許久終於甦醒過來，權杖展現了無與倫比的美麗模樣。

傳說，艾爾弗在許多地方，都留下各式各樣的物品，那些不起眼的小東西，裡面藏有艾爾弗存下的強大魔力，也唯有身懷魔力之人，能夠開啓它們。

艾爾弗之所以稱這些爲幸運符，就是因爲，在必要的時候，所有的魔法師都可以使用。這是他留給後世魔法師的「禮物」。

他相信，後代的魔法師們，總有一天會需要這樣的幫助；又或者，可以用這個幫助他人。

即使隔著一段距離，莫維也能夠從那支權杖感受到相當異常的可觀能量。

然而，格提亞在他面前所展現的姿態，致使他待在原地，一動也不動。

只是看著，也只能看著。

格提亞全身被透明水晶發出的光輝所籠罩。他手握權杖，道：

「以我之名，將這力量借於我，爲我使用。」話落的同時，他揚起手，將權杖往地面插落下去！

莫維突然想起，課堂上一件微不足道的小事。那時有個平常根本都在睡覺的蠢豬貴族子弟，厭煩魔法陣的講述，於是懶散地舉手道：

「這麼複雜的圖形，等畫完都天黑啦！」

才一說完，除了他和格提亞都笑出聲音。總表現得像是整個教室裡僅有自己沒有其他人的格提亞，聽見這個嘲笑性質的發言，終於抬起眼睛注視著所有學生。

儘管格提亞沒什麼情緒表現，墨色的瞳眸卻閃著微光，告訴他們道：

「魔法陣並不是用畫的。」

隨著格提亞將權杖直立於地表的動作，頃刻間，以權杖爲圓心，放射出大量光線。那些光線彷彿具有生命，在泥土地上迅速爬行成爲圓形，同時無數線條亦在圓內連結，僅眨眼之間，便建構出一個巨大的光芒魔法陣。

其複雜的圖形與文字，皆具有意義。從古至今，一直有種說法，人們不約而同認爲，魔法陣就是神遺留在人間的語言。

縱然皇室視魔法師爲敵，帝國人民幾乎要遺忘魔法師，魔法師變得稀少也是自然的演變，其實，魔塔的人們並沒有想要復興或解釋什麼。

只是，不要汙名化他們。

強大的能量帶起陣陣旋風，吹亂格提亞的髮。那宛如彩色寶石的眼睛，既絕美夢幻，又無比神奇。

「聽我命令，讓這片大地，恢復原狀。」

他的每一字，每一句，語調始終輕緩。然而，權杖和魔法陣，呼應他溫和的話語，噴發出更加劇烈的耀眼白光。

像是光的瀑布，光的牆壁，明明已經日落了，月亮甚至掛在夜空，整個廣場卻比白天還要數百倍的明亮。

附近有零星幾個還未完全撤離的民眾，也有遠征隊和騎士團；甚至還有看見光以後，又回頭觀望的人。

他們都睜大雙眼注視著在廣場中央的格提亞。

像是神明一樣。

不似人的彩色瞳眸，被光籠罩而模糊的輪廓，衣著也由於光輝被照得宛如全身都是白色的。聖神教的概念，外表是人類的話就僅是人類。可是，此時此刻，在所有人的眼中，格提亞即是神的展現，是降臨於凡世的神。

若神化身為人，那麼一定是這樣的姿態。

雖然，只要擁有魔力，不管強弱都能啓動艾爾弗的力量。可是強大能量帶來的猛烈衝擊，對現在的格提亞來說，還是有些難以承受。

他可以做到。

而且一定要做到。指尖微微輕顫著，格提亞在心裡告訴自己。

因爲，他有艾爾弗留下的幸運符。

格提亞全神貫注，一心一意。他很清楚自己該怎麼做。

首先是聚集。

「……這是怎麼回事？」

尚在撤離的人們，驚奇地發現，死土裡的黑色，猶如往後退那樣，飛速朝向一個地方移動，而腳下的土壤，因爲褪去那可怕的顏色，恢復成黃土的樣子。

簡直像是活著一樣！如果不是親眼看到，根本不敢相信。

這怎麼可能？

佛瑞森領土內，所有遭受汙染的土地，不論距離多麼遙遠，就這樣褪色變回正常的，原本的模樣。那些被吸走的黑汙，皆是向著相同的方向急流過去。

廣場地面忽然出現大片的黑色，還像有生命似地以格提亞所在之處爲中心匯集，並且全數被權杖給吸收了。

格提亞閉著眼睛，聽不到別的聲音，也感應不到外界。他極致專心，彷彿處在另一個世界。汙染全數納進權杖後，還需要淨化。

混沌的黑色魔力，如同巨型怪獸，就在面前張牙舞爪。權杖的魔力軌跡，在格提亞腦海裡一清二楚，即使黑汙再大，也被權杖生出的那道光帶緊緊纏繞而無法再洩出。

只要被光所接觸的地方，汙染就會淡去，跟著，範圍逐漸擴大。

直到全部轉爲同樣的白色光芒。

那就表示，淨化結束了。

「——啊。」已回到穀倉，並且救出媽媽安娜的卡多，忽然停住腳步，伸手指著天上。

「怎麼了？」歐里亞斯正將昏迷的安娜抱上馬匹，抬頭順著卡多的視線望過去。

只見遠處一道光柱射向天空，穿透了夜晚的雲層。

包括已經離遠的，方圓範圍裡外所有的人，也都目睹了。

「哇！那是什麼？」

「怎麼回事？」

「是神！一定是神來救我們了！」

就在驚呼的時候，光柱破碎了。同時從天空灑落無數的白點。

「雪？」第一個好奇伸手摸到的人，很快發現原來那不是下雪。「是……光的砂？」是在這難以形容的夜空，降下的一片夢境。

其餘的人也紛紛朝頭上張開雙手觸碰。

那是潔淨的，帶著微光的，極爲細緻和美麗的白色微粒。

在不可思議的光柱之後，又滿天落下亮晶晶的細砂，原本陷入坍塌危機的城鎮，亦一下子變得穩定平靜了，簡直像是神蹟一樣。

也許現在的人們已經忘記了，或者是根本從未見過。格提亞·烏西爾，是帝國唯一的，也是這個世界無與倫比的，大魔法師。

正當所有人沐浴在這如夢似幻的場景時，廣場中央，距離格提亞最近的莫維，這才能重新張開眼睛看清楚周遭。因爲就在前一刻，格提亞的位置釋放出極爲刺目的萬丈白光，讓人根本無法視物。

他望向格提亞。

格提亞就站在原來的地方。他昂首注視著天空，手中的權杖不見了。

莫維可以感覺到巨大的能量消失了，一切都回歸寧靜。

四周，安靜得彷彿什麼也不曾發生過，連空氣都異常寧謐。

格提亞動也不動，於是莫維躍下馬，朝他走過去。

「你做了什麼！」停在格提亞旁邊，莫維抓住他的肩膀質問。這一切都太過突然了，在場只有格提亞本人知道發生何事。

格提亞垂著雙手，僅是用那雙由虹彩轉換回來的黑眸，凝視天空。他沒聽到莫維在講什麼，甚至由於整個人還沉浸在劇烈的衝擊裡，感覺不到現實。

他做到了。太好了。

曾經他擁有無窮的力量，然而，卻是在失去以後，才終於瞭解到，原來他所做的，是多麼不容易的事情。

「你喪失魔力果然是假的。」

終於聽到莫維的聲音，格提亞緩慢地轉過了臉，看著莫維。

在他的記憶裡，莫維不是這種年輕的樣子的，他現在是在夢裡？

啊，不是的。

他是倒轉了時光。又或許，其實這全是他自己製造出來的幻想，即使如此也無所謂，因爲，他又見到了莫維。

他給出自己所能支付的代價，換取到能夠再次相見的機會。

「我……」格提亞的眼神有點迷茫，感覺周遭的景物都像夢境般遙遠。唯有自己的心跳聲，無比清晰。「還好，你還活著。」眞的。

他溫聲說，輕輕地笑了。

第一次，格提亞對他露出笑容。卻是這種非常懷念與慶幸的語氣，就好似他們兩人曾經永別過。

「你說的話是什麼意思？」這次，莫維嚴肅地質問。

「我……」好奇怪。他聽不大清楚自己的聲音，視野也變得模糊起來。「我是……」他的大腦，突然用力震顫了一下。

隨即，強烈的耳鳴席捲格提亞的聽覺，接著他眼前一黑，整個人往旁邊虛軟無力地傾倒。

莫維見他臉色有異，立刻發現他的不對勁，因此在他倒向地面時，下意識地伸手攬住他的肩膀。格提亞的頭就這樣靠在他手臂上。

莫維睇著那失去意識的臉孔。

格提亞在協助他使用魔法後，總是會特別虛弱。雖有控制沒再像風鳴谷那時昏迷多日，不過每回總也必須在事後休息幾天。

照剛才的狀況，這次使用的魔法規模之大不需懷疑。只是，既然能夠創造如此驚人場面，就不是失去大部分魔力的表現；可若能駕馭那種力量，又爲何總是身體像是無法負荷這般昏倒。

他必須問清楚。在格提亞清醒以後。

這天，據說就連佛瑞森附近的領地，也看到了那時的光柱。

諾耳任派出佛瑞森騎士團，確認黑色死土徹底消失，地震不會再發生，伯爵府及其麾下的領地官員便開始負責善後。

首先是統計受傷群眾，及受損建築。由於撤退行動積極迅速，所以沒有人遭遇無法挽回的不幸，多是些跌倒的輕微傷勢；受損的房屋，可以向伯爵府請領補助及人手幫忙修復，另外，也尋找和通知已撤退到遠方的領地子民，載送他們回到住處。

儘管家鄉遭受一些損害，可是並不嚴重，而且死土也已解決，加上皇宮也派遣聖神教入駐給予幫助，所以街上多洋溢著新生的活力。

沒錯，在第二日，聖神教帶著一個團隊駐紮在領地，發送糧食，指引大家祈禱，給予民眾慰藉與安撫，而這沒有先行通知，因此連諾耳任也是看到才知道的。領地流傳著，這次的危機，是神明顯現了慈悲。

因爲在廣場中央出現的光芒前所未見，那裡有著聖神教的菱形雕塑。所以一定是眾人祈禱的力量奏效了。

「說什麼呢！明明就是大魔法師擺平的！」年輕氣盛的海頓總是想要衝過去反駁。

他們來不及聲明大魔法師也來到此地，沒什麼人知道格提亞就是魔法師，結果功勞就這樣被搶走了。可不論再澄清多少次，很難去扭轉人們既定的想法。

諾耳任感覺相當抱歉，在莫維及遠征隊面前承諾一定會徹底對大眾公開說明。

至於歐里亞斯營救出的安娜，在醫療館進行治療，卡多陪在一旁，所幸感染沒有到更嚴重的地步，安娜本身體質強壯，醫生細心用藥沒多久就醒了，高燒三天後也順利退了，和卡多都得到適當安置。

一切都在迅速變好。

除了格提亞。

格提亞沒有張開眼睛。

一天過去，兩天過去，大家覺得是正常的，每次出完任務，他總是需要一段時間恢復體力。然而，五天過去，七天過去，比起狀態最不好的風鳴谷那次都還要久了，卻依舊沒醒過來。

這段過程，格提亞經常像假死了一樣，心跳微弱，皮膚也冰冷，呼吸氣若游絲。給人一種，雖然不會死去，可是也絕對離死不遠的感覺。

唯有莫維在他身邊，他的臉才有點活人潤色。

這一點，莫維在僅有兩人單獨的場合確認過了。他靠近格提亞時，格提亞胸前的魔法陣，就會發出紫色的淡光，緩慢地轉動。這些對於其他遠征隊員來說都是祕密，眾人亦察覺不出那細微的狀態起伏，因為他們沒有理由碰觸格提亞。

醫生每天都來，一天還來不只一次，但每天都是一樣。

格提亞沒有致命傷勢，不是受傷昏迷。

他看起來就是深深地睡著了。

卻猶似永眠。再也醒不過來般的。

和格提亞較為熟悉和有交情的幾人，如歐里亞斯和海頓，保羅及迪森，都顯得十分擔心，諾耳任身為領主自然也請來最好的醫生，不過都未起到作用。甚至歐里亞斯還提出建言，是否該回首都治療。

但是莫維不曾給予答覆。

也，看不出在想什麼。

到了第九天，是遠征隊該整隊回去的日子。

佛瑞森數日前下起了雪。片片雪花吸收聲音，灑落在年輕的騎士們身上，肅靜的廣場，整齊的部隊，莊嚴又極具紀律。

他們必須在白雪淹沒這片大地之前離開。

莫維騎在馬背上。他胸前的懷抱裡，有著用毛皮與披風裹住的格提亞。

歐里亞斯以副官的身分對眾人道：

「你們應該都知道了，今早殿下已經下達命令，我們即將回去首都，但並不是走原來的路。」

「是！」

歐里亞斯點點頭，中氣十足地喊道：

「我們的目的地將是魔塔！」

「是！」

「準備出發！」歐里亞斯翻身上馬。

藥物，醫療，甚至是等待，都不會有用。

只有魔塔是唯一的機會。

莫維拉著轡繩，領頭在最前面，並啓唇喝道：

「駕！」

而且，他要在魔塔找到所有疑問的答案。

（未完待續）

春光出版・鏡水作品集

書號	書名	作者	定價
OF1001	美麗的奇蹟（電子書）	鏡水	250
OF1002	普通人生（電子書）	鏡水	270
OF1003	許願（電子書）	鏡水	270
OF1004	熱情冷戀（電子書）	鏡水	260
OF1005	這不是愛（電子書）	鏡水	260
OF1006	古典效應（電子書）	鏡水	260
OF1007	天使不微笑（電子書）	鏡水	260
OF1008	Roommate（電子書）	鏡水	190
OF1009	綠色花椰菜（電子書）	鏡水	330
OF1010	TesT（電子書）	鏡水	400
OF1010S	鏡水 BL 耽美作品精選集（十冊電子套書）	鏡水	2750
OF1011	鬼故事（電子書）	鏡水	400
OF1013	他的終點線和他的起跑線・上冊（電子書）	鏡水	240
OF1014	他的終點線和他的起跑線・下冊（電子書）	鏡水	240
OF1014S	他的終點線和他的起跑線上下冊（電子書）	鏡水	480
OF0106	REVERSE・卷一	鏡水	399
OF0107	REVERSE・卷二	鏡水	399
OF0108	REVERSE・卷三	鏡水	399
OF0108G	REVERSE・限量作者親簽扉頁書盒套書	鏡水	1197
OF0108S	REVERSE・卷一至卷三套書	鏡水	1197

春光出版

Stareast Press Publications

https://www.facebook.com/stareastpress

國家圖書館出版品預行編目資料

REVERSE・卷一/鏡水作. -- 初版. -- 臺北市：春光出版, 城邦文化事業股份有限公司出版：英屬蓋曼群島商家庭傳媒股份有限公司城邦分公司發行, 2025.02
冊； 公分(奇幻愛情)

ISBN 978-626-7578-19-3 (卷1：平裝).

863.57 113019301

REVERSE・卷一

作　　者／鏡水
企劃選書人／王雪莉
責 任 編 輯／王雪莉、高雅婷

版權行政暨數位業務專員／陳玉鈴
資深版權專員／許儀盈
行銷企劃主任／陳姿億
業 務 協 理／范光杰
總　編　輯／王雪莉
發　行　人／何飛鵬
法 律 顧 問／元禾法律事務所　王子文律師
出　　版／春光出版
臺北市 115 南港區昆陽街 16 號 4 樓
電話：（02）2500-7008　傳真：（02）2502-7676
E-mail：stareast_service@cite.com.tw
發　　行／英屬蓋曼群島商家庭傳媒股份有限公司城邦分公司
臺北市 115 南港區昆陽街 16 號 8 樓
書虫客服服務專線：（02）2500-7718 /（02）2500-7719
24小時傳真服務：（02）2500-1990 /（02）2500-1991
服務時間：週一至週五上午9:30～12:00，下午13:30～17:00
郵撥帳號：19863813　戶名：書虫股份有限公司
讀者服務信箱E-mail: service@readingclub.com.tw
歡迎光臨城邦讀書花園　網址：www.cite.com.tw
香港發行所／城邦（香港）出版集團有限公司
香港九龍土瓜灣土瓜灣道86號順聯工業大廈6樓A室
電話：（852）2508-6231　　傳真：（852）2578-9337
E-mail : hkcite@biznetvigator.com
馬新發行所／城邦（馬新）出版集團　Cite（M）Sdn. Bhd
41, Jalan Radin Anum, Bandar Baru Sri Petaling,
57000 Kuala Lumpur, Malaysia.
Tel:（603）90578822 Fax:（603）90576622

封面插畫及設計／ Blaze
內 頁 排 版／芯澤有限公司
印　　刷／高典印刷有限公司

■ 2025 年 2 月 11 日初版一刷
Printed in Taiwan

售價／399元

城邦讀書花園
www.cite.com.tw

ISBN 978-626-7578-19-3

廣　告　回
北區郵政管理登記
臺北廣字第000791
郵資已付，免貼郵

臺北市 115 臺北市南港區昆陽街 16 號 8 樓

英屬蓋曼群島商家庭傳媒股份有限公司
城邦分公司

請沿虛線對折，謝謝！

愛情・生活・心靈
閱讀春光，生命從此神采飛揚

春光出版

書號：OF0106	書名：REVERSE・卷一

請於此處用膠水黏貼

讀者回函卡

謝您購買我們出版的書籍！請費心填寫此回函卡，我們將不定期寄上城邦集
最新的出版訊息。亦可掃描 QR CODE，填寫電子版回函卡

姓名：__________________

性別：☐男　☐女

生日：西元__________年__________月__________日

地址：__________________

聯絡電話：__________________ 傳真：__________________

E-mail：__________________

職業：☐ 1. 學生 ☐ 2. 軍公教 ☐ 3. 服務 ☐ 4. 金融 ☐ 5. 製造 ☐ 6. 資訊

☐ 7. 傳播 ☐ 8. 自由業 ☐ 9. 農漁牧 ☐ 10. 家管 ☐ 11. 退休

☐ 12. 其他 __________________

您從何種方式得知本書消息？

☐ 1. 書店 ☐ 2. 網路 ☐ 3. 報紙 ☐ 4. 雜誌 ☐ 5. 廣播 ☐ 6. 電視

☐ 7. 親友推薦 ☐ 8. 其他 __________________

您通常以何種方式購書？

☐ 1. 書店 ☐ 2. 網路 ☐ 3. 傳真訂購 ☐ 4. 郵局劃撥 ☐ 5. 其他 ______

您喜歡閱讀哪些類別的書籍？

☐ 1. 財經商業 ☐ 2. 自然科學 ☐ 3. 歷史 ☐ 4. 法律 ☐ 5. 文學

☐ 6. 休閒旅遊 ☐ 7. 小說 ☐ 8. 人物傳記 ☐ 9. 生活、勵志

☐ 10. 其他 __________________

請於此處用膠水黏貼